KB083801

전쟁터에서 만난 사람들

초판 1쇄 발행 2019년 11월 13일

지은이   김영미

발행인   도영
편집   하서린, 김미숙
디자인   onmypaper 정해진, 전지현
일러스트   신중목

발행처   그러나
서울시 마포구 동교로 142, 5층(서교동)
대표전화 02) 909-5517 전송 0505) 300-9348
전자우편 anemone70@hanmail.net
출판등록 제2016-000257호

ISBN   978-89-98120-62-7 03810

이 도서의 국립중앙도서관 출판예정도서목록(CIP)은 서지정보유통지원시스템 홈페이지
(http://seoji.nl.go.kr)와 국가자료공동목록시스템(http://www.nl.go.kr/kolisnet)에서
이용하실 수 있습니다.(CIP제어번호:2019044702)

'그러나'는 '솔빛길'의 문학·인문 전문 브랜드입니다.

전쟁터에서 만난 사람들

김영미 PD의
종군 취재기

김영미 지음

그러나

사람이, 아프다…

희망이, 고프다

"세상에는 왜 이토록 많은 슬픔이 있어요? 사람이, 왜 아파야 하는 거죠?"

이라크 전쟁이 한창이던 2004년 봄, 나는 이라크 남부 도시 나제프의 이슬람 모스크에서 이슬람 시아파 지도자인 이브라힘에게 물었다.

당시 나는 많이 지쳐 있었다. 거의 매일 끔찍한 죽음과 슬픔을 보았다. 희망은 어디서도 찾을 수 없었다. 난 방황했다. 왜 이렇게 살아야 하지? 그 해답을 얻기 위해 찾아간 사람이 명망 있는 이슬람 지도자 이브라힘이었다.

"사람이기 때문에 슬픕니다. 우리가 슬픔을 경험하는 것은 신이 만든 생명체이기 때문입니다."

이브라힘이 여성과 얼굴을 마주하고 이야기할 수 없다고 해서 나는 이슬람 신자도 아닌데 머리에서 발끝까지 오는 이슬람 의상 아바야를 입고 있었다. 그의 방문 앞에 의자를 놓고 장장 일곱 시간에 걸쳐 대화했다. 나는 절박한 심정으로 끈질기게 질문을 던졌고 그는 시종일관 침착했다.

"생명을 가진 존재는 모두 아름답습니다. 신은 우리가 그 생명을 지키기 위해 노력하기를 바라십니다."

그는 내게 생명과 사람을 소중히 여기는 마음을 심어 줬다. 그리고 그 가르침은 내가 만드는 다큐멘터리마다 스며들었다.

◇ ◇ ◇

내게도 새내기 피디 시절이 있었다. 어떤 방송을 해야 하는지, 어떤 피디가 되어야 하는지 많이도 헤맸다. 갈피를 잡지 못하고 우왕좌왕하던 나는 마치 자석에 이끌린 것처럼 무작정 아프가니스탄으로 갔다. 그리고 알았다. 내가 왜 이곳에 왔는지, 그리고 왜 다큐멘터리를 만들어야 하는지.

아프가니스탄에도 사람이 있었다. 상처받은 가슴 아픈 사연들이 가득했다. 그들은 세상의 관심 밖에 있었다. 말하자면 그곳은 그늘이었다. 당장 굶어 죽어도, 총에 맞아 길거리에서 피를 흘리며 죽어도 아무도 관심을 두지 않는 그 세상 밑바닥에서 그들이 나를 기다리고 있었다. 조금씩 카메라 초점을 그들에게 맞춰 가자 사람이 느껴졌다. 죽지못해 살던 그들이지만 내게는 인간에 대한 뜨거운 사랑으로 다가왔다. 아프가니스탄에서 그들을 만나면서 많은 고민들이 눈 녹듯 사라져 버렸다.

그들이 내 가슴에 스스럼없이 들어올 수 있었던 것은 내 삶 또한 그들의 삶과 다르지 않았기 때문인지도 모른다. 나는 아이와 함께 세상 풍파를 이겨 나가야 하는 대한민국의 싱글 맘이다. 어떤 어려운 순간에도 아이만 바라보면서 정신 바짝 차리고 살아야 했다. 하지만 험한 세상은 때때로 나를 밑바닥까지 끌어내렸다. 그럴 때마다 나는 포대기로 아이를 업은 채 모래바람 부는 사막 한가운데를 걸어가는 듯했다.

내 눈에 비친 아프가니스탄 사람들도 마찬가지였다. 아이를 안고 있는 젊은 아낙을 보면 내 모습을 보는 듯했다. 먹을 게 없어 발을 동동 구르는 아버지를 보면 가장으로서 밥벌이를 해야 하는 내 모습이 겹쳐졌다. 나도 사람이고 그들도 사람이었다. 그래서 우리는 마음을 터놓을 수 있었다. 그래서 우리는 서로를 마음속 깊이 받아들일 수 있었다. 아프가니스탄은 그렇게 나를 다큐멘터리 피디로 만들었다.

◇ ◇ ◇

나는 나이 서른에 피디가 되었다. 그 전까지 피디는 내게 '지위가 무척 높은 사람'이었다. 그런데 막상 피디가 되고 보니 출연 섭외를 위해 매일같이 빌고 또 비는 직업이었다. 그런데 그런 일을 하기에는 난 지나칠 만큼 내성적이고 소심해서 앞에 나서는 것을 정말 싫어하고 남에게 아쉬운 소리도 전혀 하지 못하는 사람이었다.

부끄럽지만 나는 좀 아둔한 편이기도 하다. 남들에게는 아주 쉬운 일도 며칠씩 머리 싸매고 연구해야 한다. 아이 키우며 밥하고 빨래하던 시절에는 전기밥통도 사용 설명서를 옆에 두고 사용해야 했다. 그러니 피디가 되어 편집기 사용법을 배울 때는 오죽했으랴. 더구나 수천만 원을 호가하는 방송 장비이지만 사용 설명서도 없었다. 혼자 밤늦게까지 기계 다루는 법을 연구하며 자책도 많이 했다.

그런 내가 다큐멘터리 피디가 되었다. 이제는 출연자에게 이런저런 부탁도 잘하고 방송 장비도 잘 다룬다. 무엇보다 아프가니스탄, 이라크, 레바논, 파키스탄 등 분쟁 지역이나 치안이 좋지 않은 나라들까지 다니며 취재한다. 그런 내가 사람들 눈에는 용감하게 보이는지도 모르겠다.

하지만 사실 나는 겁이 아주 많다. 그런데도 내가 그런 곳에 가서 방송을 만드는 것은, 이브라힘의 가르침대로, 그곳에 '사람'이 있기 때문이다. 그들의 이야기를 외부에 전해 주는 것이 내가 할 일이다. 마치 「해리 포터」에서 편지 나르는 올빼미처럼, 혹은 비둘기처럼 나는 메신저이다. 그래서 방송은 내게 숙명이다. 소심하고 겁 많고 아둔한 사람이지만, 난 어떤 어려움을 감수하고라도 이 일을 평생 하고 싶다.

◇ ◇ ◇

사람들은 나를 분쟁 지역 전문 피디라고 부른다. 그러나 내가 분쟁 지역만 다니는 것은 아니다. 사람 사는 이야기가 있다면 어디든 간다. 실제로 유럽, 아시아, 아프리카 안 가 본 곳이 없다. 잘사는 나라에서도 취재하고 전쟁 한복판에 놓인 나라에서도 취재했다. 지금까지 다녀온 나라만 80개국이 넘는다. 그 중 흔히 분쟁 지역으로 알려진 나라는 30

개국에 이른다.

이 책에는 그중에서도 아프가니스탄과 이라크에서 취재하며 만난 사람들 이야기가 실려 있다. 아프가니스탄은 내가 피디로서 새로운 인생을 시작하게 해 준 곳이니만큼 늘 애틋하고 그리운 곳이다. 이라크의 바그다드는 내가 가장 사랑하는 곳이다. 그곳의 음식과 사람들, 바그다드를 가로질러 흐르는 티그리스 강과 강변을 수놓은 나무들은 언제나 가슴을 두근거리게 한다. 나이가 들어 더는 카메라를 들고 다닐 수 없게 되면 은퇴를 하고 바그다드에서 살고 싶다는 생각을 한다.

두 나라는 최근 전쟁이라는 혹독한 시련을 겪었고, 그 상처는 아직도 진행 중이다. 하지만 사람들은 정치나 전쟁에 주목할 뿐, 그곳에서 삶을 꾸려 나가는 사람들을 보지 못한다. 난 그들의 평범하지만 결코 평범할 수 없는 일상을 카메라에 담으려 했다. 그 속에 진실이 있다고 믿었기 때문이다.

사람들은 자신이 잘 모르면 관심을 두려 하지 않는다. 그래서 여러 사정이 복잡하게 얽힌 분쟁 지역은 늘 무관심의 그늘 속에서 신음하고 있다. 이 책이 그런 분쟁 지역을 좀 더 쉽게 이해하는 데 조금이나마 도움이 되길 바란다. 그래서 더 많은 이들이 분쟁 지역과 그곳에 사는 사람들에게 관심을 가져 준다면 더 큰 바람이 없겠다.

더 나아가 이 책을 읽는 사람 중에 나처럼 분쟁 지역을 취재하는 꿈을 가진 젊은이가 있다면 이 책이 그들에게도 어느 정도 도움이 될 수 있을 것이다. 다만, 여기 소개된 나의 취재기는 결코 성공 신화가 아니다. 오히려 내가 다큐멘터리에 처음 도전하며 실패한 이야기들이다. 그런 실패들이 모여 조그만 성공을 이루었을 뿐이다.

이 책은 나의 아들을 위한 선물이기도 하다. 이제는 고등학생이 된 아들에게 엄마가 취재 현장에서 만난 사람들 이야기를 들려주고 싶었다. 훗날 엄마가 옆에 없더라도 엄마의 흔적을 남겨 주고 싶었다. 아이가 어렸을 때 엄마는 취재한답시고 외국 어딘가에 나가 있거나 한국에 있어도 편집을 하느라 초주검이 되어 집에 오는 사람이었다. 그런 엄마를 항상 그리워하며 기다리던 아들에게 엄마가 무엇을 했고 누구를 만났는지 알려 주고 싶었다. 아들이 이 책에 새겨진 엄마의 흔적을 영원히 기억해 주면 좋겠다.

◇ ◇ ◇

마지막으로 당부하고 싶은 말이 있다. 전쟁 지역을 취재하다 보면 끔찍한 상황을 겪게 된다. 몇몇 경험은 아직도 트라우마로 남아 간혹 나를 괴롭힌다. 하지만 이 책에서는 가급적 그런 끔찍한 장면만큼은 피하고 싶었다. 나 스스로 그 기억들에 대해 평정심을 가질 수 있게 되었을 때에야 글로 남길 수 있을지 모르겠다. 먼 훗날, 환갑이 넘었을 때쯤이면 될까. 굳이 이런 이야기를 하는 것은 혹시라도 이 책에 있는 내용만 보고 분쟁 지역의 위험성을 과소평가하지 않을까 하는 노파심 때문이다.

전쟁 지역은 당연히 위험하다. 상상을 초월할 만큼 끔찍한 경험이다. 나의 다큐멘터리와 이 책에 등장하는 사람들은 그 위험하고 힘든 상황에서도 진심을 보여 주었다. 서로 진심이 통했을 때 다큐멘터리가 만들어진다. 그래서 나의 다큐멘터리는 결코 나 혼자 만든 게 아니다. 그들과 함께 만든 것이다. 그들과 함께할 때 나는 항상 행복한 피디였다.

◇ ◇ ◇

어쩌면 절망적인 상황에서도 우리와 비슷하게 살아가는 평범한 사람들이 꿋꿋하게 삶을 꾸려가는 모습에서 그 어떤 무용담이나 모험담보다 더 큰 용기를 얻을 수 있을지도 모른다. 하지만 잊지 말아야 할 것은, 그들이 처한 평범하지 않은 상황이다. 이제는 그들도 희망을 가질 때가 되었다. 나는 그들에게 보답하기 위해서라도 생명을 소중히 여기는 인류애를 지닌, 가슴이 뜨거운 피디가 되고 싶다. 그래서 오늘도 나는 카메라를 들고 평범한 그 누군가를 만나 그들의 이야기를 세상에 전한다.

김 영 미

"그런 곳으로 취재 가면 위험하지 않아요?"

제일 많이 듣는 질문이다. 20년 동안 전 세계 전쟁 지역과 내전 지역을 다니는 나에게 사람들이 그런 질문을 던진다. 당연히 위험하다. 그래서 위험하다고 하면 "그런데 왜 그런 곳만 취재 가요?"라고 되묻는다. 취재하는 사람이 취재하러 가는데 '왜'는 없다. 전 세계 어디든 뉴스가치가 있으면 취재해야 하는 것이 취재진의 의무이다. 해도 되고 안 해도 되는 것이 아니라 무조건 해야 하는 일이다. 마치 커피 파는 사람에게 왜 커피 파느냐고 묻는 거나 같다.

위험하다고 안 가면 그쪽 뉴스에 공백이 생긴다. 의사가 돈이 되는 과목만 병원을 한다면 의료 공백이 생기는 것과 같다. 뉴스의 공백은 국민의 알 권리를 침해한다. 외신을 받아쓰면 외국의 시각을 베끼게 된다. 국민들에게 우리 시각의 제대로 된 뉴스를 다큐멘터리를 공급해야 하는 것이 나의 의무이자 직업이다. 이게 싫으면 다른 직업하면 그만이다. 그러나 나는 이 직업을 택했고 우리 기자들이 위험한 현장에는 많이 안 가는 것에 대한 공백을 메꾸는 것뿐이다. 그저 취재진의 기본만 지키는 것이다. 더도 말도 덜도 말고 그냥 원칙이다.

위험한 곳을 다니는 것은 내게도 많이 힘들다. 워낙 험한 장면을 많이 봐서 지금도 트라우마를 극복하지 못한다. 미국에서 최고의 전쟁 트라우마 치료를 받고 한국에서도 꾸준히 정신과 진료를 받아도 이렇다. 얼마 전 홍콩에서 시위대를 취재하다 홍콩 경찰이 17세 고등학생에게 실탄을 사격하는 것을 보았다. 그 경찰이 쏘기 직전 나는 머릿속에 빠르게 '저건 실탄이야.'라는 말이 떠올랐다. 소리…… 실탄 소리와 함께 나는 기절할 듯한 충격을 받았다. 그 뒤로 밤마다 잠이 들면 가위눌리듯이 실탄 소리가 내 귀 바로 옆에서 들린다. 그리고 실탄 냄새가 내 코에 묻어 있는 듯 아직도 그 냄새가 난다.

그런 장면을 20년간 수십 번 수백 번 내가 보고 말았다. 아프가니스탄 내전과 이라크 전쟁, 2011년 아랍의 봄 혁명, 남수단 내전, 그리고 치안이 불안한 남미에서 나는 그 현장을 지켰다. 이렇게 나는 현장으로 갈 수밖에 없다. 직업이 취재진이기 때문이다. 그리고 또 하나의 이유는 취재 현장에서 만나는 사람들 때문이다. 그 힘든 곳에서 만나는 사람들 모두가 우리와 같은 인간이었다. 자식을 잘 먹이고 싶고, 안전을 원하고, 잘 교육시키고 싶은 보편적 욕망을 가진 똑같은 존재들이었다. 아버지이고, 어머니이고, 딸이고, 아들이었다.

우리는 태어날 나라를 선택하지 못한다. 태어나 보니 나라가 전쟁 중인 사람도 있다. 그 사람에게 교육 기회가 제대로 주어지지 못하면 환경에 의해 무장 전사가 되어 짧은 생애를 마치게 된다. 만약 그 사람이 우리나라나 전쟁이 없는 다른 나라에 태어났더라면 축구 선수도 될 수 있고 운전사가 될 수도 있었을 것이다. 그들이 전쟁터에서 내게 보여준 것은 그들의 삶이었다. 같은 사람으로 그들에게 공감하며 그들의 이야기를 우리나라의 시청자들에게 보여주고 싶었다.

물론 속보 전쟁도 중요하다. 하지만 20년간 나는 사람들의 이야기를 좀 더 현장에서 찾아보려 했다. 그리고 한국 시청자들에게 특수한 그들의 상황을 좀 더 알기 쉽게 설명하고 싶었다. 하지만 나의 실력이 많이 모자라기도 하고 나 혼자의 힘으로는 억부족이기도 하여 사람들의 관심을 분쟁 지역의 슬픔에 눈을 돌리게 하기는 어려웠다. 우리의 평범한 일상에서 공감하기 어려운 지구 저편의 불행한 이야기는 별로 듣고 싶어 하지 않는 것이다.

나는 50세가 되며 이제 어른들을 설득하는 것보다 새로 자라나는 세대, 특히 10대와 20대에게 필요한 이야기를 하려고 결심했다. '다음 세대를 위한 저널리즘Next Generation Journalism'으로 전 세계 분쟁 지역의 아이들과 우리 아이들을 이어주는 다리가 될 수 있는 이야기와 뉴스에 집중하고 싶다. 어른들은 대부분 고정관념에 사로잡혀 있다. 그래서 이미 생각이 굳어버린 어른들을 설득하는 것보다 새로 자라는 우리 아이들에게 더 필요한 이야기를 하기로 했다. 아이들과 청년들은 어른들보다 더 순수하여 내 이야기에 더 집중한다. 이들이 이제 곧 세계 시민 시대의 주역이 되기 때문에 나는 이들의 생각이 더 중요하다고 판단한 것이다.

이 책은 8년 전에 냈던 『사람이, 아프다』의 개정판이다. 그 책이 절판되자 독자들의 구입 문의가 잇따랐다. 그리고 그 책에는 아프가니스탄과 이라크 이야기만 썼는데 더 많은 나라 아이들과 청년들의 이야기도 들려주고 싶다. 그래서 나는 그 책의 개정판인 이 책을 내게 되었고, 앞으로도 시리즈로 내며 내가 겪은 전쟁과 그 속의 사람들을 소개하고자 한다.

분쟁 지역은 다른 지역을 취재하는 것보다 비용이 더 많이 발생하고 취재 시간도 더 많이 걸린다. 그래서 더더욱 메이저 언론사에서 취재를 기피하는 것인지도 모른다. 나는 후원금을 받지 않고 내 스스로 돈을 벌어 그 돈으로 취재한다. 당연히 내 개인 생활은 아주 가난할 수밖에 없다. 그 불편을 감수하더라도 국민들의 알 권리에 국민들 후원금을 받는 것은 아직 납득이 안 된다. 지금 내 몸이 살아 있을 때, 건강할 때 부지런히 벌어 부지런히 60세까지 현장을 지키고 그때 은퇴할 것이다.

언제 어느 순간에 마지막을 맞이할지 모르지만 나는 이름 모를 가난한 저널리스트로, 내 하나뿐인 아들에게 자랑스러운 엄마로 남고 싶다. 그리고 나 스스로 최선을 다해 저널리스트로 열심히 일했다고 자부하며 마지막을 맞고 싶다. 이 기록은 내가 세상에서 없어진 이후에도 남을 것이다. 그것이 나의 작은 유산이며 다음 세대를 위한 한 저널리스트의 투자임을 기억해 주시길⋯⋯.

2019년 10월
김영미

CONTENTS

1부 아프가니스탄에서 만난 사람들

아프가니스탄에서 만난 사람들

1부

아프가니스탄으로 가는 길

돌이킬 수 없는 길에 나서며

2001년 11월 어느 날, 나는 한국에서 태국 방콕으로 향하는 비행기를 탔다. 아프가니스탄 카불로 가는 험한 여정의 시작이었다. 방콕에서 하룻밤을 자고 아랍에미리트 아부다비, 파키스탄 이슬라마바드를 거쳐 아프가니스탄 카불로 가는 긴 여정이었다.

나는 가족들에게 아프가니스탄을 간다는 말도 하지 않았다. 짐을 싸고 있는 나를 보고 어디로 가느냐고 묻는 동생들에게 종종 출장 가는 유럽의 한 도시쯤으로 둘러댔다. 언니가 한창 전쟁 중인 나라를 간다는 걸 알면 내가 돌아올 때까지 마음 졸이며 불안해할 것을 뻔히 알기에 차마 아프가니스탄으로 간다는 말을 할 수가 없었다.

출발하기 전날, 나는 두 여동생과 한밤중에 떡볶이와 순대를 사 먹으러 포장마차에 갔다. 눈이 하얗게 내리던 그날, 나는 마음속으로 '혹시 이 기억이 마지막이 되면 어쩌지?' 하는 불안감이 들었다. 아무것도 모르는 동생들이 "언니, 언제 와? 이번 출장은 좀 기네?" 하며 순진한 표정으로 물어올 때는 미안한 마음이 들었다.

떠나던 날 아침, 당시 여섯 살이던 아들의 잠든 모습을 보며 마음이 더 아팠다. 엄마가 그 누구도 안전을 장담하지 못하는 곳으로 가는 줄도 모른 채 곤히 자고 있는 아이. 엄마의 선택을 아들은 믿어 줄 수 있을까. 어른이 되어 피디인 엄마를 원망하는 것은 아닐까. 아들의 얼굴을 들여다볼수록 나는 마음이 약해졌다. 지금이라도 마음을 바꾸고 그냥 아무일 없었던 것처럼 살까 하는 생각도 들었다. 그래서 마음 변하기 전에 서둘러 짐 가방을 들고 현관을 나섰다.

'그래. 이제는 돌이킬 수 없는 거잖아. 가 보자, 아프가니스탄.'

'연어 이야기'
새내기 피디의 성장통

：

나는 당시 연출 경력 2년도 안 되는 새내기 피디였다. 2000년 내전 중이던 동티모르에서 1년간 생활하며 그곳 사람들 이야기를 담아 온 영상물이 운 좋게 방송된 것을 계기로 아침 방송에서 연출 보조를 하고 있었다. 계속 혼자서 방송을 만들기 보다는 방송 시스템 안에서 일하는 것이 방송을 제대로 배울 수 있는 길이라고 생각했기 때문이다.

아침 방송은 재미있었다. 한창 음식 방송이 인기를 끌던 때라 맛집과 재미있는 이야기를 찾아 전국을 돌아다니며 마냥 신났었다. 잠을 자지 않아도 먹지 않아도 방송하는 일이 재미있었다. 방송이 나가는 것도 신기했다. 내가 편집하고 만든 방송이 전국에 나가면 얼마나 가슴 벅찼는지 모른다. 그런 나에게 위기가 왔다.

막 아침 방송의 재미를 알아갈 무렵, 장애인의 날 특집 다큐멘터리를 만들게 되었다. 아침 방송을 한 지 한 1년쯤 되었을 때였다. 비록 새벽 1시가 넘어 방송되는 프로그램이지만, 시금껏 만들던 방송과는 차원이 달랐다. 컴퓨터를 통해 세상과 소통하는 장애인들 이야기였다. 취재하면서 많은 장애인들을 만났고 지금껏 접하지 못했던 사연들이 충격으로 다가왔다.

그동안 내 안에는 나만 있었다. 방송은 나를 위한 것이었다. 그런데 장애인들을 만나면서 고민에 빠졌다. 나 외에 또 다른 세상이 있었다. 그 방송을 준비하면서 나는 더 넓은 세상의 또 다른 사람들에게 관심을 갖게 되었다. 갑자기 맛집 방송보다 사람들 이야기가 하고 싶어졌다. 사람의 이야기가 있는 다큐멘터리를 만들고 싶어졌다.

당시 함께 일하던 여자 동료 피디가 있었다. 그 친구는 아침 방송인데도 마치 예능 프로그램처럼 자막도 웃기게 잘 넣고 재미있게 잘 만들었다. 나도 그렇게 재미있는 방송을 만들고 싶었다. 그러나 나는 장애인의 날 특집 방송 이후 그런 방송을 잘 만들지 못했다. 그러다 사달이 났다. 어느 날 리포터와 함께 양양 연어 축제에 가서 촬영을 하고는 예능 프로그램 같은 재미있는 방송이 아니라 환경 다큐를 만들어 온 것이다. 연어를 잡아 망치로 때려 죽이고 그 고기를 먹으며 축제를 한다는 것이 마음속에서 거부감이 들었다. 그래서 연어가 고향을 찾아 물길을 거슬러 올라가는 모습을 보여주고는, 그 연어를 물 밖에서 망치 든 사람들이 기다린다는 내용의 방송을 만들었다. 말도 안 되는 것이었고, 물론 아침 방송에 나갈 주제도 아니었다. 당연히 사방에서 욕을 들어 먹었다. 지금 생각하면 새내기 피디의 성장통이었다. 내가 정말 심각하게 고민하자 그 동료 피디가 충고했다.

"방송은 재미야. 사람들은 심오한 내용은 안 봐. 맛있는 음식 이야기, 연예인 이야기, 이런 가벼운 것을 좋아해. 너무 심각한 이야기 말고 방송에 맞는 가볍고 편한 이야기를 좀 해 봐."

가볍고 편한 이야기라…. 방송이 항상 가벼워야만 하는 것일까? 내가 방송 피디가 된 가장 큰 이유는 남녀노소 모두가 가장 접근하기 편한 매체가 방송이라고 생각했기 때문이다. 사람들에게 가장 친근한 매체인 TV를 통해 다른 세상의 이야기를 전달하는 다큐멘터리를 하고 싶었다. 방송을 하고 싶어 다큐멘터리를 한 것이 아니라 다큐멘터리가 하고 싶어 방송을 선택한 나였다. 지금도 나는 이것이 잘한 선택이라고 생각한다. 누구나 쉽게 볼 수 있는 의미 있는 다큐멘터리를 만드는 것, 그것이 나의 꿈이다. 물론 아침 방송도 단편의 다큐멘터리다. 10분 안에도 무수히 많은 메시지와 사람 사는 모습을 보여 줄 수 있다. 하지만 그때 아직 연차 어린 피디인 나에게 그런 내공이 없었다.

갑자기 머릿속이 복잡해졌다. 나는 살면서 행복해지려고 애쓴 적이 별로 없다. 그냥 내게 주어진 대로 수동적으로 살았다. 대학을 가야 한다니까 그냥 갔고, 결혼해야 한다니까 무작정 결혼했다. 그렇게 흐름에 맞춰사는 게 인생인 줄 알았다.

하지만 피디가 된 후부터 나는 자주 알 수 없는 길증에 시달렸다. 한 단계를 넘어가면 그다음 단계로 올라가기 위한 갈증이었다. 뭔가 좀 더 나은 방송을 하고 싶은 욕구가 끊임없이 차올랐다. 판에 박힌 방송이 아니라 사람들의 진심이 묻어나는 다큐멘터리를 만들고 싶었다.

9·11이 부른 전쟁
아프가니스탄 여성들이 궁금하다

⋮

그때 9·11이 터졌다. 뉴욕에서 막 취재를 마치고 귀국한 지 한 이틀 정도 되었을 때였다. 당연히 내가 만든 방송이 뒤로 밀려났다.

전 세계가 난리가 난 것 같았다. 비행기가 세계무역센터를 들이받아 그 큰 건물이 한순간에 무너지는 영화 같은 장면이 현실에서 일어난 것이다. 미국 정부는 곧바로 이 사건을 일으킨 주범으로 빈 라덴을 지목했다. 당시 빈 라덴은 아프가니스탄에 있었다. 아프가니스탄 정부는 빈 라덴을 비호하고 있었고 미국은 빈 라덴을 체포한다며 아프가니스탄 전쟁을 일으켰다.

미국이 전쟁을 일으키면서 주장한 또 다른 이유는 아프가니스탄 여성의 해방이었다. 아프가니스탄 탈레반 정부는 극단적인 이슬람 샤리아* 를 믿고 있어서 여성 차별이 유독 심했다. 여성은 남성 보호자 없이 길거리를 다닐 수 없었고, 그 유명한, 머리에서 발끝까지 내려오는 부르카라는 민속의상을 입고 자신의 얼굴을 가려야 했다. 교육을 받는 것도 전면 금지되어 있었다.

그때 나는 전쟁이나 정치적인 상황보다 아프가니스탄 여성들에게 관심이 갔다. 그들은 어떤 인생을 살고 있을까? 어떤 생각을 할까? 그들의 내면세계를 알고 싶었다. 아프가니스탄으로 가서 그녀들을 만나고 싶었다.

하지만 현실이 나의 발목을 잡았다. 얼마 안 되지만 그래도 매달 고정적으로 생기는 월수입을 포기해야 하는 데다, 엄청난 제작비는 또 어디서 구한단 말인가. 주변 사람들도 모두 미련한 짓이라고, 전쟁터에 왜 가느냐며 극구 말렸다. 아들도 있는 내가 성공한다는 보장도 없이 안정된 수입을 포기하고 아프가니스탄으로 가는 것은 누가 봐도 무모한 행동이었다. 이러지도 저러지도 못한 채 그저 고민만 늘고 있었다.

'연어 방송' 이후, 나는 줄곧 엄청난 좌절감을 느끼고 있었다. 만신창이가 된 것 같았다. 내가 하고 싶은 다큐멘터리는 분명 따로 있었다. 고민을 거듭할수록 그 생각이 더욱 확고해졌다. '일단 한번 아프가니스탄에 가 볼까?' 하는 생각이 불현듯 들었다. 지금 안 가면 평생 후회할 것 같았다. 이대로 고민만 하고 있으면 답이 안 나올 듯싶었다.

나는 있는 적금을 다 깨고 사수였던 선배에게 천만 원이나 되는 거

---

* **샤리아** 이슬람의 종교 율법

금도 빌렸다. 선배는 모두가 말리는 나의 아프가니스탄행을 흔쾌히 동조해 준 유일한 사람이었다. 지금 생각해도 참 고맙다. 마치 양 갈래 길에서 우물쭈물하는 내 앞에 그 선배가 이정표를 들고 서 있는 것 같았다. 그렇게 나는 어떤 위험이 기다리고 있을지도 모르는, 아는 사람 한 명 없는 아프가니스탄으로 떠났다.

'새로운 세상'
아프가니스탄으로 가는 길
:

카메라 한 대 들고 호기 있게 나서기는 했지만, 방콕 가는 비행기 안에서 엄습해 오는 불안감은 어쩔 수 없었다. '누굴 어떻게 만나 취재를 할까.'라는 고민을 넘어, 솔직히 내 목숨조차 부지할 수 있을지도 자신이 없었다. 기댈 곳도 없고 제작비도 넉넉하지 않았다. 하지만 벌써 비행기까지 탔으니 이제는 돌이킬 수도 없었다. 무슨 일이 있어도 뭔가 만들어 와야 했고, 무엇보다도 반드시 무사해야 했다.

방콕에 저녁 7시가 넘어 도착해 호텔로 이동했다. 다음 비행기가 새벽 6시 출발이어서 어쩔 수 없이 하룻밤을 방콕에서 보내야 했다. 호텔에 도착해서 간단하게 빵과 주스를 마시고 일찍 잠자리에 들었으나 잠이 오지 않았다. 아프가니스탄에서 만날 사람들을 머릿속으로 그려 보았다. 상상조차 되지 않았다. 뉴스 화면에서 본 장면들이 떠오르고 이내 공포가 몰려왔다. 한숨도 자지 못하고 밤새 뒤척이다가 새벽 3시 정도에 공항으로 향했다.

아부다비로 가는 아침 6시 비행기. 비행기 안은 온통 제3세계 노동자들로 붐볐다. 아부다비까지 여덟 시간 가까이 걸렸지만, 이 생각 저 생각으로 나는 한숨도 잘 수 없었다. 깜깜한 밤에 전등도 없이 그냥 앞으로 가고 있는 느낌이었다. 마치 불구덩이로 뛰어드는 듯한 기분이었다. 그렇게 거대한 자석에 이끌리듯 가면서도, 그저 가야 한다는 생각밖에 없었다. 그때가 내 인생에서 가장 무서운 순간이었다. 지금 돌이켜보면 '그렇게 무서운데 어떻게 그 비행기를 타고 아프가니스탄으로 갔을까.' 싶다.

아부다비에서 이슬라마바드로 가는 비행기로 갈아탔다. 당시에는 아프가니스탄은 물론 파키스탄으로 가는 비행기도 많지 않았다. 이렇게 여러 나라를 거쳐 가자니 항공료도 당시 돈으로 300만 원이 넘었다. 오랜 비행 끝에 파키스탄 이슬라마바드에 도착했다. 9·11의 여파로 세관에서 짐 검사를 아주 엄격하게 했다. 결국 마이크용 건전지를 모두 몰수당하고서 두 시간 만에 풀려났다.

하지만 여기도 중간 기착지일 뿐이었다. 아프가니스탄 가는 길은 더욱 어려웠다. 카불 공항이 미군 공습에 무너져 민항기가 가지 않는다는 것이다. 육로는 위험해서 갈 수가 없었다. 바로 며칠 전 기자 네 명이 카불로 가는 길목에서 피살되었다는 소식도 들었다. 수소문 끝에 다행히 아프가니스탄으로 가는 유엔기를 구할 수 있었다. 운임이 상당히 비쌌지만 선택의 여지가 없었다.

유엔기는 어느새 삭막하고 어두운 땅, 아프가니스탄을 저 밑으로 내려다보고 있었다. 말 그대로 황폐한 땅이었다. 가도 가도 황토색 사막 같은 풍경만 뜨문뜨문 보일 뿐 도무지 사람 사는 땅 같지 않았다. 문득 비행기 창에 비친 내 얼굴이 보였다. '휴… 고생문이 열렸구나.' 하는 표정이었다. 그때만 해도 나는 자신감 없고 겁도 많은 어린 피디였다.

낯선 땅에 둥지를 틀다

기억 속 첫 아프가니스탄 풍경

⋮

나를 태운 유엔기는 파키스탄 이슬라마바드에서 출발한 지 한 시간 만에 아프가니스탄 북부 바그람 공항에 내렸다. 아프가니스탄 미군 기지 중심부인 바그람 기지는 변변한 건물 하나 없이 황량했다. 활주로에 내리자마자 총을 든 미군들이 다가와 짐을 들고 서 있으라고 했다. 곧 황소만 한 탐지견들이 나와 다른 기자들의 짐을 검사했다. 탐지견들은 짐에다 온통 끈적끈적한 침을 발라 놓았다. 그 모습을 지켜보다 미군에게 물었다.

"이 개들이 지금 뭐하는 거죠?"

"마약 탐지를 하는 겁니다."

미군이 짧게 대답했다.

'음, 그럴 수도 있지, 그래도 명색이 공항인데.'

나는 속으로 끄덕였다. 나중에 안 사실이지만 아프가니스탄에서는 아편과 해시시가 담배만큼 흔했다. 애 어른 할 것 없이 이용하는 기호 식품이었다. 이런 곳에서 미군은 그때 왜 마약 탐지를 했나 하고 생각하며 지금도 씁쓸하게 웃는다. 아마 그 탐지견들은 마약만이 아니라 무기나 폭탄을 탐지했거나, 미군이 아프가니스탄의 현실을 잘 몰라서 공항이니까 미국식으로 으레 그런 검사를 했거나 둘 중 하나일 것이다.

개들이 나의 짐에 침을 잔뜩 발라 놓고 나서야 미군들은 '이상 없다'라는 사인을 했다. 그러고는 내게 여권을 달라고 했다. 그들은 어이없게도 '아프가니스탄 입국 도장'이 아니라 '바그람 기지 입장 도장'을 찍었다. 비자와 진짜 입국 도장은 수도 카불에 가서 받으라고 했다. 아프가니스탄에 전쟁이 난 직후라 뒤죽박죽되다 보니 이런 황당한 일이 벌어진 듯하다.

드디어 바그람 기지에서 나가는 문이 열리자 뉴스에서 보던 아프가니스탄이 펼쳐졌다. 머리에 터번을 쓴 남자들과 머리에서 발끝까지 하늘색 부르카를 두른 여인들. 순간, 가슴이 뛰기 시작했다. 여기까지 아무 생각 없이 자석에 이끌리듯 왔는데 이제야 아프가니스탄에 왔다는 실감이 났다.

'그래, 진짜로 여기 온 거야. 아프가니스탄이 나를 불렀어. 뭔가 해 봐야 하지 않겠어?'

아프가니스탄 수도 카불로 향하는 차에 앉아서 나는 흥분을 가라앉히지 못하고 있었다.

차를 타고 남쪽으로 한 시간 정도 달려서 드디어 카불에 도착했다. 마치 타임머신을 타고 중세의 한 도시에 온 듯한 느낌이었다. 마침 모스크에서 저녁 예배 시작을 알리는 코란 낭송이 들렸다. 어슴푸레한 저녁 시간에 들려오던 코란 낭송 소리와 여성들의 구두까지 내려와 휘감기던 하늘색 부르카 자락, 그리고 진초록 브로콜리를 쌓아 놓고 팔던 노점상들이 호객하는 목소리가 지금도 내 기억 속에 첫 아프가니스탄 풍경으로 아련하게 남아 있다.

나사르 민박집에 둥지를 틀다

아프가니스탄의 수도 카불에 도착한 나는 우선 숙소에 짐을 풀었다. 그때는 아프가니스탄 전쟁이 끝난 직후라서 세계 여러 나라에서 외신 기자들이 물밀듯이 몰려와 있었다. 당연히 호텔 같지도 않은 호텔마저 동나고 새로 생긴 아프가니스탄 정부의 외교부에서 정해 준 민박집에 기자들이 분산 수용되어 있었다.

나는 나사르라는 사람의 집에 머물렀다. 그 집에는 나 말고도 다른 나라 기자들이 여럿 있었다. 처음에는 한국 기자들도 있었으나 나중에는 이탈리아 미디어셋 TV, 프랑스 라디오 방송국 사람들, 그리고 미국인과 스웨덴 프리랜서 두 명만 남았고, 나중에 BBC 다큐멘터리 팀이

- 카불 시내의 모습.
- 발목까지 내려오는 하늘색 부르카를 입은 여인들.

합류했다. 여자 취재진은 나 혼자였다. 그래서 다들 나를 철없는 동양 여자 정도로 보는 듯했다. 바로 앞집에는 AP 통신 취재진이 있었는데 그 집은 마당이 딸린 좋은 집이었다. AP 통신은 세계적으로 큰 언론사여서 그 회사 취재진은 비교적 좋은 집에서 일했다. 나는 그것이 너무나 부러웠다.

이름하여 '나사르 민박집'은 밥은 알아서 해 먹고 잠자고 씻는 문제만 겨우 해결이 되는 작은 집이었다. 그래도 아늑한 곳이었다. 주인 나사르는 나에게 신경을 많이 써 주었다. 아마 여자 혼자 아프가니스탄에 왔으니 이슬람교를 신실하게 믿는 그로서는 나를 보호해 주어야 한다는 사명이 있었나 보다. 나에게 비상벨까지 가져다주며 무슨 일이 생기면 무조건 누르라고 했다. 한번은 내가 실수로 그 벨을 깔고 앉은 적이 있는데, 나사르가 내복 바람으로 달려와서 깜짝 놀랐다. 남녀 간에 내외가 심한 무슬림 남자가 내복 바람으로 외간 여자 앞에 나타난 것이다. 그는 나에게 아무 일도 없다는 것을 확인하고 나서야 비로소 자기 차림새를 깨닫고는 창피했는지 고개도 못 들고 후다닥 가 버렸다.

든든한 '아프간 삼촌' 쉬르를 만나다

이곳에 도착한 다음 날, 나사르에게 취재를 도와줄 통역을 구해 달라고 부탁했다. 나의 부탁을 받은 나사르는 영어 잘하는 사람이라며 바로 한 중년 남자를 데리고 왔다. 텔레반처럼 긴 수염을 기른 '쉬르'라는 남성이었다. 그는 카불 의과대학 임상병리학과 교수였다. 교수라 해도 전쟁 통에 현금을 줄 수 있는 외국인과 일할 기회가 흔치 않으니 통역이라도 나설 수밖에 없었던 것이다.

솔직히 쉬르의 첫인상은 그리 좋지 않았다. 무서운 인상이라고 하면 그에게 미안하지만, 그 덥수룩한 탈레반 수염이 가까이하기 어려운 인상을 주었다. 그래서 별로 오래 만날 것 같지 않았는데 그때 맺은 인연이 벌써 20년 가까이 계속되고 있다.

나는 그를 '코코 쉬르'라고 부른다. '코코'는 아프가니스탄 말로 '삼촌'이라는 뜻이다. 코코 쉬르는 내게 정말 든든한 사람이다. 나보다 네 살이 많을 뿐이지만 그의 과한 노안으로 인해 나는 그냥 삼촌이라고 불렀다. 쉬르와 나의 첫 인연은 그렇게 시작됐다.

보통 해외 취재를 갈 때는 현지에 있는 한국인 코디를 쓰거나 현지인 코디를 미리 소개받는다. 사전에 돈과 일하는 날짜를 협의한다. 또한 취재원이나 출연자를 미리 섭외를 해 놓게 해서 위험 부담을 줄이기 위해서다. 그래야 정해진 제작비와 시간 안에 취재를 완벽하게 끝낼 수 있다. 그런데 그 어떤 방송국에서도 편성 약속을 받지 않고 무작정 아프가니스탄으로 달려온 나로서는 시간 낭비는 바로 제작비 부담으로 연결되었다. 만약 통역이 시간만 끌고 섭외를 잘 못하면 나는 취재에 엄청난 타격을 받게 되는 것이다. 다행히 쉬르는 나의 그런 사정을 잘 이해했고 정말 진심을 다해 동분서주했다. 쉬르가 나쁜 사람이거나 돈만 밝히는 사람이었다면 나의 아프가니스탄 취재는 불가능했을 것이다. 나로서는 그를 만난 게 행운이었던 것이다.

취재를 시작하려면 우선 아프가니스탄 비자부터 받아야 했다. 이 상황이 사실 현지에 있는 나도 잘 이해가 가지 않았다. 이미 입국은 했는데 비자를 뒤늦게 받아야 하는 상황이라니…. 비자를 받지 않으면 출국할 때 문제가 생길 수도 있다는 것이었다. 그런 사태를 막기 위해 일단 쉬르와 함께 아프가니스탄 외무부를 방문했다.

외무부 건물 입구에 있는 사무실에는 외신 기자들이 여권을 들고 바글바글 모여 있었다. 사무실 중앙에 있는 책상 앞에서 콧수염을 기른 외무부 관리가 소리도 시끄럽게 비자 도장을 꽝꽝 찍고 있었다. 나도 비자 수수료를 낸 다음 그에게 가 여권에 도장을 받았다. 이 도장이 100달러짜리였다. 건물을 나서면서 나는 '돈 뜯어내는 방법도 가지가지구나.' 하고 웃었다. 전후 재정이 부족했던 아프가니스탄 정부는 이런 식으로라도 외국인들에게 돈을 받아야 하는 처지였던 것이다.

자, 이제 비자도 받았으니 슬슬 취재를 시작해 볼까. 쉬르와 함께 외무부 문을 씩씩하게 나서며 중얼거렸다. 하지만 나의 아프가니스탄 취재는 처음부터 고난이었다. 무엇보다 어디서 누구부터 섭외를 해야 할지 막막했다. 하지만 다행히도 내게는 나사르가 있었다.

섭외의 달인들

나사르 민박집의 최고 장점은 이곳 사람들이 섭외에 뛰어난 능력을 가지고 있다는 점이었다. 나사르는 정말 발이 넓었다. 나사르의 부친과 그 형제들이 카불에서도 유명한 지역 유지인 데다 친척들이 대거 새로운 아프가니스탄 정부에 입성했다고 했다. 그래서 내가 섭외가 안 된다고 고민하고 있으면 적극적으로 도와주었다.

하루 취재가 끝나면 쉬르와 나는 차를 마시며 앞으로 누구를 섭외할지 논의했다. 나사르는 이 자리에 은근슬쩍 끼어서 우리가 섭외가 안 되어 고민하는 듯 보이면 자기가 알아본다며 스윽 밖으로 나갔다. 그리고 바로 섭외를 해 오는 것이었다. 그는 정말 모르는 사람이 없구나 싶을 정도로 마당발이었다. 장관이든 이슬람 지도자든 척척 연결을 해 주었다.

나는 아프가니스탄 결혼식을 촬영하고 싶었다. 하시난 여자들의 얼굴을 보여 주는 것이 금기시되어 있는 아프가니스탄 문화에서 신랑 신부는 물론이고 하객도 여자들만 모여 춤을 춘다는 결혼식을 카메라에 담는다는 건 쉽지 않았다. 쉬르와 내가 며칠 동안 섭외를 하지 못해 고민하고 있는데 나사르가 자신이 한번 알아보겠다며 나섰다. 그러고는 불과 한 시간 만에 한 가족의 결혼식을 소개해 주었다. 나사르 친구의 결혼식이었다. 뿐만 아니라 그 결혼식이 마음에 안 들면 다른 집도 있다며 무려 세 건의 결혼식을 알려 주었다. 쉬르와 나는 이 가운데 협조를 가장 잘해 주는 집을 골라야 하는 행복한 고민에 싸였다.

나사르의 섭외력은 실로 엄청났다. 산부인과 병원을 취재한다니까 바로 병원장을 데리고 왔다. 아프가니스탄 정부를 취재할 때는 취재 허락이 필요한데 나사르와 함께 가면 무조건 무사 통과였다. 따로 보수를 원하는 것도 아니고 그저 쉬르를 도와준다는 그에게 나는 매번 신세를

- 나사르가 소개해 준 결혼식에서 춤추는 신부의 친구.
- 나의 든든한 코코 쉬르. 나보다 겨우 네 살 많지만 나는 그를 삼촌이
  라고 부른다.

져야 했다. 나로서는 겨우 방값 정도 치르는데 나사르가 그토록 도와주니 나는 다른 민박집으로 옮길 생각은 아예 할 수 없었다.

나사르뿐만이 아니었다. 그의 아내인 아이샤와 시누이들은 여자들 섭외를 정말 잘했다. 보수적인 나사르 때문에 밖에 나가지는 못했지만, 내가 했던 아프가니스탄 여성 취재의 절반은 그들 덕에 가능했다. 탈레반 시절 여성끼리 모여 몰래 공부하던 모임이나 여성 시인 등 다큐멘터리에 필요한 사례들을 잘도 찾아냈다. 때로는 아이샤와 시누이들이 동네 여자들과 모여 회의도 했단다. 그중 밖으로 다녀도 되는 동네 아줌마가 부르카를 쓰고 이 집 저 집 탐문도 해서 내가 원하는 취재원을 찾아냈다. 어디서 그렇게 다양한 사례들이 나오는지 심난스러웠다. 나는 정말 운이 좋은 취재진이었다.

한번은 그날따라 취재가 잘 안 되어 일찍 숙소로 돌아왔는데 갑자기 나사르가 문을 두드렸다. 아이샤가 할 말이 있다는 것이다. 마침 쉬르가 집에 가기 전이라 나사르에게 쉬르와 같이 들어도 되느냐고 했더니 쉬르는 외간 남자라서 안 된단다. 그래서 나와 아이샤는 방 안에서 이야기하고 쉬르와 나사르는 문밖에서 통역을 했다.

그녀의 말인즉, 탈레반 때 비밀리에 여성 운동을 하다 발각되어 네덜란드로 간신히 도망간 아프가니스탄 여성 인사가 어제 귀국했다는 것이다. 오늘 오후에 함께 목숨 걸고 여성 운동을 하던 동지들과 다시 만난다고 했다. 집에만 있는 아이샤가 이것을 어떻게 알았는지 모르지만 나는 쉬르와 함께 그길로 그 여성들이 만난다는 집으로 달려갔다. 그래서 탈레반이 물러난 후 여성 운동 동지들이 살아서 만나는 감격스러운 장면을 촬영할 수 있었다.

정말이지 아프가니스탄 취재는 이들의 도움 덕분에 성공할 수 있었다. 난 그저 카메라를 들고 갔던 것에 불과했다. 지금 생각하면 천운이다. 그때의 경험을 바탕으로 다른 나라에 취재를 가서도 사람들에게 다가가는 법이나 취재원 섭외하는 방법을 조금씩 업그레이드할 수 있었다.

아프가니스탄으로 떠나기 전, 앞으로 어떤 방송을 할 것인지 갈피를 잡지 못했었다. 그런데 그 모든 고민을 이들이 해결해 주었다. 나사르 가족뿐만이 아니었다. 취재를 도와준 아프가니스탄 여성들이 많았다. 취재원들은 또 다른 취재원의 섭외를 도와주었다. 그래서 모든 사람들이 불가능하다고 했던 아프가니스탄 여성들을 취재할 수 있었다. 전 세계적으로 아프간 여성을 속속들이 취재한 사람은 내가 유일했었다. 남들이 촬영하지 못한 장면들을 나의 카메라에 담을 수 있었다. 다큐멘터리는 사람 안에서 만들어진다는 사실을 나는 아프가니스탄 사람들에게서 배웠다. 죽이 되든 밥이 되든 현장에서 사람들과 어울려 있으면 반드시 해답이 나온다는 것도 알게 되었다. 그렇게 피디로서 나의 인생이 아프가니스탄에서 다시 시작되었다.

나사르 민박집의 여인들이 사는 법

같은 여자라는 동질감이 벽을 허물다

민박집 주인 나사르와 아내 아이샤는 그때 막 결혼한 직후였다. 아이샤는 정말 미인이었다. 다른 남자 기자들은 그녀의 얼굴을 볼 수 없었지만 같은 여자인 나는 그녀를 자주 볼 수 있었다. 지금도 그렇지만 그때는 탈레반이 막 물러난 시기라 아프가니스탄의 여자들은 외간 남자들에게 더더욱 얼굴을 보여 주지 않았다.

탈레반은 여성 학대로 악명을 떨쳐서 결국 미국에 이 여성들을 해방해야 한다는 빌미를 제공했다. 특히 탈레반이 주축인 파슈툰족은 더욱 심했다. 나사르는 그래도 조금 덜 폐쇄적인 타지크족이었지만 부인

뿐 아니라 세 명의 여동생들도 절대 집 밖으로 내보내지 않았다. 내가 취재를 하던 두 달 넘는 시간 동안 나 말고 다른 외신 기자들은 그녀들의 얼굴을 본 사람이 한 명도 없었다. 나사르는 혹시 자기 부인이나 여동생들이 이 외국 남자들을 만날까 봐 특별히 단속을 철저히 했다.

아이샤와 여동생들은 다들 뛰어난 미모였지만 마음 씀씀이는 더 예뻤다. 내가 행여 굶을까 봐 자주 음식을 해서 날라다 주었고 내가 먹고 싶다는 음식이 있으면 그날 바로 해서 먹게 해 주었다. 그때 내가 가장 좋아한 아프가니스탄 음식은 부추를 빈대떡 같은 곳에 올려놓고 반으로 접은 '블루니'와 만두에 양젖을 짜서 치즈처럼 올린 '어샥'이었다. 처음 먹어 봤을 때는 많이 느끼했는데 자꾸 먹다 보니 입맛에 맞았다. 이 전쟁터에 이만한 음식이라도 있는 것이 얼마나 행복했는지 모른다.

더군다나 아이샤는 자타가 공인하는 특급 요리사였다. 같은 블루니라도 아이샤가 만든 것이 모양도 예쁘고 고소했다. 아이샤는 내가 취재 다녀온 후에 "블루니?" 하고 단 한 마디만 해도 잽싸게 만들어 하인들 손에 들려 보냈다. 지금도 나는 그녀의 손맛을 잊지 못해 가끔 외국에서 아프가니스탄 식당이 보이면 블루니와 어샥을 사 먹는다. 물론 아이샤가 만들어 준 것만은 못하지만.

아이샤와 시누이들은 내 화장품에 관심이 많았다. 내가 가지고 간 화장품이라 해야 스킨, 로션과 취재에 협조해 주는 아프가니스탄 여성들에게 선물로 줄 값싼 중국제 립스틱들에 불과했는데도.

- 아이샤와 시누이들은 내 화장품에 관심이 많았다.
- 그때는 탈레반이 막 물러난 시기라 아프가니스탄의 여자들은 외간 남자에게 더더욱 얼굴을 보여주지 않았다.

⋮

모두가 잠든 밤 시간이면 아이샤와 시누이들은 내 방에 몰래 드나들곤 했다. 물론 남자들에게 들키면 난리가 난다. 외간 남자와 눈만 마주쳐도 명예살인을 당할 수 있는 아프가니스탄에서 남자들의 눈을 피해 우리끼리 비밀스럽게 만나는 일은 실로 엄청난 작전이 필요했다. 먼저 내가 다른 기자들이 자는지 일일이 확인하고 부르카를 동원해서 그녀들을 내 방으로 데리고 왔다. 한 명도 아니고 네 명이나 수송하는 게 보통 일이 아니었지만, 우리는 정말 신나는 시간을 보냈다.

혹시 남자들이 갑자기 올까 봐 문을 잠그고 커튼도 치고 손으로 입을 가려 가며 숨죽여 웃기도 했다. 서로 말은 잘 안 통했지만 손짓 발짓하며 대충 의사소통을 했다. 그들이 내 방에 놀러 와서 신기하게 본 것이 나의 화장품과 옷이었다. 청바지나 고위 관료 인터뷰를 할 때 입으려고 가져온 정장과 블라우스는 서로 만져 본다고 밀고 당기고 했다. 화장품도 발라 보고 립스틱도 그려 보고 좋다고 아우성이었다. 우리는 화장품 하나로도 밤새 놀 수 있을 것 같았다. 그들에게 나는 최초의 외국인이고 멀리 문명국가에서 온 신기한 여성이었나 보다.

딱히 놀이 문화도 없는 아프가니스탄 여자들이지만 무언가 재미있는 시간을 보내고 싶은 것은 매한가지였다. 내 취재 노트 뒷면에 오목판을 그려서 오목도 같이 두었다. 볼펜으로 이리저리 그려 가며 그녀들과 두던 오목은 박진감 넘쳤다. 그녀들은 승부욕도 대단해서 지고는 절대 방문 밖으로 나가지 않았다. 학교를 전혀 다니지 못했다는 아이샤와 시누이들은 의외로 머리가 좋았다. 나중에는 나보다 더 잘했다. 나는 '저 좋은 머리로 공부를 했어야 했는데…' 하는 안타까움이 들 정도로 오목에 엄청난 재능을 보였다.

그때 내 나이가 서른두 살이었는데, 아이샤는 20대 초반, 시누이들은 10대 중후반으로 나보다 훨씬 어렸다. 그렇게 우리는 밤마다 남자들은 모르는 우리만의 세계에서 아주 친하게 지냈다. 물론 이들을 관리 감독하는 나사르의 묵인하에 우리는 이렇게 놀 수 있었다.

아프가니스탄식 이 퇴치 방법

나사르 민박집에 머문 지 한 달 정도 되었을 때, 나는 난민촌 취재를 위해서 아프가니스탄 북부로 떠났다. 거의 3주가 넘는 시간을 비워야 했다. 난민촌 취재를 마치고 다시 나사르 민박집으로 돌아온 날, 아이샤와 시누이들은 나를 정말 반갑게 맞았다. 난민촌에서 한 번도 목욕을 하지 못해 오자마자 그녀들이 데워 준 뜨거운 물로 샤워를 했다. 말이 샤워지 비누칠 한 번하고 물 한 번 끼얹는 정도였다. 하지만 몸이 날아갈 듯 가벼웠다. 그동안 씻지 못하는 고통에 냄새도 냄새였지만 온몸이 근질거렸기에 그런 간이 샤워만으로도 날아갈 듯 기분이 좋아졌다.

그런데 나는 머리를 감다가 경악할 만한 것을 발견했다. 내 머리에서 벌레가 떨어지는 것이었다. 아마 난민촌에서 머리에 이가 옮아온 것 같았다. 더운물이 많이 없어서 찬물로 마구 헹구었지만 미치도록 찝찝

했다.

그날 밤 오랜만에 내 방에 놀러 온 아이샤에게 내 머리 속을 보여 주었다. 그러자 그녀는 뭐라고 아프가니스탄 말을 했다. 나는 이해하지 못했지만 내일 뭐 어쩌고 하는 것을 보니 뭔가 방법이 있나 보다 하고 생각했다. 다음 날, 쉬르가 와서야 그 뜻을 정확히 알 수 있었다. 나사르가 아이샤의 말을 듣고 와서 쉬르에게 전해 주고, 쉬르가 나에게 영어로 통역해 준 것이다.

아이샤가 말한 이 퇴치 방법은 "내 머리를 파마하면 이가 다 죽는다."라는 것이었다. 정말 당장 하고 싶었다. 그래서 그날 저녁 아이샤와 시누이들이 모여 파마를 시작했다. 아이샤 방으로 들어갔는데 내가 한국에서 흔히 보던, 파마에 필요한 장비나 시설 같은 것이 보이지 않았다.

"어떻게?"

내가 아프가니스탄어로 묻자 여자들은 나를 그냥 주저앉혔다. 그리고 내 눈에 보인 것은 부엌에서 쓰는 큰 식칼이었다. '아니, 파마하는 데 웬 식칼?' 하고 의아해하고 있는데 어디서 굵은 나뭇가지를 가지고 와 칼로 토막을 내기 시작했다. 그리고 손가락 굵기만 한 나무토막을 만들어서 머리카락을 말기 시작했다. 여자 네 명이 순식간에 달려들어 나의 머리카락을 나무토막으로 말고 고무밴드로 고정했다.

당시 나는 어정쩡하게 긴 단발머리였는데 왼쪽 부분은 시누이가 오른쪽 부분은 아이샤가 맡았다. 주렁주렁 달린 나무토막 무게 때문에 머리가 점점 무거워졌다. 그리고 그들은 파마약을 신나게 뿌렸다. 약 두 병을 뿌리니 온몸이 파마약으로 흠뻑 젖었다. 그래도 이가 없어진다니

참아야지 하고 기다렸다.

그렇게 한 네 시간을 기다렸다가 머리를 감았다. 거울을 보는 순간
나는 웃음이 터졌다. 나도 여자인데 거울에 비친 내 모습은 거의 만화
영화 「아기공룡 둘리」에 나오는 '마이콜'이었다. 훗날 아프가니스탄 취
재를 마치고 한국으로 돌아올 때 공항으로 마중 나온 우리 가족들은 나
를 알아보지 못했다. 정말 폭탄 맞은 듯한 나의 우스운 머리 때문이었
다. 게다가 아이샤의 손힘이 시누이 손힘보다 세었는지 왼쪽과 오른쪽
의 머리 길이도 달라졌다. 그 꼴을 하고도 나는 아프가니스탄에서 한 달
을 더 보내야 했다. 그래도 다행인 건 정말로 이가 다 없어진 것이었다.

그들이 나를 기다리고 있었다

나는 그 뒤로도 여러 번 아프가니스탄 취재를 갔고, 미군과 같이 있
는 경우를 제외하고는 언제나 나사르 민박집에서 지냈다. 나사르는 그
때의 민박 사업 경험을 발판으로 카불 시내 한복판에 크고 좋은 집을
사서 고급스러운 민박집을 냈다. 마당도 크고 방도 더 많은 곳이다. 음
식도 아이샤가 참 깔끔하게 잘 만들고 방도 깨끗하여 사업은 날로 번창
하는 듯 보였다. 내가 처음 만났을 때 새댁이었던 아이샤는 어느덧 아이
가 넷이나 생겼다. 이 정도면 아프가니스탄에서는 거의 중년 취급을 받
는다. 시누이들도 모두 시집가 다들 아이들을 낳고 잘 산다.

그러고 보니 나사르 민박집과의 인연도 어느새 20년이 되어 간다.

이제 나사르 민박집은 나의 아프가니스탄 집이나 마찬가지이다. 아이샤는 나를 친정 언니처럼 여긴다. 취재 갈 때마다 아는 사람들 주려고 예쁜 식탁보나 그릇, 화장품 등을 사 가지고 가는데 그중 아이샤 것은 항상 특별히 더 좋은 것을 골랐다.

나사르 가족은 아는 이 하나 없이 아프가니스탄에 온 내게 든든한 둥지를 만들어 준 고마운 가족이다. 이들이 있어 아프가니스탄에서 아무리 힘든 취재를 하고 있어도 나의 마음은 항상 든든했다.

돌이켜 보니 내가 아프가니스탄에 간 그해, 아프가니스탄 사람들이 나를 기다리고 있었다는 생각이 든다. 나는 단지 그곳을 갈 용기를 냈을 뿐, 나머지는 아프가니스탄에서 모두 준비된 채로 나를 기다리고 있었던 것 같다. 다큐멘터리 피디로서 첫 걸음마를 떼게 해 준, 내가 만난 모든 아프가니스탄 사람들이 그저 고마울 따름이다. 그들은 나의 첫 번째 다큐멘터리 선생님이다.

'구걸 소녀' 오마이라가 꿈꾸는 세상

"제발 아이들에게 돈을 주지 마세요"

⋮

내가 탄 차량이 들어서자 아이들이 소리 지르며 가로막는다.

"하리지(외국인이다)!"

손을 뻗으며 1달러만 달라고 애원하는 아이들. 심지어 차 문을 열고 머리를 들이밀며 돈을 달라고 하는 아이도 있다. 아이들은 내가 돈을 줄 때까지 차량에 껌딱지처럼 달라붙는다.

전쟁이 끝난 직후, 폐허가 된 아프가니스탄 카불에 도착해서 제일 먼저 마주한 풍경은 이렇게 구걸하는 아이들이다. 이곳뿐만 아니라 세계 분쟁 지역을 다니며 늘 보는 모습이 가난, 고아, 미망인, 장애인, 구걸과 시신들이다.

분쟁이 있는 나라의 공항에 내리는 순간부터 거지 떼가 엄청 몰려든다. 외국인들과 돈이 좀 있어 보이는 사람에게는 어김없이 달려들어 손을 내미는 사람들. 이들 대부분은 아이들이나 전쟁 중 다쳐 팔다리가 없는 사람들이 대부분이다. 전쟁터이니 당연히 위생도 좋지 않고 잘 씻지도 못해 여기저기서 역겨운 냄새가 풍긴다.

어쩌다 국제 구호 단체나 유엔에서 구호 식량이라도 배급하려 하면 그 배급 트럭 앞은 몰려드는 사람들로 금세 북새통을 이룬다. 줄 서서 배급품을 받는 것까지는 기대하지도 않지만 배급을 하는 유엔 직원들까지 밀치며 배급품을 받으려고 아우성이다. 그러다가 사람들 사이에 싸움도 난다. 총도 쏘고 난리가 난다. 어느 나라에서나 전쟁 직후에는 이런 모습을 볼 수 있다. 꼭 어디서 훈련이라도 한 것처럼 똑같다.

스마트폰과 최첨단 통신망, 깨끗한 거리에 잘 꾸미고 다니는 아이들과 여성들, 이런 모습이 일상이 된 한국에서 살다가 그런 나라에 가면 문화적 충격이 크다. 내가 태어나 살던 한국에서는 상상도 할 수 없는 모습이기 때문이다.

하지만 전쟁이 났던 약 70여 년 전 한국의 모습도 대충 이랬으리라 짐작된다. 어릴 때 밥상에서 밥을 남기면 부모님이 한국전쟁 때의 배고픔과 남대문의 깡통 찬 거지 이야기를 해 주셨다. 물론 어린 내게는 그저 잔소리에 불과했다. 속으로 '또 저 얘기야?' 하며 짜증을 내곤 했다.

그러나 분쟁 지역을 다니면서 그 70여 년 전 '남대문의 깡통 찬 거지'를 마치 타임머신을 탄 것처럼 현실에서 만나고 있다. 아프가니스탄,

- 카불 길거리의 거지들. 전쟁 후 카불에는 거지들이 눈에 띄게 늘었다.

이라크, 시에라리온 등 분쟁 지역 어디서나 흔하게 만난다. 그들에게서 우리의 옛 모습을 보는 것이다.

운전기사가 차 밖으로 나가 실랑이를 하며 겨우 그들을 떼어 놓는다. 아이들은 불쌍하지만 하루 이틀도 아니고 거의 매일 이런 일을 겪다 보니 여간 피곤한 것이 아니다. 처음에는 아이들이 불쌍한 마음에 돈을 주었다. 그러면 그럴수록 더 많은 아이들이 구름처럼 몰려들었다. 돈을 주는 외국인으로 소문이 나면서 더 많은 아이들이 내게 돈을 달라고 하는 것이다.

한 번은 몰려든 아이들의 숫자가 많아지면서 도저히 취재 차량이 빠져나갈 수 없는 비상사태까지 생겼다. 결국 경찰을 동원해서 공포탄까지 하늘에 쏘고서야 겨우 풀려날 수 있었다. 이 일을 겪은 뒤 쉬르는 다시는 아이들에게 돈을 주지 말라고 나에게 사정했다.

이런 북새통을 매일 치르며 나는 고민에 빠졌다. '언제까지 그 구걸하는 아이들을 외면해야 하나?' 그리고 '이 아이들이 무슨 죄인가?' 하는 고민이었다. 하지만 경찰까지 불러야 하는 사태를 또 일으켜서는 안 되었기에, 아이들에게 돈을 주는 일은 할 수 없었다.

운명처럼 만난 '구걸 소녀' 오마이라

그러다 운명처럼 한 아이를 만났다. 당시 열 살이던 오마이라는 카불에서 제일 번화하고 외국인이 많이 다니는 치킨 스트리트에서 구걸을 하는 여자아이였다. 오마이라는 전쟁 중 아버지를 잃고 병든 어머니와 남동생을 부양해야 하는 소녀 가장이었다.

그 아이와 내가 처음 만난 곳은 길거리가 아닌 아프가니스탄 시민 단체가 운영하는 임시 학교였다. 말이 학교지, 다 쓰러져 가는 건물에 칠판도 없고 책도 변변한 것이 없었다. 언젠가 한국전쟁 때 찍은 부산 피란민 천막 학교의 사진을 본 적이 있는데, 그 사진 속 학교와 비슷한 모습이었다.

그 카불 임시 학교를 다니는 아이들은 아주 많았다. 모두 정식 학교를 갈 돈이 없는 가난한 아이들이었다. 당시 아프가니스탄에는 정식 학교보다 이런 임시 학교에 다니는 아이들이 더 많았다. 선생 봉에 아이들 학교 공부에 신경 쓸 여력이 없었고 새로운 아프가니스탄 정부는 학교를 세울 돈도 없었다. 하지만 나라가 전쟁의 혼란 속에 있어도 아이들의 학구열은 남아 있었다. 학교는 아이들의 꿈이었다. 그래서 아프카니스탄 사람들이 외국 시민 단체에 구걸하다시피 해서 받은 얼마 안 되는 돈으로 아이들을 위해 만든 학교가 그 임시 학교였다.

내가 그 학교를 방문했을 때는 추운 겨울이었다. 난방 기구도 없는 교실에 양말도 신지 않은 아이들이 덜덜 떨며 모여 앉아 글을 배우고 있었다. 그나마 건물 안에서 공부하는 아이들은 저학년들이었고 고학년 아이들은 마당에 돗자리를 깔고 공부를 하고 있었다.

이 아이들을 취재하다가 유난히 열심히 공부하는 오마이라의 얼굴이 기억에 남았다. 그 후 우연히 치킨 스트리트를 지나다가 그 아이가 구걸하는 모습을 보았다. 다른 아이들과 같이 차량에 몰려들어 구걸을 하고 있었다. 나는 쉬르에게 오마이라가 어디 사는지 알아봐 달라고 부탁했다.

다음 날 나는 아침 일찍 오마이라의 집을 찾아갔다. 아이는 시내 변두리에 있는 다 쓰러져 가는 건물에 살고 있었다. 집이라고 하기 민망할 정도로 형편없는 주거 시설이었다. 살림이라고는 겨우 그릇 몇 개와 옷 넣어 두는 나무 상자, 누더기 이불이 전부였다. 천장을 올려다보니 한쪽이 뚫려 하늘이 그대로 보였다. 전쟁 중에 로켓이 떨어져 지붕 한편이 날아간 것이다. 한눈에도 비참한 생활이었다.

당시 오마이라 엄마는 나와 나이가 같은 서른한 살이었다. 하지만 오마이라 엄마의 얼굴은 흡사 60대 노인 같았다. 남편을 잃은 뒤, 세상 풍파와 아프가니스탄의 마른 모래먼지가 그녀를 늙게 한 듯했다. 병까지 든 그녀는 고통을 잊기 위해 매일 아편을 하며 살고 있었다. 내가 집 안으로 들어가자 그녀는 산송장 같은 무표정한 얼굴로 나를 바라보았다. 오마이라가 매일 구걸해서 가지고 오는 몇 푼과 음식으로 그들은 그렇게 생명을 연장하고 있었다.

나는 촬영을 하며 오마이라와 차츰 가까워졌다.

"왜 구걸을 해야 하니?"

내 질문에 아이는 이렇게 대답했다.

"절박해서요. 내가 한 푼이라도 얻어야 병든 어머니와 남동생이 그날 굶지 않아요. 우리 가족이 굶지 않는다면 나는 무슨 일이라도 할 거예요. 배고픈 건 정말 비참해요."

"구걸할 때 창피하지 않니?"

"창피한 것은 말로 다 못 해요. 어른들이 문전 박대하며 물까지 뿌려요. 그럼 그냥 죽고 싶어요. 나는 왜 이 나라에서 태어났을까, 우리 부모는 왜 나를 낳았을까 이런 생각이 들곤 해요."

그리고 오마이라는 나에게 물었다.

"아줌마, 한국에도 저같이 구걸하는 아이들이 많아요?"

"60여 년 전에는 많았단다. 하지만 지금은 거의 없어. 아프가니스탄보다는 굶는 아이들이 훨씬 적단다."

"한국 아이들은 좋겠다. 내가 하루만 구걸을 안 해도 우리 식구들이 다 굶어 죽을 수도 있는데…. 나도 다시 태어나면 한국에서 아줌마 딸로 태어나고 싶어요. 그러면 구걸하지 않고 학교도 다닐 수 있겠죠?"

편견에 맞서 모녀가 꿈꾸는 세상

오마이라는 공부도 열심히 하고 싶어 했다. 아이의 책은 여기저기 찢어지고 여백은 깨알 같은 글씨로 빼곡했다. 아프가니스탄 시민 단체가 운영하는 그 임시 학교는 오마이라의 유일한 희망이었다. 하지만 그 시민 단체도 돈이 없어서 언제 문을 닫을지 모르는 불안한 곳이었다. 그래도 오마이라는 하루도 빠지지 않고 학교에 갔다.

당시는 탈레반이 아프가니스탄에서 막 물러난 직후라 여자아이가 학교에 다니는 것을 주제넘은 짓이라고 생각하는 사람들이 많았다. 탈레반 정부 시절에는 여자아이들이 학교에 가는 것을 법으로 금지했다.

숨어서 언니들에게 글을 배우거나 생각 있는 지식인들이 만든 비밀 학교에 갈 수밖에 없었다.

더 무서운 것은 남성들의 시각이었다. 여자는 공부하는 것이 아니라고 내 카메라 앞에서 아무 거리낌 없이 말하는 남성들을 많이 만났다. 어떤 사람은 나에게 "여자들은 짐승과 같아 공부한다는 것은 사치다. 당신 같으면 집에서 기르는 개에게 공부를 시키겠느냐."라고 말하기도 했다. 그런 분위기에서 오마이라가 공부를 지속해 온 것은 순전히 그 아이의 열망 때문이었다.

"아줌마, 나는 배우고 싶어요. 공부가 정말 재미있어요. 아줌마 만나고 나서 영어도 배우기 시작했어요."

오마이라는 나를 만나면 영어로 이것저것 떠들었다. 그 아이에게 공부는 무척이나 소중했지만 그러면 그럴수록 세상의 눈은 싸늘해졌다. 그렇게 눈치 보며 공부하고 모욕을 당하며 구걸하는 것이 오마이라의 운명이었다. 하지만 단 한 사람, 오마이라 엄마는 그 아이를 격려해 주었다. 취재를 한 지 얼마간 시간이 지났을 무렵, 오마이라 엄마가 나에게 말했다.

"오마이라가 공부를 열심히 해서 나 같은 인생을 살지 않았으면 좋겠어요."

그녀가 무표정한 얼굴로 한 말에 나는 깜짝 놀랐다.

"왜 그렇게 생각해요?"

"내 인생이 왜 이렇게 되었을까 생각해 보면 내가 능력이 없어서인 것 같아요. 난 글도 모르고 세상 돌아가는 것도 모르고 그냥 세상에 휩

- "오마이라가 공부를 열심히 해서 나 같은 인생을 살지 않았으면 좋겠어요." 오마이라 엄마가 말했다.
- 열심히 공부해서 의사나 선생님이 되고 싶다고 말하던 오마이라.

쓸려만 살았어요. 오마이라가 공부를 하면 그래도 나처럼은 안 될 것 같아요."

보통 우리는 아프가니스탄 사람들 하면 그냥 막연히 '못사는 사람들'이라고만 생각하지만, 그중에는 이렇게 아이를 끔찍이 생각하는 마음을 가진 엄마도 있다. 오마이라의 당찬 생각이 그냥 나온 것은 아니구나 하는 생각이 들었다.

생애 가장 큰 선물을 주고받다

두 모녀와 함께한 시간이 한 달쯤 됐을 무렵, 아프가니스탄을 떠날 시간이 다가왔다. 오마이라에게 선물을 주고 싶었다. 새것을 사 주면 혹시 남자아이들에게 빼앗길까 봐 나는 취재할 때 사용해 온 A4지 뒷면의 여백을 쓰라고 직접 묶어서 노트 몇 권을 만들었다.

사실 나는 얼마의 돈이라도 직접 줄까 하는 생각도 했으나 아이에게 그런 횡재는 오히려 더 해가 될 듯했다. 그런 복권을 오마이라 일생 중 몇 번이나 맞을 수 있을까. 차라리 아이에게 필요한 물건을 주자는 생각에 내가 만든 노트와 취재하다 남은 펜, 그리고 홍차, 설탕, 밀가루 등을 들고 오마이라 집에 갔다. 아이는 뛸 듯이 기뻐했다. 특히 내가 만든 노트를 무척 좋아했다.

"아줌마, 저 선물이라는 걸 처음 받아 봐요. 그리고 이렇게 좋은 노트 감사합니다."

오마이라는 나에게 볼을 비비며 기뻐했다. 그런 오마이라의 모습을 보는 나도 흐뭇했고 감동이 몰려왔다.

사실 취재 끝나면 짐을 줄이기 위해 어차피 버려야 했던 종이와 물건들이었다. 그런 폐지를 노끈으로 묶어 만든 노트가 뭐가 그렇게 대단하다고 저리 좋아할까 싶었다. 오히려 나는 그런 폐지들이 놀라운 선물이 될 수 있다는 사실을 알게 해 준 오마이라에게 감사했다. 그 이후 한국에 돌아와서도 나는 종이를 쉽게 버리지 못하게 되었다. 일을 하다 보면 뒷면이 하얀 종이들이 마구 버려지기 마련인데, 나는 언젠가부터 그 뒷면을 꼭 다시 사용하게 되었다. 오마이라가 가르쳐 준 것이다.

아이들에게는 세 가지 권리가 있다

⋮

아프가니스탄은 아직도 혼돈의 땅이다. 지금도 오마이라 같은 아이들이 구걸을 하고 있다. 그 아이들이 내 아이가 아니라고 관심을 주지 않아도 우리 일상생활에는 아무런 불편이 없다. 하지만 그 아이들이 우리 아이들과 다른 것이 무엇일까.

전쟁이 나든 종교가 무엇이든 그것은 어른들의 일이다. 아이들은 어느 나라를 지목하여 태어날 수도 전쟁을 막을 수도 없는 힘없는 생명이다. 하지만 그들에게 적어도 세 가지 권리는 있다고 생각한다.

배고프지 않을 권리, 학교에 다니며 교육을 받을 권리, 그리고 아프면 치료를 받을 수 있는 권리.

이 권리를 지켜 주는 데는 나라 이름이 필요하지 않다. 미국이든 일본이든 혹은 한국이든 어른이라면 아이들이 마땅히 가져야 할 이 세 가지 권리를 지켜 주어야 한다고 생각한다.

어떤 사람은 나에게 아프가니스탄 아이들보다 한국에서 굶고 있는 아이들에게 더 관심을 가지라고 충고한다. 물론 우리나라에도 굶고 있는 아이들이 있다. 하지만 우리 아이들이 귀하다면 아프가니스탄이나 다른 분쟁 지역에 있는 아이들도 똑같이 귀한 것이다. 우리 아이들에게 빵 하나를 주면 그 아이들에게도 같이 빵 하나를 나누어 주어야 한다는 것이 나의 생각이다.

세계 평화는 그리 거창한 것이 아니다. 남의 나라 아이들도 우리 아이들처럼 귀하게 생각하고 아이들의 권리를 지켜 주는 것이 바로 이 평화를 만들 수 있는 열쇠이다. 어른들의 세대는 전쟁으로 물들었어도 이제 막 자라는 아이들에게는 전쟁이 아니라 평화와 화합을 가르친다면 세상은 조금이라도 나아지지 않을까.

내가 아프가니스탄에 갈 때마다 오마이라는 조금씩 성장했다. 시간이 지나 그녀는 스무 살이 되어 시골 학교에서 아이들을 가르치고 있었다. 다행히 그 아프가니스탄 시민 단체가 오마이라를 도와주어 그 학교 선생님도 되었다. 워낙 똑똑했던 아이라 충분히 교사가 될 수 있었을 것이다. 온전히 자기 힘으로 교사도 되었다. 또 결혼도 하고 예쁜 남매까지 낳았다. 신랑은 조금 나이가 많아 보였으나 오마이라를 참 예뻐하는 것을 보니 나도 안심이 되었다. 하지만 오마이라 엄마는 안타깝게도 세상을 떠났다. 오마이라는 평생 병든 몸으로 살다 간 엄마를 그리워하며 내가 마치 친정 엄마 같다고 한다. 그리고 내가 만들어 준 폐지 노트를 잊지 않고 있다고 말한다.

오마이라는 척박한 땅에 태어났지만 꿈을 놓지 않고 자신의 운명을 극복해 나갔다. 나는 그녀의 성장을 지켜보며 희망이라는 단어의 참된 의미를 알게 되었다. 오마이라를 도운 것은 큰돈이 아니었다. 그지 폐지에 불과했던 노트와 나의 관심이었다. 세계에는 아직도 수많은 오마이라가 있다. 좀 더 많은 사람들이 이 아이들에게 관심을 갖고 소중한 인연을 맺었으면 한다.

부르카를 벗어던진 아프간 첫 여성 앵커 마리암

혜성같이 등장한 아프간 신여성, 마리암

"카불 시민 여러분 밤새 안녕하셨습니까? 탈레반의 시대가 가고 우리는 새 시대를 맞이했습니다."

카불이 미군에 함락되어 탈레반이 쫓겨 나간 후, 카불 TV에서 첫 전파를 탄 뉴스 멘트이다. 이 멘트를 한 사람은 당시 열일곱 살의 여성 마리암이다. 가족 외에 여자의 얼굴을 본다는 것은 상상도 하지 못할 때, 그녀는 당당히 얼굴을 내밀고 방송을 했다. 물론 히잡을 쓰고 있었지만 그것만으로도 대단한 파격이었다. 아프가니스탄 여성들의 현실과 변화하는 모습을 취재하려던 나의 프로그램에 아주 적격인 인물이었다.

- "카불 시민 여러분 밤새 안녕하셨습니까? 탈레반의 시대가 가고 우리는 새 시대를 맞이했습니다."
- 2001년 11월 19일. 마리암은 5년 만에 방송을 재개한 카불TV의 첫 방송에 등장해 탈레반 정권의 붕괴를 알렸다.

나는 쉬르에게 마리암을 어떻게 찾을 수 있냐고 물었다. 그는 우선 카불 TV에 가서 물어보자고 했다. 우리는 아침 일찍 카불 TV로 달려 갔다. 그곳에서 마리암은 유명 스타였다. 여자가 방송하는 것이 흔치 않은 나라이니 당연했다. 그러나 마리암은 방송국에 없었다. 방송국 사람들은 그녀의 집으로 가 보라고 했지만 아무도 주소를 몰랐다. 당황하고 있던 차에 누군가 우리에게 마리암의 오빠가 카불 TV의 피디라고 일러 줬다. 나는 그녀의 오빠가 출근하기를 기다렸다.

그렇게 기다린 지 한 시간 정도 후에 나타난 마리암의 오빠는 동생의 출연을 달가워하지 않았다. 아무래도 그는 여동생이 외국 방송에까지 나오는 것을 원치 않는 듯했다. 쉬르는 한참을 설득했다. 방송에 얼굴을 내놓은 마리암의 오빠이니 그리 보수적이지 않으리라 기대했는데, 시작부터 쉽지 않았다. 처음부터 쉽지는 않을 거라고 예상은 했지만 슬슬 초조해졌다. 이윽고 쉬르가 나에게 이야기했다.

"이분이 이야기하길, 우선 집에는 초대를 하겠대. 그러나 촬영 문제는 어머니와 동생과도 상의를 해 보겠다고 하네."

'다행이다. 절반은 승낙이구나. 적어도 마리암을 볼 수는 있겠네.'

나는 마리암을 만날 생각에 마음이 들떴다.

마리암, 드디어 '부르카'를 벗다

: :

그날 오후, 마리암의 오빠가 알려 준 그들의 집 근처에 차를 대 놓고 기다렸다. 오후 4시쯤에 보자고 했으나 우리는 노파심에 30분 미리 도착했다. 하지만 거의 오후 4시가 다 되어도 그들은 나타나지 않았다. 아프가니스탄의 겨울 해는 유독 짧아서 그 시각이면 벌써 어두워진다. 마리암이 사는 동네는 빈민촌이었다. 더러운 도랑물이 집과 집 사이를 흐르고 악취 또한 심했다. 골목마다 아이들이 떠드는 소리가 들렸고 이따금 지나가는 자동차에서 나는 먼지가 자욱했다.

한참을 기다리다 지칠 무렵, 어두워 가는 골목 입구에서 부르카를 쓴 작은 여인이 남자와 걸어오고 있었다. 마리암이었다. 지금도 그 순간의 감격을 잊지 못한다. 흑백 영화의 한 장면처럼 내 머리 깊이 박힌 그녀와의 첫 만남이다. 그때 떨리던 심장 소리는 지금도 눈 감으면 생생하게 들린다. 내가 피디로 취재한 시간 중에 기억에 남는 순간을 꼽으라면 다섯 손가락 안에 들어가는 장면이다. 뽀얀 먼지 속에서 파란 부르카를 쓴 마리암과 그녀의 오빠가 나의 눈앞에 나타났던 순간 말이다.

그들은 우리를 집으로 안내했다. 대문을 지나 우물 하나 있는 넓은 흙마당을 거쳐 집 안에 들어섰다. 전기가 들어오지 않는 듯 어두운 집 안에서 마리암의 어머니가 인사를 했다. 그리고 서둘러 등불을 켰다. 그제야 마리암은 부르카를 벗었다.

등불 아래 비친 마리암의 얼굴은 눈부시게 아름다웠다. 나는 처음으로 사진이 아닌 실물로 그녀의 얼굴을 보았다. 하얗고 뽀얀 얼굴에 지중해 바다 색깔처럼 파란 눈, 오뚝한 콧날. 여자인 내가 봐도 숨 막히게 아름다운 아가씨였다. 우습게도 나는 그 순간에 '아… 아프가니스탄 여자들이 이렇게 아름답구나!' 하며 넋이 나갔다.

탈레반이 물러난 후 마리암이 첫 뉴스를 하던 외신 사진을 지겹게 봤지만 이렇게 가깝게 직접 마리암 얼굴을 클로즈업한 사진은 없었다. 그녀가 첫 방송을 한 사진도 그렇게 뚜렷하게 나오지 않아서 이토록 아름다울 것이라고는 상상하지 못했다.

쉬르도 당황했다. 그도 아내와 친척 외에 외간 여자를 이렇게 가까이 보기는 처음이었다. 내가 쉬르에게 촬영하고 싶은 내용을 통역하라고 재촉해도 그는 느리게 반응했다. 나중에 왜 그랬냐고 물어보니 "당황해서…"라고 말꼬리를 흐렸다.

'과연 아프간 첫 여성 앵커'

:

마리암의 오빠 유레아는 차를 대접하며 한국에서 여기 오려면 시간이 얼마나 걸리느냐는 말로 대화를 시작했다.

"비행기를 타고 직선거리로 올 수 있다면 빠르지만, 여기저기 경유해서 오느라고 이틀이 걸렸습니다."

내가 대답하고 쉬르가 통역해 주었다. 그러자 그가 다시 물었다.

"아니, 차 타고는 얼마나 걸리느냐고요."

이번에는 쉬르가 대답했다.

"차로 오기에는 너무 멀어요. 한국에서 차를 타고 오면 아마 2주는 넘게 걸릴걸요?"

쉬르가 어림짐작으로 대충 대답했다. 나는 속으로 생각했다.

‘이 사람들 정말 순수한 사람들이구나. 비행기는 아예 머릿속에 없나 보구나.’

쉬르의 대답을 듣고는 유레아가 말했다.

“아! 정말 먼 곳에서 왔군요. 그것도 우리 마리암을 촬영하러 왔다니 정말 고맙습니다.”

나는 그 순간을 놓치지 않고 촬영 의도를 자세히 설명했다. 아프가니스탄의 여성들을 촬영하고 싶고, 마리암은 아프가니스탄 여성 중에서도 선구자 같은 훌륭한 아가씨이므로 한국에 꼭 알리고 싶다며 차근차근 설명했다. 취재하는 나도 여성이고 오래전 한국에도 아프가니스탄처럼 억압받은 여성들이 많았다. 그러니 누구보다도 한국 여성들은 당신들의 상황을 더 이해하기 쉬울 거라고도 말했다. 쉬르도 열심히 통역했다. 자기 나름대로 아프가니스탄식 예의를 갖추며 설득하는 쉬르가 고마웠다.

그때 마리암이 말을 자르고 나섰다. 오빠와 잠시 이야기할 테니 조금만 기다려 달라는 것이다. 유레아와 마리암이 한참을 이야기했다. 그 시간이 정말 길게 느껴졌다. 싫다고 하면 어쩌나. 그럼 이제 촬영을 접어야 하나…. 초조하고 긴장돼서 손에 땀이 찼다. 그렇게 기다리던 나에게 마리암은 웃는 얼굴로 돌아와 촬영에 응하겠다고 했다.

“나도 방송하는 사람입니다. 나는 여성이지만, 아프가니스탄이 아니라 한국이어도 방송 나가는 것은 상관없습니다.”

‘확실히 의식이 깬 아가씨구나. 과연 아프가니스탄 최초의 여성 앵커구나.’

나는 감탄했다. 유레아도 마리암의 의사를 존중해 주었다. 아프가니스탄의 여성들은 아버지나 오빠가 보호자이다. 아버지가 돌아가시고 없는 마리암에게 유레아는 유일한 보호자이다. 즉, 보호자인 유레아만이 마리암의 모든 행동을 결정할 수 있었다. 유레아는 마리암의 의사를 존중해 주며 촬영에 동의했다. 깨인 여성 옆에는 깨인 남성이 있기 마련인가 보다.

변화하는 아프간의 상징이 되다

⋮

나는 그녀가 방송국과 집에서 생활하는 모습을 카메라로 밀착 취재했다. 말이 국영 방송국 앵커지, 그녀가 출연할 때 입는 옷은 단 한 벌이었다. 그래서 퇴근하고 집에 오면 그 옷을 소중히 벗어 두고 다른 허름한 옷으로 갈아입었다. 마리암의 집에는 전기도 들어오지 않아 어두컴컴했다. 대낮에도 조명 없이는 작은 6밀리 카메라로 촬영을 하기 힘들만큼 컴컴했다.

마리암에게는 여동생 한 명과 남동생 한 명이 더 있었다. 마리암은 퇴근하자마자 동생들과 생계를 위해 부지런히 카펫을 짰다. 수제 카펫으로 유명한 아프가니스탄에서 카펫 짜는 일을 얻는 것은 가난한 사람들에게 절실한 문제이다. 현금 수입이 보장되는 몇 안 되는 일이기 때문이다. 마리암도 아프가니스탄 안에서 제법 유명한 TV 앵커이지만 아직 월급 한번 받지 못했다. 전쟁 후 제대로 된 정부가 들어서지 못한 탓이

- 유명 앵커이지만 월급 한번 제대로 받지 못한 마리얌은 생계를 위해 카펫을 짠다.
- 가난하지만 웃음을 잃지 않고 사는 마리얌네 식구들 오른쪽에서 두 번째가 오빠인 유레이다

다. 당장 식구들과 먹고살아야 하는 그녀는 카펫이라도 짜야 근근이 생활을 유지할 수 있었던 것이다.

탈레반 시절 그 컴컴한 집에서 마리암은 5년간 외출을 하지 못했다. 물론 학교도 갈 수 없었다. 마리암은 집에서 독학으로 공부를 하며 비밀리에 동네 여자아이들을 모아 놓고 글자와 수학을 가르쳤다. 물론 탈레반에게 걸리면 사형을 당할 수도 있었다. 탈레반은 모든 아프가니스탄 여성들이 교육받는 것을 법으로 금지했기 때문이다. 그 좁고 어두운 집에서 그녀는 바깥 구경도 못하고 숨죽이며 카펫을 짰고 아이들을 가르쳤다.

"왜 아이들을 가르치는 일을 한 기죠?"

내가 마리암에게 물었다.

"나는 인간이기 때문입니다. 여자이기 전에 한 사람의 인간으로 알고 싶고 배우고 싶었습니다. 나도 그랬고 내가 가르친 아이들도 그랬습니다."

또박또박 대답하는 마리암의 모습은 당당했다. 탈레반도 겁내지 않던 이 당찬 아가씨에게 이어서 물어보았다.

"텔레반 정권이 무너졌을 때 어떻게 카불 방송국에서 뉴스를 전할 생각을 했어요?"

"프로듀서로 방송국에 다니는 오빠가 나에게 탈레반 정권이 무너졌다고 알려 주었어요. 그리고 여성 앵커가 필요하다며 뉴스를 읽을 수 있느냐고 물었어요. 나는 하고 싶다고 했어요. 첫 방송을 할 때 머리에 쓴 스카프(히잡)는 동생 것이에요. 정말 급하게 방송국으로 가서 뉴스를 읽었어요. 그건 내가 언제나 꿈꾸던 일이었어요."

그렇게 마리암은 탈레반 정권이 물러난 소식을 아프가니스탄 국민에게 최초로 알린 앵커가 되었다.

만약 마리암이 집 안에서 쥐 죽은 듯이 가만히 있었다면 글자도 몰랐을 것이다. 글자를 익혔기 때문에 방송 대본을 읽었던 것이다. 하지만 제일 대단한 것은 그녀의 용기였다. 여성이 얼굴을 드러내고 방송에 나온다는 것은 아프가니스탄 사회에서 엄청난 용기를 내야 하는 일이다. 외간 남자들에게 자신의 얼굴을 보이는 것은 우리로 치면 옷을 입지 않고 대중 앞에 서는 것만큼 용기가 필요한 행동이다. 물론 이 모든 것을 허락한 마리암의 오빠도 대단했다. 유레아는 이렇게 얘기했다.

"마리암이 방송을 하면서 많은 협박을 받았습니다. 가문을 더럽힌다며 손가락질하는 사람도 있었지요. 하지만 마리암은 똑똑하고 능력도 있습니다. 마리암이 아프가니스탄에서 사랑받는 앵커가 되었으면 좋겠습니다."

두 남매는 앞서가는 선구자였다. 누구도 하지 못하는 일을 하는 용감한 남매였고, 그런 사람들이 내 다큐멘터리에 나온다는 사실 하나만으로도 나는 행복했다.

당시 마리암의 여동생은 열네 살이었다. 이제 막 아이 티를 벗은 듯 눈부시게 아름다웠다. 둘은 미용에도 관심이 많았다. 화장품과 머리 스타일, 그리고 예쁜 옷을 사고 싶어 하는 평범한 어린 아가씨들이었다. 립스틱도 예쁘게 바르고 손가락 굵기의 둥근 나무토막으로 머리를 말아 웨이브를 만들고 크림도 바르면서 서로에게 "너 예쁘다." 하며 깔깔거렸다. 물론 밖에 나갈 때는 아직 부르카로 이 모든 것을 감추어야 했지만 둘은 스스로 만족을 느끼고 싶어 했다.

나는 그런 그녀들의 일상을 일거수일투족 카메라에 담았다. 부르카 속에 마냥 비밀스럽게 싸여 있던 아프가니스탄 여성들의 일상을 말이다. 때때로 그녀들은 계속되는 나의 촬영에 피곤해하기도 하고 되풀이되는 질문에 짜증도 냈다. 그러면 나는 카메라를 멈추고 기다렸다. 마리암은 기분이 나아지면 다시 촬영하자고 했다. 그렇게 나는 마리암이라는 훌륭한 출연자 덕분에 그녀들의 일상을 촬영할 수 있었다.

오늘도 나는 또 다른 '마리암'을 만나러 간다
⋮

2주에 걸친 촬영이 끝나 갔다. 그동안 하루에 열 시간이 넘게 촬영을 했기에 막바지로 들어서자 우리는 정말 친해졌다. 마지막 날 마리암은 자기 얼굴 예쁘게 찍혔냐고 물었다.

"아프가니스탄에서 제일 아름다운 여성이라고 한국에 소개할게요."

내가 이렇게 말하자 그녀는 나를 꼭 껴안아 주었다. 나는 손에 끼고 있던 반지를 빼서 주었다. 처음부터 그녀는 유독 내 반지를 마음에 들어 했다. 작은 큐빅이 달린 은색 반지였는데, 비싼 것은 아니지만 내 여동생이 선물해 준 것이었다. 방송이 나가고 마리암이 그 반지를 낀 장면을 본 내 동생은 불같이 화를 냈다. 마지막 날 촬영한 단 한 컷이었는데 동생에게 들킨 것이다. 동생에게는 정말 미안했지만 그때 나는 마리암에게 아낌없이 주고 싶었다. 그녀가 자신의 모든 생활을 보여 주었듯이 나도 내가 줄 수 있는 모든 것을 주고 싶었다.

20여 년 전 일이지만 바로 어제 일처럼 느껴진다. 그동안 다큐멘터리를 만들면서 많은 출연자들을 만났지만 그중에서도 마리암은 정말 잊을 수 없다. 비록 출연자와 취재진으로 만났지만 우리는 서로를 많이 보여 주었고 정도 많이 들었다. 내가 다큐멘터리를 계속 만들 수 있는 것은 바로 이런 행복한 경험이 있기 때문이다. 큰 명예와 부는 없어도 이런 행복한 경험들 때문에 나는 다큐멘터리가 좋아 죽겠다.

피디를 시작하던 때 내가 "방송이 재미있고 신난다. 피디라는 직업 정말 좋다."라고 말하자 한 선배는 "시간이 지니면 그냥 난시 직업일 뿐이야. 나이를 먹으니 열정도 많이 식더라."라고 말했다. 그런데 나는 나이가 들어도 출연자들을 만나 카메라에 담는 일이 더더욱 신나고 행복해진다. 내가 철이 안 들어 그런가 하는 생각도 해 보지만 아마도 내 생애는 마리암과 같은 출연자를 만나서 다큐멘터리를 만드는 것으로 언제까지나 행복할 것 같다. 그래서 오늘도 나는 또 다른 마리암을 만나러 세계를 돌아다닌다.

그곳에는 어떤 삶이 있을까?

"쉬르! 나 난민촌에 좀 보내 줘"

아프가니스탄은 나에게 많은 것을 보여 준 나라이다. 9·11 때문에 전쟁이 나고 나라 전체가 처참하게 파괴된 아프가니스탄. 이 나라에 취재하러 가서 나는 수많은 사람들을 만났다. 나는 정치적인 이슈에 관심이 있기보다는 그저 평범한 사람들을 만나고 싶었다. 특히 난민촌은 오래전부터 가고 싶은 곳이었다.

보통 '난민촌' 하면 난민들이 텐트 치고 살며 잘 먹지도 못하는 불쌍한 모습들을 상상한다. 나는 난민촌 밖에 있는 제삼자로서가 아니라 난민의 한 사람이 되어 같은 입장에서 난민촌을 바라보고 싶었다. 그래서 그들과 같이 먹고 자면서 그들과 같은 눈높이로 취재하고 싶었다. 하지만 난민촌 취재는 말처럼 쉽지 않았다. 통역인 쉬르에게 이 생각을 설명하자 그는 대뜸 여러 가지 문제가 있다며 난색을 표했다.

우선 아무리 내가 외국 취재진이라도 여성이기에 내가 원하는 대로 '먹고 자고 하는 난민촌 취재'를 난민촌 촌장이 허락해 주지 않을 것이다. 또 난민촌 가는 길은 위험해서 경호할 사람도 많이 필요하고, 난민촌 안에서도 치안을 보장할 수 없다. 그렇다고 여성이 많은 난민촌에 외간 남자인 경호원을 데리고 들어갈 수도 없다. 당연히 쉬르를 동행하지 못하니 여자들을 인터뷰할 수도 없다. 대개 난민촌에는 교육받지 못한 사람이 많이 살아서 더욱 부수저이기 때문이다. 그리고 전기가 없으니 카메라 배터리를 충전할 수도 없다.

이런 난제들이 발목을 잡았지만, 나는 정말 난민촌을 취재하고 싶었다. 그것도 그냥 곁에서 불쌍한 사람들을 바라보며 동정심만 유발하는 취재가 아니라 그들 속으로 들어가 그들 중 한 사람의 시각으로 촬영하고 싶었다. 나는 쉬르에게 우선 부딪쳐 보고 싶다고 우겼다.

드디어 난민촌 취재 프로젝트 가동

통역 쉬르는 교수답게 머리가 참 좋았다. 그는 사람들과 어떻게 협상해야 하는지도 잘 알았다. 무엇보다도 나를 진심으로 대했다. 혼자 이 삭막한 곳에 온 나를 보호해 주는 보호자 같았다. 그는 나를 이해해 주었고 가능하면 취재를 할 수 있는 쪽으로 생각을 했다.

쉬르가 며칠에 걸쳐 나와 갑론을박을 한 끝에 제시한 대안은, 그의 고향(카불에서 차 타고 북쪽으로 네 시간 가까이 걸리는 판쉬르 계곡)에서 좀 더 북쪽으로 한 시간가량 가면 난민촌이 있는데 일단 그곳으로 가 보자는 것이었다. 당장 촬영할 수는 없어도 난민촌 사람들을 직접 만나 취재가 가능한지만이라도 알아보자고 했다. 아무래도 자신의 고향 근처니 비빌 언덕이 있을지도 모른다는 게 그의 계산이었다.

안전을 위해 무장 경호원을 데리고 가기로 했다. 배터리는 발전기(그때 카불의 전기 사정이 열악해서 나는 배터리를 충전하기 위한 소형 발전기를 가지고 있었다)를 들고 가서 난민촌 근처 마을에서 민박을 하며 충전하자고 했다. 쉬르와 경호원들은 그 민박집에 묵으면서 난민촌으로 출퇴근하고, 여성을 인터뷰할 때는 마이크 줄을 길게 연결하여 텐트 밖에서 쉬르가 통역을 하고 나는 안에서 촬영하는 방식을 택했다. 문제는 그가 없는 저녁에 나와 난민촌 사람들이 어떻게 의사소통을 하느냐는 건데, 나는 대충 손짓 발짓으로 버텨 보겠다고 했다.

그날 밤, 난민촌을 취재하겠다고 소리 높여 주장하면서 애쓰는 나를 쉬르가 못 말린다는 표정으로 바라보던 것을 잊을 수가 없다. 안 된다고 해도 빡빡 우기며 하고 싶다고 떼쓰는 나를 보며 그가 지은 표정 말이다. 지금 생각해 보면 무조건 우기기만 하는 나를 도저히 당해 낼 수가 없어서, 안 될 게 뻔하다는 것을 현장에서 보여 주려고 했는지도 모르겠다. 하지만 쉬르가 나에게 최선을 다했던 것은 사실이다.

⋮

다음 날 아침 일찍, 쉬르가 그 나름대로 선별한 경호원 세 명과 함께 나타났다. 그들 모두 긴 윗도리에 조끼를 입는 아프가니스탄 고유 의상을 걸치고 있었고, 차에는 마수드 장군(2001년 9월 9일 암살당한 아프가니스탄의 전설적인 영웅) 사진이 여러 장 덕지덕지 붙어 있었다. 안전을 위해 그쪽 동네 우상인 마수드 장군의 사진을 붙인 것이다. 나는 속으로 '쉬르가 밤새 고민을 많이 했나 보구나.' 하고 생각했다. 나에 대한 그의 배려가 고마웠다. 아마 이때부터 나는 쉬르를 친삼촌처럼 마음속 깊이 좋아했나 보다.

'그래, 쉬르와 함께라면 걱정할 필요가 없을 거야. 쉬르를 믿고 의지하자.'

그렇게 나는 비상용 물과 음식, 의약품, 침낭, 발전기와 카메라 장비를 챙겨서 꼬불꼬불한 비포장도로의 판쉬르 계곡을 지나 다슈탁이라는 난민촌으로 향했다.

다슈탁으로 가는 길은 정말 험했다. 제법 큰 사륜구동 차였는데도 심하게 요동을 쳐서 멀미가 날 것 같았다. 그러나 나를 제외한 운전기사, 쉬르, 총을 들고 있던 경호원들은 아무렇지도 않은 표정이었다. 전쟁과 척박한 환경에 길들여진 아프가니스탄 사람들이기에 이런 환경에 익숙한가 보다 싶었다.

그렇게 대여섯 시간을 달려서 오후 늦게 우리 일행은 다슈탁의 난민촌에 도착했다. 낮은 구릉 지역에 세워져 있는 하얀 텐트들이 모래바

- 흙벽을 바람막이 삼아 천막으로 지은 난민촌 집들.
- 난민촌 주민은 대부분 여자와 아이들이다. 성인 남자들은 대부분 죽거나 외국으로 도망갔
  기 때문이다.

람에 나부꼈다. 낯선 외국 여자와 총 든 사람들이 나타나자 사람들이 구름처럼 몰려들었다.

쉬르는 촌장을 찾았다. 무함마드 촌장은 그 수많은 텐트 중 하나에 살고 있었다. 1년 전 탈레반의 박해를 피해 가족을 이끌고 이곳 난민촌으로 피난 온 의사라고 했다. '탈레반'은 원래 이슬람 종교 학교의 학생들이라는 뜻인데, 이들은 극단적인 이슬람을 믿는 탓에 사람들을 오로지 종교로만 통치하려고 했다. 아프가니스탄의 정권을 장악한 이후 이들에 반발하는 사람들을 가차 없이 죽였고, 그 와중에 많은 사람들이 이들의 박해를 피해 고향을 떠나야 했다. 무함마드도 그들 중 한 사람이었다.

후덕한 이웃 아저씨처럼 사람 좋아 보이는 표정을 한 무함마드는 쉬르의 설명을 듣고 흔쾌히 동의했다. 안 된다고 하면 어쩌나 걱정했는데, 예상보다 순조로운 출발이었다. 그 대신 촌장은 다른 집은 안 되고 자신의 집에서 지내라고 했다. 그게 다른 사람들의 불평불만을 줄이면서도 안전한 방법이라고 했다. 난민촌은 사는 환경 자체가 좋지 않기에 주민의 불만도 많아서 촌장 노릇 하기가 쉽지 않다는 설명도 덧붙였다.

이윽고 쉬르는 내게 필요한 카메라 배터리와 물, 침낭, 손전등을 내려놓고 경호원들과 함께 그들의 숙소로 떠났다. 떠나기 전 그는 염려스러운 표정으로 말했다.

"김, 촌장은 좋은 사람이니 안심해도 될 거야. 그래도 무슨 일이 생기면 안 되니까 밤에 화장실 갈 때 빼고는 되도록 밖으로 나오지 마. 손전등 켜지 말고. 네가 가지고 있는 돈은 우선 내가 가지고 갈게. 돈이 있다는 것을 알면 안 좋은 일이 생길 수도 있으니까. 아무튼 조심해야 해.

아침 일찍 해 뜨면 올게."

근심 가득한 얼굴을 한 쉬르는 몇 번이고 조심하라고 당부를 하며
떠났다.

낯섦과 익숙함의 차이

난민촌의 밤은 초저녁에 시작된다

쉬르가 떠나고 난민촌에 혼자 남겨진 나는 짐을 둘러메고 촌장을 따라 그의 텐트로 들어갔다. 지붕은 텐트를 올리고 벽은 대충이나마 흙으로 되어 있었다. 좁디좁은 공간이지만 내 눈에는 아늑해 보였다. 내가 짐을 내려놓자 촌장은 가족을 불러 모았다.

무함마드 촌장의 가족은 임신 8개월 된 아내, 육순의 어머니(아프가니스탄 사람들의 평균 수명이 50을 못 넘는 것에 비하면 상당히 장수한 셈이다), 일곱 살 된 아들, 로숀과 아리아라는 두 명의 시누이가 텐트 두 개에 나뉘어 살고 있었다.

나는 촌장의 가족을 촬영하게 된 것이 오히려 잘된 일이라 생각했다. 촌장과 어린 아들을 빼면 다 여성들이기 때문이다. 거기다가 계층별로 나이 먹은 여성, 결혼한 여성, 미혼인 여성, 이렇게 다 구비되어 있는 가족이라 우연치고는 참 행운이었다. 나도 여성이라 카메라가 접근하기 수월할 것이라고 예상했다.

그들은 내게 빵 한 조각과 홍차를 내주었다. 돌이 마구 씹히는 빵을 먹으며 나는 '이런 것을 먹고 사는구나, 카불에 사는 사람들보다 먹는 것이 더 열악하긴 하구나.' 하고 생각했다. 그 순간 왜 그리 딸기잼이 생각나던지…. 맨빵만 씹으니 목이 메어 와 홍차와 같이 삼켰다. 그래도 꾸역꾸역 먹은 이유는 이곳이 난민촌인지라 먹을 수 있을 때 먹어 놔야 할 것 같아서였다. 그러지 않으면 언제 굶게 될지 모를 일이었다. '촬영하다 죽어야지 굶어 죽으면 안 되잖아.' 나는 스스로를 격려하며 정말 억지로 먹었다.

이윽고 찬 바람과 함께 어둠이 난민촌을 덮었다. 난민촌 사람들은 어두워지자마자 바로 잠자리에 들었다. 한국 같으면 이제 막 퇴근할 시간인데 이들은 자동으로 이불을 폈다. 난민촌의 저녁은 참 심심하고 적막했기 때문이다. 전깃불도 없이 그저 달빛과 별빛에 의지해야 하는 컴컴한 곳이라 아무것도 할 것이 없었다. 텔레비전은 물론이고 무료를 달랠 만한 오락거리도 없었다. 그러다 보니 잠을 일찍 청하나 보다 싶었다. 나는 속으로 이들에게 수면 장애는 없겠구나 하고 생각했다.

해가 떨어지자 12월의 칼바람은 기온을 영하로 뚝 떨어뜨렸다. 더군다나 바닥은 맨땅에 얇게 깐 비닐이 전부였고 텐트는 금방이라도 무너질 듯 위태했다. 촬영하기도 전에 얼어 죽을 판이었다. 나는 그나마 침낭이 있었지만 같이 자는 시누이들과 할머니는 이불 속에서도 덜덜 떨었다. 나는 차마 혼자 오리털 침낭을 덮을 수가 없어서 지퍼를 열고 넓게 펴서 시누이 로숀을 끌어 들였다. 말이 통하지 않으니 손짓 발짓 하며 같이 덮자고 했다. 처음엔 사양하던 그녀도 침낭 속으로 들어왔다. 따뜻한 체온이 스며들었다. 하루 종일 덜컹거리는 차에서 시달린 나는 금방 잠이 들 것 같았다.

'내일 아침부터 스물네 시간 카메라를 돌려서라도 열심히 촬영해야 하니까 오늘은 좀 빨리 자자. 어떻게 얻은 기회인데 죽어라 촬영해야지.'

아름다운 별이 쏟아지는 난민촌의 밤하늘

그런데 막상 자리에 누우니 잠이 오질 않았다. 춥기도 추웠지만, 옆에서 자던 시누이들과 할머니가 덮는 이불에서 나는 악취와 쉴 새 없이 내 몸을 무는 무언가 때문에 잠을 쉬이 이루지 못했다. 쉬르가 난민촌에는 이와 벼룩이 많다고 하더니 바로 그놈들일 터였다. 두어 시간을 긁고 부스럭거리고 있는데, 갈수록 태산이라고 화장실이 급했다. 참아 보려고 했는데 한계까지 온 듯했다.

여기 오기 전에 쉬르는 내게 몇 가지 말을 가르쳐 주었다. 급할 때 쓸 수 있는 아프가니스탄 말들이었다. 화장실, 물, 배고파요, 이쪽, 저쪽, 감사합니다 등등…. 그런데 화장실이라는 단어가 생각이 안 났다. 나의

- 영하 10도를 오르내리는 추위에 물을 길어 오던 아이가 손을 호호 불어 녹이고 있다.
- 유엔 구호 단체가 지어 준 재래식 간이 화장실.

형편없는 기억력과 외국어 실력을 탓하며 조심스레 일어나 손전등을 켜고 수첩을 펼쳤다. 한글로 '화장실은 타슈납'이라고 써 있었다. 나는 그 단어를 확인하자마자 로숀에게 "타슈납!"이라고 말했다. 아마 난 평생 이 타슈납이라는 말은 절대 잊지 못할 것이다. 너무도 절실하게 외운 말이기 때문이다. 그때 아프가니스탄 말은 내게 생존이었다.

로숀은 웃으며 일어나더니 텐트 밖으로 따라 나오라고 했다. 다행히 멀지 않은 곳에 유엔 구호 단체가 지어 준 재래식 간이 화장실이 있었다. 로숀이 손전등을 들고 앞장서고 나는 비틀비틀 그녀를 따라갔다. 생리 현상을 시원하게 해결하고 화장실 문을 나섰을 때, 나는 난민촌의 텐트들 위로 쏟아질 듯 빛나는 별들을 보았다. 지금껏 본 별들 중에 가장 아름다운 별들이었다. 조금 전의 불편했던 기억은 순식간에 사라지고, 나는 그 밤하늘의 별들을 보며 행복했다. 그래, 어떤 취재진이 이렇게 아름다운 난민촌의 밤하늘을 본단 말인가. 난 행운아다. 이 별들을 본 것만으로도 나는 충분히 행복하다.

텐트로 돌아온 나는 아까와는 달리 편안하게 잠이 들었다. 이깟 추위와 벌레들의 공격은 아름다운 밤하늘과 이곳 사람들을 만나는 대가이므로.

카메라 공포에 마음을 열지 않는 여성들

⋮

다음 날 쉬르는 해가 뜨자마자 나타났다. 우리는 그때 "몇 시까지

와."가 아니라 "해가 뜨면 와.", "해가 지면 갈게." 이런 식이었다. 난민촌
은 시계나 달력이 필요 없었다. 휴일도 없고, 요일도 없는 낯선 세상이
었다.

촌장과 인터뷰를 할 때 쉬르는 원래 약속한 대로 텐트 밖에서 통역
했다. 촌장은 남자였지만 대부분이 여성인 그의 가족과 쉬르가 함께 마
주할 수 없었기 때문이다. 할머니 인터뷰는 정말 웃겼다. 내가 인터뷰
질문을 텐트 밖에 있는 쉬르에게 고래고래 소리 시르머 전히면 쉬르가
다시 할머니에게 목청 높여 큰 소리로 질문했다. 이 이상한 장면은 지금
도 나와 쉬르의 단골 유머이다. 제삼자가 보면 정말 우스운 광경이었다.
그러나 그때는 우습다고 생각할 겨를이 없었다. 나는 그저 인터뷰 하나
라도 더 하려고 발버둥을 쳤다.

촌장과 할머니 인터뷰는 그럭저럭 할 수 있었지만, 다른 난민촌 여
성들은 카메라에 찍히려 하지를 않았다. 무슨 고발 프로그램에 나오는
사람들처럼 카메라를 거부했다. 정말 난감했다. 이렇게 힘들게 난민촌
을 찾아왔는데 남자들과 할머니 한 사람 인터뷰가 다라니….

여자들은 내가 카메라만 안 들면 정말 친근하게 다가왔다. 하지만
내가 카메라를 드는 순간 손바닥으로 카메라 렌즈를 가렸다. 나는 속
으로 '언니들, 제발 좀 찍혀 주라.'라고 애원했지만, 그들은 좀처럼 자신
의 얼굴을 내놓지 않으려 했다. 쉬르에게 부탁해도 소용없었다. 쉬르가
말했다.

"이곳은 아프가니스탄이야. 저 여자들은 네 카메라를 본능적으로
무서워하는 거야. 내가 저 여자들의 보호자라 해도 카메라에 찍히라고

할 순 없어."

사실 방송용 카메라가 시커먼 것이 무슨 무기같이 보이기도 한다. 석기 시대 같은 이곳에서 최첨단 카메라는 그들에게 두려움을 주고 있었다. 촌장도 그들을 설득해 봤지만 씨도 안 먹히는 분위기였다. 그렇게 나는 이틀을 개점휴업 상태로 보냈다.

'부르카 선심'으로 마음을 열다

사흘째 되던 날, 나는 짐 속에 있던 옷들을 정리하면서 이와 벼룩이 가방 안으로 들어갈까 봐 비닐로 꽁꽁 싸매고 있었다. 무함마드의 첫째 여동생 아리아가 그 모습을 보다가 내 부르카를 달라는 시늉을 했다. 나는 카불에 오자마자 안전을 위해 아프가니스탄 여성들이 쓰는 부르카를 하나 사서 가지고 다녔다. 부르카를 쓰면 사람들이 내가 외국인이란 걸 알아볼 수 없어서 편리한 점이 많았다. 아리아가 바로 그 부르카를 달라고 한 것이다.

당시만 해도 여자가 부르카를 쓰지 않고 밖을 돌아다닌다는 것은 상상도 할 수 없던 때였다. 특히 가난한 난민촌 아가씨에게 부르카는 자유롭게 바깥에 나갈 수 있다는 걸 의미했다. 나는 바로 부르카를 아리아에게 주었다. 그들이 원한다면 부르카쯤이야….

아리아는 부르카를 입어 보더니 무척이나 좋아했다. 촌장과 어깨동무를 하면서 자기 모습을 찍어 달라고 내게 손짓을 했다. 그 순간 나는 망설일 겨를도 없이 아리아가 부르카를 입고 좋아하는 모습을 마구 촬영했다. 드디어 이곳 여성들을 촬영할 수 있게 된 것이다.

'부르카 선심'이 통하여 아리아를 촬영한 것을 시작으로 다른 여자들도 서서히 나의 카메라를 겁내지 않게 되었다. 아니 촬영 막바지에는 카메라가 있는지 없는지조차 신경 쓰지 않는 지경에 이르렀다. 쉬르가 없을 때도 나는 카메라를 쉬지 않고 돌렸다. 언제 무슨 말이 나올지 모르기 때문이었다. 나는 아프가니스탄 말도 몰라서 그들이 입만 열면, 움직이기만 하면 무조건 촬영을 했다.

난민촌에서 생활한 지 닷새쯤 지났을 때였다. 그날도 나는 아침 해가 뜨면서부터 열심히 카메라를 돌리고 있었다. 아직도 다른 집 여자들은 난생처음 대하는 카메라에 찍히지 않으려고 이리저리 도망 다녔다. 나는 웃으면서 열심히 따라다녔지만 그녀들은 그만큼 또 열심히 피해 다녔다. 하지만 아리아가 그랬던 것처럼 시간이 지나면 괜찮아지겠지 생각했다. 그녀들과 씨름하고 있을 때 쉬르가 왔다. 오늘은 촌장 아내와 시누이들을 인터뷰하기로 한 날이었다.

쉬르와 나는 여전히 마이크 줄을 길게 바깥으로 빼 놓았다. 나는 텐트 안에서 시누이들과 인터뷰를 하고 쉬르는 밖에서 통역을 했다. 쉬르의 목소리가 들리지 않으면 나는 바깥을 향해 고래고래 소리를 질렀다.

"안 들려! 크게 말해 줘요!"

그런 우리의 모습을 보고 로숀이 깔깔거리며 웃었다. 뒤이어 할머니도 아리아도 참지 못하고 웃었다. 이렇게 우리는 조금씩 가까워져 갔다. 무함마드 가족뿐만 아니라 그 옆집 가족… 그렇게 난민촌 사람들과 친

- 내가 준 부르카를 받고 기뻐
하는 아리아.
- 카불에서 의사였던 무함마
드 촌장은 난민촌에서도 아
픈 사람들을 진료해 주었다.

/ 아프가니스탄에서 만난 사람들

해져 갔고 그만큼 촬영은 점점 쉬워졌다. 내 카메라 앞에서 거부감을 보이는 여자들도 점점 줄어들었다.

평화와 죽음과 이별이 공존하는 곳

난민촌에 흐르는 일상

무함마드 촌장의 텐트 옆에는 자리파라는 여자가 살고 있었다. 그녀의 남편은 전쟁 통에 행방불명되었다. 아프가니스탄에서 가장인 남편이 없다는 것은 사회적인 고립을 뜻한다. 먹고사는 문제뿐 아니라 사람들의 멸시도 받아야 하는 서러운 신세이다. 자리파는 역시 오래전 남편을 잃은 홀시어머니와 네 명의 아이들과 함께 살고 있었다. 아이들 중에는 선천적으로 걷지 못하는 장애를 가진 일곱 살짜리 딸도 있었다.

내가 난민촌으로 들어온 후 그녀는 가끔 아이들을 끌고 우리 텐트에 놀러 오고는 했다. 어떤 밤에는 남자들이 잠들고 나서 난민촌 여자들이 그녀에게 노래를 시키고 우리는 춤을 추고 놀았다. 흔히 난민촌 생활은 아무 즐거움도 없을 것이라고 짐작하지만 그들에게도 나름 유흥 문화가 있었다. 특히 자리파와 아리아는 가수 뺨치게 노래를 잘 불렀다.

시간이 지날수록 내가 굳이 뭘 찍겠다고 요구하지 않아도 그녀들은 자연스럽게 나에게 많은 모습을 보여 주게 되었다. 춤추고 노래 부르는 장면을 촬영해도 아무도 얼굴을 가리지 않게 된 것이다. 조명이 없어 손전등을 켜고 촬영했지만 그들은 신나게 놀았다. 굳이 촬영이 아니더라도 즐겁고 행복한 시간들이었다. 지구 저편 깜깜한 사막 한가운데 있는 난민촌에서 우리는 노래도 부르고 춤도 추면서 신나는 밤을 보냈다. 시간은 정말 후딱 지나갔고, 나는 난민촌 구석구석을 촬영했다.

그러던 어느 날, 유엔이 구호품을 주러 난민촌에 왔다. 다슈탁 난민촌에는 유엔난민기구UNHCR라는 긴급구호팀이 일주일에 두 번 식량을 나눠 주었다. 마침 나도 카불에서 가지고 온 식량이 바닥났다. 물론 쉬르가 현금을 가지고 있으니 사 오면 그만이다. 하지만 그게 좀 조심스러웠다. 난민촌의 다른 사람들이 이 사실을 알면 촌장 가족에게 곱지 않은 시선을 보낼 것 같았다. 그래서 어떻게 해야 하나 고민 중이었다.

유엔이 식량을 주러 온 것을 보자 아리아가 내게 배급을 받아 오라고 옆구리를 찔렀다. 내가 "나?"라고 말하니 아리아는 눈을 치켜뜨며 손가락으로 유엔이 배급하는 곳을 가리켰다. 무슨 말인지 자세히는 알 수 없으나 대충 너 먹을 것은 네가 타 오라는 것 같았다. 부르카를 들고 오더니 나에게 던져 주면서 마구 등을 떠밀었다. 나는 부르카를 쓰고 사람들이 줄을 길게 서 있는 곳으로 가서 줄을 섰다. 뻔한 난민촌 사정에 입

하나가 늘었으니 당연히 내 몫은 스스로 챙겨야 했다. 파란 유엔 모자를 쓴 서양 남자가 쌀과 밀가루, 설탕 등이 든 자루를 나누어 주었다.

"생큐 소 머치Thank you so much."

내가 받으면서 얼떨결에 영어로 말하자 그는 빙그레 웃으며 영어를 할 줄 아느냐며 신기하게 여겼다. 이런 난민촌에서 아프가니스탄 여자가 영어를 한다는 것이 신기한지, 그 서양 남자는 주머니에서 사탕 봉지를 하나 더 꺼내 주며 "유 아 웰컴You are welcome."이라고 말했다.

난민촌에서 비로소 찾은 행복

내가 배급받은 자루를 들고 텐트로 오자 시누이들은 박장대소했다. 덤으로 사탕 한 봉지까지 얻어 왔지 않은가. 우리는 배급받아 온 식량으로 함께 요리를 했다. 사실 식량이 부족한 난민촌에서 근사한 요리가 있을 리 만무하다. 하지만 공짜로 얻어서 그런지 더 맛있었다.

주식인 '난'이라고 불리는 빵을 만드는 것은 이곳 여자들의 일상이다. 밀가루로 반죽을 하고 세숫대야 같은 그릇에 담아 이틀간 숙성시키고 나뭇가지를 주워 화덕에 불을 피우고 숙성된 반죽을 조금씩 떼어 화덕 안쪽에 붙여 구운 빵은 정말 맛있었다. 물론 돌이 서걱거리며 씹혔지만 그 고소한 빵 굽는 냄새가 구미를 당겼다.

특히 아리아는 숙련된 빵 기술자였다. 그녀의 빵은 다른 사람들의 빵과 확연히 달랐다. 더 고소했고, 무엇보다 돌이 덜 씹혔다. 아리아가

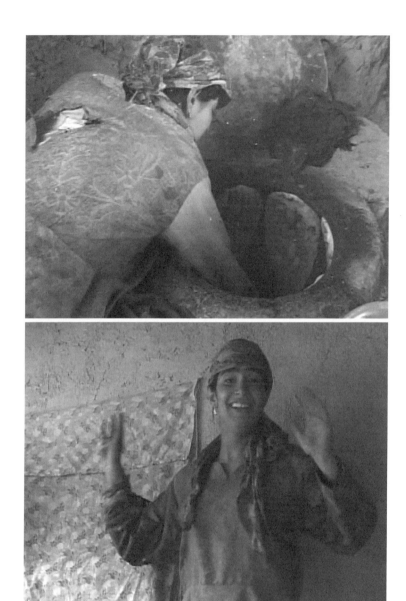

- 화덕에서 '난'이라고 불리는 빵을 굽는 아리아.
- 시간이 지날수록 그녀들은 자연스럽게 나에게 많은 모습을 보여 주게 되었다.

반죽 대야를 들고 텐트 옆에 파 놓은 화덕으로 가면 나는 신나서 따라가곤 했다. 아리아도 내가 옆에서 갓 구운 빵을 뜯어 먹으면서 엄지손가락을 치켜들면 그 파란 눈을 더 반짝이며 미소를 지었다. 그리고 더 먹으라고 연신 권했다. 빵 굽는 그녀 옆에서 하도 빵을 많이 얻어먹어서 나는 배가 불러 헉헉거려야 했다. 굶을까 봐 걱정하며 들어온 난민촌에서 과식하는 내가 정말 우스웠다.

그때 바깥 사람들의 염려와 달리 나는 정말 행복했다. 아무 걱정이 없었다. 사람들이 취재 협조도 잘해주고, 많이 친해져서 함께 어울려 다니면서 놀고…. 나는 이대로 이들과 영원히 살아도 괜찮지 않을까 하는 생각까지 들었다. 한국에서 수많은 일에 치여 사는 것보다 순수한 이곳 사람들과 빵을 구워 먹으며 정을 나누는 삶도 나쁘지 않을 것 같았다.

그렇게 하루 이틀 지내다 보니 난민촌 생활에 아예 적응이 되어 버렸다. 이곳에서 내가 이들과 묻혀 살면 누가 알까. 여전히 말은 완전히 통하지 않았지만 손짓 발짓과 비록 엉터리이긴 하지만 조금씩 늘어 가는 나의 아프가니스탄 말로도 대충 의사소통을 할 수 있게 되었다. 물론 중요한 인터뷰 내용이나 전달 사항은 쉬르가 매일 출퇴근을 하면서 해결해 주었지만 말이다.

나와 쉬르만 침묵을 지키면 아무도 나를 여기서 찾지 못할 것 같았다. 그만큼 나에게 이곳 사람들이 소중해졌다. 헤어지고 싶지 않았다. 촌장 식구들도 내가 언제 떠나 버릴까 봐 은근히 걱정하는 눈치였다. 정이 들어 버린 것이다. 취재야 당연히 잘되고 있었지만, 이 정을 어찌 떼어 내고 카불로 돌아간단 말인가.

또 하나의 일상, 죽음

난민촌에서 취재를 시작한 지 2주가 지나갔다. 마냥 평화로울 줄 알았던 난민촌에서 평생 잊지 못할 일들이 벌어졌다. 그즈음, 뒷집 텐트에 사는 새댁이 쌍둥이를 낳았는데 태어난 지 채 이틀도 안 되어 얼어 죽고 말았다. 지난밤 잠자리에 누웠는데 뒷집 쌍둥이들이 합창이라도 하듯 울어 댔었다. 나는 '역시 갓난아이 소리는 우렁차야 해. 내일은 새댁네 찍으러 가야지.' 하며 잠을 청했다. 그런데 다음 날 그렇게 허망하게 쌍둥이 둘 다 하늘나라로 가 버린 것이다.

아침에 촌장과 함께 새댁네로 가 보니 눈이 유난히 큰 새댁은 넋이 나간 채 울지도 못하고 추위에 오들오들 떨고 있었다. 그 옆에서 남편은 어쩔 줄 모르고 있었다. 지금 막 난민촌 옆 나지막한 언덕에 쌍둥이를 묻고 왔다고 했다. 나는 새댁의 손을 꼭 잡았다. 그러자 그녀의 눈빛이 흔들리면서 눈물을 뚝뚝 흘렸다. 얼떨결에 당한 횡사에 멍하니 있다가 그제야 실감이 나는 모양이었다. 그렇게 그녀는 내 손을 꼭 잡고 놓을 생각을 하지 않았다.

한 손에는 카메라를 잡고 한 손에는 새댁의 손을 잡고 한참을 그렇게 그녀도 울고 나도 울었다. 지금도 그때 찍은 영상을 보면 그녀의 마음과 손이 내 손에 연결되어 묻어나는 아픔이 느껴진다. 이제 갓 스물이 된 이 불쌍한 새댁의 눈물이 방울방울 내 가슴에 스며드는 것 같았다.

그날 쉬르는 난민촌 담벼락에 붙어 꺼이꺼이 울고 있는 나에게 이런 위로의 말을 했다.

"김, 이런 건 난민촌에서 일상이야. 난민촌의 운명이라고나 할까? 곁에서 그냥 한번 스쳐 지나가는 사람들은 가슴 깊이 느낄 수 없는 거지. 너무 그렇게 슬퍼하지 마. 이 사람들도 그냥 하늘의 뜻이려니 하고 받아들이고 있을 거야. 알라가 하시는 일인데 인간인 우리가 뭘 어쩌겠느냐고 다들 생각하지. 그러니 이젠 그만 쌍둥이 아이들 잊어, 알았지?"

쉬르의 말을 듣고서도 나는 한참 동안 아무 말 없이 땅바닥만 바라보고 있었다.

충격이 채 가시기도 전에 또 일이 터졌다. 쌍둥이가 죽고 이틀 후, 난민촌 제일 끝에 사는 아주머니 아들이 지뢰를 밟아 그 자리에서 사망하고 말았다.

추운 난민촌에서 몸을 따뜻하게 할 수 있는 유일한 방법은 들판에서 나뭇가지를 주워 불을 지피는 것이다. 전쟁 통에 사망한 아버지를 대신하여 엄마를 돌보던 이 열 살짜리 장남은 땔감을 주우러 갔다가 사고를 당한 것이다.

촬영하러 가 보니 엄마와 두 명의 동생이 먼지가 수북이 쌓인 텐트 안에서 한숨을 쉬고 있었다. 텐트 옆에는 죽은 장남이 어제까지 모아 놓은 나뭇가지가 쌓여 있었다. 엄마와 동생들이 추울까 봐 개미처럼 부지런하게 땔감을 구하러 다니던 그의 모습이 그려졌다. 이제 겨우 열 살 된 아이가 살아야 했던 난민촌의 생활은 참…. 아직 어리광 피울 나이에 그는 가장이 되어 동생과 엄마를 부양할 책임을 지다 그렇게 허망하게 간 것이다.

아프가니스탄에는 옛날 소련군이 뿌려 놓은 지뢰가 정말 많이 남아

- 지뢰로 아들을 잃은 엄마는 죽은 아들 생각에 입술이 다 부르터 있었다.
- 촌장의 아내, 그녀의 막내 아이도 화장실에 빠져 죽었다.

있다. 이 집 장남처럼 많은 아이들이 지뢰를 밟고 목숨을 잃거나 다리가 잘린다. 이 난민촌만 해도 벌써 10여 명의 아이가 지뢰를 밟아 세상을 떠났다고 촌장이 말해 주었다. 그들 모두 난민촌 옆 묘지에 묻혔다. 죽은 이 집 장남도 그날 오후 아무런 장례 의식도 없이 그 묘지에 묻혔다. 사고 당시 입고 있던 옷 한 벌 겨우 걸치고서….

그리고 또 하나의 일상, 이별

:

난민촌에 온 지 3주가 지났다. 이젠 나도 앉아서 처처 생활을 잘했다. 아리아의 독촉으로 부르카 쓰고 가서 구호품도 잘 타 오고 아프가니스탄 말도 많이 늘어 현장 음도 잘 녹음하곤 했다. 아침에 일어나면 불을 지펴 차도 끓일 줄 알게 되었다.

그날도 불을 피운 화덕에 주전자를 올려놓고 물을 끓이고 있는데, 옆집 자리파네 집에서 자지러지게 아이 우는 소리가 났다. 그 집 할머니, 즉 자리파 시어머니가 일곱 살 난 손녀를 작대기로 마구 패고 있었다. 아이는 울고불고하고 시어머니는 고래고래 소리치니 보다 못한 촌장 부인이 가서 뜯어 말린 뒤에야 간신히 소동이 멈추었다. 아이는 아직도 서러운지 훌쩍이고 있고 무언가에 화가 단단히 난 할머니는 부르카를 쓰고 휙 나가 버렸다. 내가 왜 그러느냐고 물어보니 그 집 며느리 자리파가 설명을 했다.

내일 자리파가 아이들을 데리고 남편을 찾아 카불로 간다는 것이다.

어디에 있는지도 모르고 전쟁 중 죽었는지 살았는지도 모르는 남편을 찾겠다는 것이다. 시어머니와 장애를 가진 막내딸을 이 난민촌에 남겨 놓고 간다 하니, 시어머니가 화가 많이 났다는 것이다. 그 화풀이를 막내딸에게 하는 것이라고, 아무것도 아니니 걱정하지 말라고 했다.

아니, 뭐가 아무것도 아니야, 카불에서 남편을 찾는다는 것은 서울에서 김 서방 찾는 격인데, 가진 돈도 없이 무작정 카불을 간다고 남편을 찾을 수 있단 말인가.

하지만 자리파의 결심은 확고해 보였다. 잠시 후 자리파의 시어머니가 돌아왔다. 그런데 자기 집에 안 가고 촌장 집에 와서 죽치고 가질 않았다. 촌장 부인이 조심스레 며느리가 카불 간다고 화가 나서 집에 안 가느냐고 물으니 할머니는 그제야 눈물을 흘리며 말했다.

"며느리가 카불 가면 내가 죽을 때까지 다시는 못 만날 것 같아서 걱정돼. 아들을 만날 수도 없을 것 같은데 카불에서 굶어 죽는 것은 아닌지 모르겠어."

할머니 눈에서는 계속 눈물이 흘렀다. 그 순간 카메라에 찍힌 시어머니는 며느리에 대한 사랑으로 가득했다. 나는 평상시 그 시어머니를 자리파 부려 먹는 못된 할머니로 알았다. 그러나 그 순간 시어머니는 오로지 며느리가 걱정이 되어 마음 아파 하는 어머니의 모습이었다. 아침의 소동도 화가 나서 그런 것이 아니라 며느리가 걱정이 되어 생긴 일이었던 것이다.

다음 날 아침, 해가 뜨지도 않았는데 자리파네는 온 가족이 둘러앉아 아침을 먹고 있었다. 아침이라고 해 봐야 돌이 씹히는 빵 서너 개와

- 다시는 식구들을 못 볼지도 모른다는 생각에
  자리파의 시어머니는 굵은 눈물을 흘렸다.
- 카불로 떠나는 자리파와 아이들.
- 남겨진 막내딸의 서러운 울음 소리가 난민촌에
  오랫동안 울렸다.

차 한 잔씩이었다. 그들은 말도 없이 묵묵히 먹고 있었다. 시어머니도 며느리도 아무 말이 없었다. 어쩌면 이 가족들이 살아생전 함께 하는 마지막 아침 식사일지도 모른다. 이윽고 해가 산 위로 떠오르자 며느리는 짐을 쌌다. 그것도 쇼핑백 같은 비닐 가방에 빵과 물, 그리고 젖먹이와 아이들 옷가지 등을 넣는 게 고작이었다. 이윽고 자리파가 부르카를 쓰고 갓난아이를 안자 다른 서너 명의 아이들이 보따리를 들었다.

"어디로 가는 거예요?"

내가 물어보니 자리파는 짧게 "카불!"이라고 대답하며 쓸쓸하게 웃었다. 시어머니는 걷지 못하는 막내 딸아이를 데리고 며느리를 배웅했다. 자리파는 자꾸만 뒤를 돌아보며 아이들과 총총 길을 떠났다. 시어머니는 그렇게 떠나는 며느리를 보며 하염없이 울었다. 엄마를 따라가지 못하는 장애인 딸도 자지러지게 울었다. 나는 떠나는 자리파가 보이지 않을 때까지 촬영을 계속했다. 그러다 문득 정신이 번쩍 들었다.

'아차! 여비 주는 걸 깜박했네.'

내 호주머니 속에는 100달러짜리가 하나 있었다. 자리파에게 주려고 일부러 쉬르에게 챙겨 달라고 한 건데, 끝내 전해 주지 못하고 말았다. 가슴이 미어지는 듯 아팠다. 여기서 카불까지는 자동차로도 무려 일곱 시간이나 걸리는데, 젖먹이를 안고 언제 걸어서 카불을 간단 말인가.

'그래, 이렇게 이산가족이 되는구나! 자리파가 무사히 카불에 가서 남편을 만날 수 있을까…'

지금도 나는 가끔 꿈속에서 자리파가 보따리를 머리에 이고 아이들을 데리고 멀어지는 모습을 본다. 그리고 그때 그녀에게 주지 못한 100 달러는 내게 한이 되었다. 자리파는 지금 살아 있을까? 아이들은 어떻게 되었을까? 그 뒤 나는 다시 그녀의 소식을 들을 수가 없었다.

만남과 헤어짐, 그 운명 앞에서

진정으로 눈높이를 맞춘다는 것

난민촌에 들어온 지 며칠 되지 않았을 때였다. 한번은 갑자기 난민촌이 웅성거리기 시작했다. 외국 기자들이 난민촌을 찾아왔다는 것이다.

텐트에서 바라보니 한 무리의 외국인들이 텐트촌 입구에 있었다. 방송 카메라도 있었고 신문기자 같은 사람도 보였다. 촌장이 출동하고, 여자들은 텐트 입구에 숨어서 그들을 관찰했다. 나도 그 여자들 뒤에서 촬영을 했다. 여자들은 자기들끼리 수군거리며 깔깔거리고 웃기도 했다. 나중에 번역을 하면서 안 사실이지만 그때의 대화는 이러했다.

"저 남자들 외국에서 온 저널리스트인가 봐?"

"미국에서 왔나 봐. 영어로 말하는 것 같아."

"바지 입은 것이 이상해. 왜 외국 남자들은 허벅지가 드러나는 바지를 입고 다니지?"

정말 호기심에 가득 찬 대사들이었다. 나는 이곳에 오기 전에 다른 난민촌에도 가 본 적이 있는데, 그때도 난민들이 이렇게 나를 몰래 보고 있었겠구나 하고 생각하니 신기했다. 마치 난민촌의 비하인드 스토리를 보는 것 같았다. 사실 나도 난민촌을 방문한 저널리스트들과 같은 입장인데, 그날은 오히려 이곳 난민들과 같은 입장이었다.

'다큐멘터리를 한다는 것이 이런 것이로구나…. 제삼자기 아니라, 이렇게 같은 눈높이가 되어야 하는구나!'

나의 다큐멘터리 인생이 새롭게 시작되는 순간이었다. 그때 겨우 걸음마 하는 피디였던 나는 이렇게 사람들을 통해서 다큐멘터리를 배우고 있었다. 그 후, 난민촌에서 그들과 지내면서 그들과 눈높이를 맞추며 하나하나 카메라에 담아 왔다. 그런데 최근 연달아 벌어진 사건들을 지켜보며 나는 많은 충격을 받았다. 이들의 생활이 나의 마음을 너무 아프게 했다.

'신문이나 뉴스에서 많이 보던 장면들인데 내게는 왜 이리 충격이 클까. 이대로 난민들과 더 오래 살고 싶다고 생각도 했었는데 왜 이럴까?'

곰곰이 생각해 보니 나와 난민들은 처지가 다르다는 사실을 깨달았다. 나의 직업은 저널리스트이다. 나의 본분은 이들의 생활을 세상에 알려 난민에 대한 관심을 불러일으키는 것이다. 여기서 난민들과 내가 더 오래 산들 이들 생활이 달라질 것이 없다. 매일 똑같은 빵을 먹으며 비참한 일들을 겪을 뿐이다. '그래….이제는 이들을 떠나 나의 다큐멘터리 안에서 이들의 메시지를 전해야하는구나…. 이것이 나의 의무구나…'

나는 즉시 난민촌을 떠날 결심을 했다. 언제까지 이들 곁에 있을 것도 아닌데 하루라도 빨리 가자고 결심하고는 쉬르에게 카불로 가자고 했다. 쉬르도 바로 동의했다.

"여기 너무 오래 있었어. 더 있으년 안진에 문제가 생길지도 모르고 네 마음이 많이 다칠 것 같아. 내일 바로 카불로 떠나자."

27일간 정든 난민촌을 떠나오던 날

쉬르는 바로 촌장에게 내가 내일 난민촌을 떠날 예정이라고 일러 주었다. 촌장도 그의 식구들도 나에게 더 있으라고 하지 않았다. 그들도 내게 이 힘든 난민촌에 더 있으라고 할 수 없다는 것을 알았나 보다. 하지만 작별이 아쉬운지 할머니나 촌장의 아내는 자꾸만 눈물을 흘렸다.

그날 밤, 나는 난민촌에서 마지막 밤을 보내야 했다. 짐을 대충 싸면서, 가지고 왔던 물건들을 가족들에게 나눠 주었다. 할머니에게는 치약과 비누 등을 모두 드렸다. 촌장 부인에게는 손전등을 주었다. 실은 촌장 딸이 몇 달 전 화장실에 빠져서 죽었다고 했다. 그래서 만삭인 그녀가 화장실 갈 때 조심하라고 손전등을 준 것이다. 시누이들에게는 내가 바르던 크림과 립스틱을 주었다. 이렇게 줄 것 주고 짐을 싸고 나니 할머니가 빨리 자라고 했다. 아마 그들이 생각했을 때 카불은 너무나 멀고 먼 곳이니 피곤하지 않게 빨리 자라는 뜻이었을 것이다. 그들도 나도 이별을 무척이나 아쉬워했다. 그동안 지낸 27일이 꿈만 같았다.

다음 날, 쉬르가 평소보다 일찍 왔다. 난민촌 이웃들이 이른 아침부터 배웅하러 몰려왔다. 가방 하나 달랑일 뿐인 짐을 서로 들어 주겠다고 했다. 나는 촌장 가족과 일일이 포옹을 하고 뺨에 뽀뽀를 했다.

지금 헤어지면 다시 이들을 만날 수 있을까? 이들이 한국에서 온 나를 기억해 줄까? 이별이 이렇게 힘들고 아픈 것이구나. 전혀 일면식도 없던 사람들인데, 나는 이들에게 너무 깊은 속정을 주었나 보다. 나뿐만 아니라 이들도 자신의 속을 아낌없이 보여 주고 나를 진정으로 사랑해 주었다. 난민촌 사람들의 사랑을 이렇게 듬뿍 받은 취재진도 없으리라. 감사하고 또 감사하다는 마음뿐이었다. 안녕을 기원하며 흔드는 그들의 손짓을 뒤로 한 채 우리 일행은 뿌연 먼지를 일으키며 난민촌을 떠나왔다. 카불로 가는 내내 나도 그들의 안녕을 기원했다.

5년 후 다시 찾은 난민촌에서

그 후 한국과 일본에서 나는 아프가니스탄 여성들 이야기를 담은 다큐멘터리를 방송했다. 시청률도 꽤 높게 나왔다. 그 덕분에 아프가니스탄으로 떠날 때 선배에게 빌린 돈도 갚을 수 있었다. 여러모로 이 방송은 내게 행운의 방송이었다. 난민촌 사람들을 비롯해 많은 아프가니스탄 여성들이 없었다면 절대로 만들 수 없었을 것이다. 비록 지금 그 방송을 보면 테크닉과 구성이 서툴고 뒤죽박죽이지만, 그 속에서 나의 순수했던 마음과 아프가니스탄 여성들의 사랑을 느낄 수 있다. 아마도 난민촌 사람들은 내게 가족처럼 모든 것을 보여주려 했나보다. 그렇게 초짜 다큐멘터리 피디였던 나는 조금씩 성장할 수 있었다.

2006년 겨울 나는 쉬르와 다시 그 난민촌을 방문했다. 하지만 황량한 사막에는 아무도 없었다. 다들 새로운 정착지를 향해 뿔뿔이 흩어졌다고 했다. 무함마드 촌장 가족도, 자리파 시어머니도 없었다. 텐트가 있던 자리만 움푹 패어 있을 뿐이었다. 쉬르는 모두들 어딘가에서 잘 살고 있을 거라며 아쉬워하지 말라고 나를 위로했다.

비록 다시 찾은 난민촌에는 아무도 없었지만 그때 이곳에서 그들과 나눈 사랑의 기억만큼은 여전한 추운 겨울바람과 함께 그대로일 거라 믿고 싶다. 이제는 어느 곳에 살고 있는지 모르지만 아프가니스탄 어딘가에서 살고 있을 그들 모두가 무사하기를 빌었다.

'촌장, 그리고 난민촌 가족들…정말 고마웠어요. 그 고마움으로 저는 다큐멘터리 피디로 성장하게 되었어요. 앞으로도 그때의 감사했던 기억을 안고 살아갈 겁니다. 사랑했고 행복했어요.'

말이 제대로 안 통했던 그때는 마음속 깊이 있던 감사의 뜻을 잘 전하지 못했는데, 이제 이렇게나마 전할 수 있어서 다행이다.

나는 목 놓아 울어야만 하는 아프간 여인이다

여성이 아름다운 시를 지은 죄

⋮

나는 우울과 슬픔에 잠긴 채 새장 속에 갇혀 있다

…

내 날개는 접혀 날 수가 없다

…

기쁨의 시를 노래하기를 꿈꾸는 나는

목 놓아 울어야만 하는 아프간 여인이다

이 슬픈 시는 아프가니스탄 여성 시인 나디아 안주만의 첫 시집

『어두운 꽃Dark flower』의 한 구절이다. 아프가니스탄 여성의 처지를 표현한 이 시처럼 그 땅에 사는 여성들의 삶은 내가 본 그 어느 곳보다 처절했다. 탈레반 시절에는 여성이 학교를 가면 사형에 처할 정도로 여성을 억압했다.

2001년 미군이 아프가니스탄으로 들어온 이후에는 여성의 처지가 조금 나아지지 않을까 했는데 그렇지 않았다. 이 시를 쓴 나디아는 2005년 11월 아프가니스탄 서부 헤라트에서 남편에게 구타당한 뒤 숨졌기 때문이다. 스물다섯 살의 젊은 나이였다. 나디아는 천재 시인이었다. 그녀의 아름다운 시는 많은 사람들을 감명시켰고 유엔이나 외국 시민 단체에서도 그녀의 시를 주목했다. 이처럼 세계 문학계에서 열광적인 반응을 얻었지만 정작 그 시를 지은 나디아는 죄인이 되었다.

- 이란에서 출간된 나디아의 시집 표지.
- 시를 통해 아프가니스탄 여성의 현실을 세계에 알린 천재 시인 나디아.

남편과 가족은 아프가니스탄 여성으로서 공개적으로 '사랑과 아름다움'을 노래한 시집을 낸 나디아를 죽여야 했다. 그런 '입에 담을 수 없는 단어'를 사용한 나디아를 명예살인 한 것이다. '명예살인'이란, 가문의 명예를 더럽히거나 죄를 지은 아내나 딸, 여동생을 죽여 가문의 위신을 세우는 것을 말한다. 그렇게 이 천재 시인은 시(詩)와 자기 목숨을 바꿀 수밖에 없었다.

나디아의 안타까운 죽음은 전 세계에서 주요 뉴스로 다루어졌지만 정작 아프가니스탄 현지 언론에서는 큰 뉴스가 아니었다. 명예살인이 워낙 자주 일어나는 터라 일일이 뉴스로 만들지 못하기도 하지만, 여성 차별을 기사로 다루는 것이 종교 지도자들의 반발을 불러오기에 언론사 자체에서 자제하는 측면도 있기 때문이다. 잔인하게 죽임을 당했지만 나디아는 여성이라는 이유로 주목받지 못한 것이다. 나는 이런 나디아를 취재해서 아프가니스탄 전쟁 후 여성이 해방되었다는 미국의 허무맹랑한 이야기를 뒤집고 싶었다.

내가 본 아프가니스탄 여성은 절대 해방된 것이 아니었다. 방송에서 너무 짧은 히잡을 쓰고 남자와 같이 앉아 프로그램을 진행했다는 이유로 오빠에게 명예살인을 당한 나의 친구 샤이마나, 청바지를 입었다고 아버지에게 총 맞아 죽은 10대 소녀 이야기 등등, 아프가니스탄에서는 여성이 명예살인 당하는 사건이 넘칠 만큼 흔한 이야기이다.

나는 나디아가 겨우 스물다섯 꽃다운 나이에 맞아 죽는 아프가니스탄의 현실을 꼭 알리고 싶었다. 문제는 죽은 사람을 어떻게 취재할 것인가였다. 죽은 사람은 말이 없어 생생한 증언을 받기가 힘들다. 나디아 취재는 시작부터 쉽지 않았다. 나는 우선 죽은 나디아를 취재하기 위해 그녀의 고향인 헤라트에 가기로 했다.

여성 차별의 땅, 헤라트에 가다

2006년 여름, 나는 아프가니스탄 서부 헤라트를 방문했다. 높은 첨탑이 보이는 이 도시는 이란과 접경한 아프가니스탄 서부를 대표하는 도시이다. 카불에서 헤라트까지 차로 열두 시간 가까이 걸렸다. 가는 도중에 차가 두 번이나 고장 나 길가에서 두려움에 떨기도 했다. 길가에 외국 여자가 값비싼 방송 카메라와 현금을 들고 서 있는 것은 '나를 잡아가라'는 소리나 마찬가지다. 그래서 나는 장거리를 다닐 때 절대 좋은 차를 타지 않는다. 쓸데없는 관심을 피하기 위해 택시처럼 작거나 낡은 차를 많이 이용한다. 그러다 보니 차가 고장 나는 일이 종종 있다. 그럴 때면 머리 좋은 쉬르는 내게 부르카를 씌웠다. 길거리를 지나가던 아프가니스탄 사람들이 와서 참견을 하면 나를 가리켜 이렇게 소개하곤 했다.

"내 아내인데, 말 못하는 벙어리랍니다."

무자혜딘이나 강도에게 납치되는 것을 피하기 위한 고육지책이었다. 현금은 항상 차 밑바닥에 숨기고 카메라는 부르카로 가린 채 나는 아프가니스탄 여성 흉내를 내며 아프가니스탄 전역을 종횡무진 다녔다. 특히 길거리나 시장처럼 사람 많은 곳을 다닐 때면 나는 부르카를 쓰고 다 낡은 신발을 신어야 했다. 마치 부부처럼 쉬르와 함께 그리고 다니면 아무도 내가 외국 여성이라는 사실을 눈치채지 못했다. 이처럼 부르카는 나의 신분을 가려 주는 유용한 도구였다.

하지만 막상 내가 직접 아프가니스탄 여성으로 변하고 보면 이곳 여성이 겪는 서러움을 온몸으로 체험할 수 있다. 가끔 내가 실수로 좁은 시장 골목을 막고 서 있으면 정복을 입은 경찰이나 나이 많은 노인네들이 마구 밀치며 욕을 하고 지나갔다. 여자가 앞을 막았다고 불쾌해하는 것이다. 아프가니스탄 전역에서 이와 같은 여성 차별이 심했지만, 헤라트는 특히 더 심했다. 아내나 며느리가 말을 안 듣는다고 불을 질러 화상을 입히는 사건이 가장 많이 나오는 도시였다.

헤라트에 도착하자마자 나는 헤라트 경찰서를 찾아가 사건 취재부터 했다. 아프가니스탄에서는 제법 큰 도시인 헤라트였지만, 경찰서는 건물만 컸지 내부는 어디 시골 파출소 같았다. 경찰관들은 외국 여성인 내가 갑자기 나타나 신기했는지 서로 달려와 나디아 사건에 대해 이야기해 주었다. 한국 같으면 피의자 보호 규정 같은 것에 걸릴 이야기도 여기서는 술술 나왔다. 사건 현장 사진이며 조서를 보여 주며 아주 신이 났다.

담당 경찰관은 나디아가 피살된 사건이 남편의 폭행 때문에 벌어진 일이라고 했다. 이후 그 사건은 명예살인으로 면죄부를 받았다. 나디아를 죽인 남편은 초범이라 겨우 두 달간 구속되었다가 풀려났다고 했다. 아프가니스탄 법정은 명예살인에 관대하다. 아내를 한 번 죽인 초범이라 풀려났다니. 나는 욱하는 감정을 누르며 경찰관에게 물었다.

"만약 나디아 남편이 두 번째 아내도 명예살인 하면 얼마나 복역하게 되나요?"

"아마 6개월 정도요."

경찰관들은 나디아 사건이 그들에게 부끄러운 사건도 아니라는 듯 아무렇지 않게 이야기했다. 지금 우리가 살인 사건에 대해 이야기하고 있는 건가 아니면 잡담을 나누고 있는 건가 싶을 정도였다. 취재에 적극 협조해 준 경찰관들에게서 많은 정보를 얻었지만 돌아서는 발걸음은 무거웠다. 이 사람들은 어떻게 사람 죽인 일을 부끄러워하지 않을 수 있단 말인가.

나디아의 남편을 만나다

나는 나디아의 가족을 수소문했다. 사전 조사를 해서 이미 그녀의 남편 이름을 알고 있었고 경찰이 주소도 알려 주었지만 그를 만나기가 두려웠다. 성인 여자인 아내를 주먹으로 때려 죽인 남자라는데, 만약 내가 그에게 불리한 질문을 하면 저널리스트이긴 하지만 여자인 나도 무슨 일을 당할지 모르기 때문이었다. 쉬르가 내게 말했다.

"내가 먼저 그 사람을 만나 보고 올게. 성질이 대단한 사람인 것 같으니 남자인 내가 협조를 요청하는 것이 나을 것 같아. 그동안 호텔방에서 나오지 말고 문 꼭 잠그고 있어야 해."

쉬르는 이런 말을 남기고 호텔방을 나섰지만, 서너 시간이 넘어도 돌아오지 않았다. 기다리다 지쳐 선잠이 들었을 때, 누군가 방문 두드리는 소리가 들렸다. 문을 열고 나가 보니 쉬르가 어떤 남자와 함께 있었다. 제법 키가 크고 다부진 체격에 아프가니스탄 남자들 특유의 덥수룩한 수염을 기르고 있었다.

나는 직감적으로 '이 사람이 나디아를 때려 죽인 남편이구나.'라고 느꼈다. 아니나 다를까. 쉬르가 나디아의 남편인 파리드라고 소개했다.

나는 망연자실했다. 그의 집에서 인터뷰를 해야 좋은 화면을 얻을 수 있는데 그를 여기로 데려온 것이다. 나디아의 집에서 그녀의 책이나 옷가지 혹은 그녀의 손때가 묻은 그릇들 같은 것도 촬영하고 싶었는데, 이렇게 되면 인터뷰밖에 더 할 것이 없게 된다. 하지만 최소한 인터뷰리도 건져야 하기에 일단 그를 데리고 쉬르의 방으로 갔다.

"부부 싸움을 하다 아내를 몇 대 때리긴 했지만 죽이지는 않았어요. 순전히 사고였습니다. 아내가 화가 나 독약을 먹고 자살한 겁니다."

인터뷰를 시작하자 그가 이렇게 말문을 뗐다.

"경찰이 시신 확인을 했고 이미 나는 사인을 알고 있습니다."

나의 말에 그는 멋쩍은 듯이 웃었다. 아마 내가 외국인이라 사실 그대로 이야기하는 것이 조금은 마음에 걸려 둘러대려던 것 같다. 그가 갑자기 정색을 하고는 말했다.

"나디아는 남편인 나의 말을 듣지 않는 나쁜 아내였습니다. 나는 더는 참을 수 없었습니다. 나쁜 아니라 가족들 모두 아내 때문에 창피해서 고개를 들고 다니지 못했습니다. 여자가 사랑 어쩌고 하는 시를 쓴다는 게 말이 됩니까? 가족의 명예를 더럽힌 아내를 남편인 내가 죽였는데 뭐가 문제라는 말입니까?" 이제부터 말이 되지 않는 이야기를 들어야 한다. 아프가니스탄 남자들의 논리이다. 매번 들을 때마다 혈압 오르게 하는 그 레퍼토리이다.

"남편이 아내를 죽인 것은 죄가 아니다. 내 소유 물건을 내 마음대로 죽이는데 왜 죄가 되느냐. 여자는 사람이 아니라 개나 동물과 동급이다. 그들의 뇌는 하등 동물의 뇌와 같다. 남자는 이런 여자들을 보호하기 위해 열심히 노력한다. 그런데 말을 듣지 않으면 왜 보호를 해 주느냐."

나는 이 말을 아프가니스탄 남자들에게 귀가 따갑도록 들었다. 나디아 남편이 이 레퍼토리를 읊어 대는 동안 나는 그의 주먹을 보았다. 다른 사람보다 더 크고 단단해 보였다.

'저 손으로 소도 때려잡겠다. 혈기왕성한 서른한 살의 건강한 남자가 마음먹으면 여자 한 사람 때려 죽이는 것은 일도 아니겠구나.'

불쌍한 나디아는 자신을 세상에서 가장 사랑해 주어야 할 남편의 그 손에 맞아 죽었다.

나디아 남편과 인터뷰하는 동안 나는 줄곧 그의 이야기를 듣는 쪽이었다. 사실 하도 어이가 없어서 무슨 말을 해야 할지 몰랐다. 내가 묵묵히 듣기만 하니까 그는 내가 그의 말에 동조하는 것으로 이해했는지 더 신나서 나디아에 대한 험담을 이것저것 늘어놓았다. 그런 말도 안 되는 인터뷰를 마치고 나자 쉬르가 그에게 저녁을 살 테니 먹고 가라고 했다.

'아니 저런 인간에게 밥을 사 주자고? 돈이 남아돌아도 사 주기 싫은데?'

나는 속으로 이렇게 말하며 쉬르에게 눈치를 주었다. 사실 나는 그 사람과 같이 있는 시간에도 참느라 인내심이 바닥날 정도였다. 그런 사람과 밥까지 먹기는 싫었다. 쉬르는 아주 능숙하게 나디아 남편더러 먼저 내려가라고 했다. 그가 나간 후 쉬르가 나를 돌아보며 말했다.

"우리가 밥을 사 주면 이곳 문화대로 나디아의 남편도 우리를 식사에 초대할 거야. 그러면 너도 그 집에 가서 촬영할 수 있을지 몰라. 그러니 내 말대로 해 봐."

쉬르는 정말 영리한 사람이었다. 다른 미디어 전문 통역들처럼 정보에 뛰어나지는 않아도, 나와 아프가니스탄 사람들 사이의 문화 차이를 잘 조율해 마찰을 줄이고 아프가니스탄 사람들이 최대한 취재에 협조하도록 만드는 능력이 있었다.

나는 쉬르의 말대로 나디아 남편에게 식사를 대접했다. 아내를 때려 죽인 사람이 먹기는 잘도 먹었다. 그는 밥까지 얻어먹고서 미안했는지 쉬르의 예상대로 저녁을 대접한다며 자기 집으로 초대했다. 내가 사 준 밥을 잘도 먹는 나디아의 남편을 보고 있자니 나디아가 더욱 불쌍하게 여겨졌다.

탈레반도 꺾을 수 없었던 문학에 대한 열정

⋮

나디아는 탈레반 시절 여성이 학교에 다니는 것과 글을 배우는 것만으로도 사형을 당할 수 있는 상황에서 마음 맞는 여자 친구들과 바느질 학교를 만들어 몰래 문학 공부를 했다. 당시 아프가니스탄 여성에게 유일하게 허용된 교육은 바느질뿐이었기 때문에 나디아는 탈레반의 눈을 피해 이렇게라도 문학 공부를 계속하고 싶었던 것이다.

그러다 2001년 탈레반 정권이 무너지고 여성에게도 교육이 허용되자 나디아는 헤라트 대학에 입학하여 문학을 전공했다. 학교에서 나디아는 헤밍웨이나 셰익스피어 같은 작가들의 문학 작품을 공부했다. 그녀는 시에 천재적인 재능을 보였다. 암울했던 탈레반 시절을 벗어나 나디아의 문학에 대한 열정은 그렇게 꽃이 피는 것 같았다.

나는 나디아와 함께 바느질 학교를 다니던 친구를 만나고 싶었다. 쉬르와 나는 백방으로 수소문하여 나디아의 친구들을 찾으려 했다. 하지만 그것도 쉽지 않았다. 이미 나디아가 시를 쓴다는 이유로 남편에게 맞아 죽은 뒤라 그 누구도 선뜻 "나도 나디아와 문학 공부를 했어요." 하며 나서지 않았다.

그렇게 허탕을 치던 중 나는 나디아 사건 조서에서 나디아 친구의 이름을 발견했다. 미나라는 이 친구가 나디아와 바느질 학교를 다녔는지 모르지만 한번 만나 보고 싶었다. 문제는 통역이었다. 남자인 쉬르를 데리고 남의 아내인 미나를 만날 수도 없고, 그 자리에서 바느질 학교에 대해 물어야 하니 미나의 남편과 같이 있을 수도 없었다.

미나와 나만 만나려면 여자 통역이 필요한데, 헤라트에서 영어를 하는 여자 통역을 구하기는 불가능했다. 이곳에는 영어를 배운 여자들이 거의 없었기 때문이다. 그렇게 고민에 빠져 있을 때 우연히 호텔에서 제이스라는 미국 여자를 만났다. 그녀는 미국의 구호 단체 직원이었다. 제이스가 히잡을 쓰고 있어 미국 사람인 줄 몰랐는데 나와 쉬르가 영어로 이야기하자 그녀가 먼저 우리에게 말을 걸어 왔다. 그리고 나는 그녀가 아프가니스탄 현지 언어인 파슈툰어와 다리어를 원주민만큼 능숙하게 구사한다는 사실을 알았다. 헤라트에 들어와 있던 지난 몇 년간 현지 말을 열심히 배웠다고 한다. 나는 다짜고짜 그녀에게 통역을 부탁했다. 나의 사정을 듣고 그녀도 흔쾌히 승낙했다. 이건 분명 기적이었다. 죽은 나디아가 천사가 되어 나를 도와준 것이라 생각했다.

나는 제이스와 함께 미나의 집을 찾아갔다. 미나는 집에서 아프가니스탄 여성들의 옷을 만들어 주는 재봉 일을 하고 있었다. 우선 쉬르가 미나 남편에게 말했다.

"우리는 옷을 만들어 달라는 부탁을 하러 왔습니다. 여성들 사이즈를 재야 하니 우린 잠깐 나가 있을까요?"

쉬르가 미나의 남편을 데리고 나가 시간을 끌었다. 그 틈을 타서 나와 제이스는 미나에게 나디아와 바느질 학교에 대해 물었다. 그러자 미나는 절대 바느질 학교를 다닌 적도 없고 나디아와는 얼굴 몇 번 본 것 외에는 친분이 없다고 했다.

제이스가 설득에 들어갔다. 오랜 구호 단체 활동 경험을 살려 능숙하게 설득하는 것 같았다. 아프가니스탄 말은 잘 모르지만 제이스의 말투와 뉘앙스에서 그녀가 얼마나 진실하게 미나를 설득하는지 느낄 수 있었다. 한참 후, 제이스의 진심이 통했는지 미나는 일어나 벽장에서 조심스럽게 무언가를 꺼냈다. 신발주머니 같은 천 가방에서 미나가 꺼낸 것은 나디아의 시집과 책, 노트, 그리고 볼펜 두 자루와 몽당연필 하나였다.

"나디아가 죽기 전날 우리 집에 숨기고 간 거예요. 그즈음 나디아 남편의 심기가 불편해서 나디아는 이 가방을 우리 집에 숨기고 다녔어요."

손때 묻은 나디아의 낡아 빠진 책과 노트를 보니 나는 가슴 한쪽이 아렸다. 그녀가 남긴 유품이라고는 이것이 고작이었다. 나디아는 그렇게 하고 싶은 문학 공부를 탈레반 시절에는 탈레반 눈치 보느라 몰래 했고, 탈레반이 물러간 후에는 남편 눈을 피해 숨죽이며 했던 것이다.

"헤라트 대학에 다닐 때만 해도 날개를 달고 시를 쓸 줄 알았는데, 나디아 집에서 바로 결혼을 시켰어요. 여자가 결혼도 안 하고 대학에 다니는 것을 나디아 부모님이 이해하지 못했거든요. 결혼 후 나디아는 다시 몰래 바느질 학교에 다닐 수밖에 없었어요. 시를 쓰고 싶어 했던 나디아는 그곳에 다니면서 가족 몰래 시집을 냈죠. 하지만 가족에게 들켜 버리고 말았어요. 나디아의 시가 너무 유명해져 숨길 수가 없는 상황이 되었거든요."

미나는 이렇게 설명하면서 촬영은 할 수 없다고 말했다.

"나도 나디아 같은 신세는 되고 싶지 않아 가지고 있던 책을 모두 버렸어요. 나디아의 책도 이제는 더 가지고 있지 못할 거예요."

잠시 후 미나의 남편이 쉬르와 들어왔다. 미나는 깜짝 놀라며 나디아의 유품을 도로 벽장 안에 숨겼다. 우리는 소득 없이 그냥 돌아올 수밖에 없었다. 마음이 착잡했다. 취재도 못한 데다 나디아의 유품이 계속 눈앞에 어른거렸기 때문이다.

:

며칠 후 제이스가 나에게 바느질 학교 한 군데를 찾았다고 말했다. 아마도 제이스가 구호 단체에서 여성들을 상대로 교육도 하기에 바느질 학교를 쉽게 찾아낸 것 같았다. 제이스는 그들이 취재 허락을 해 줄지는 모르나 우선 만나 보자고 했다. 제이스와 나는 비밀스럽게 그 바느질 학교를 가기 위해 거사 날짜를 정했다.

제이스가 나를 데리고 간 곳은 헤라트 외곽의 어느 가정집이었다. 허름한 집 안으로 들어가니 다섯 명의 여자들이 모여 있었다. 다들 20대 초반 정도로 보였다. 그들 앞에는 헝겊 쪼가리와 실과 바늘이 놓여 있었고 무릎에는 책과 연필이 있었다. 영어로 된 애거사 크리스티의 소설책도 있었다. 나디아처럼 문학을 공부하고 싶어 몰래 공부하는 여성들이었다.

제이스가 나디아의 이야기를 꺼내며 나를 소개했다. 취재진이라는 사실을 알고 그들은 당황했다. 나에게 절대 비밀을 지켜 달라고 신신당부했다.

"나디아는 뛰어난 시인이었어요. 우리 모임에도 몇 번 나왔는데 우리 중에 대학에서 문학을 전공한 사람은 나디아 혼자였거든요. 나디아의 죽음을 듣고 우리는 무척 슬펐습니다. 그리고 두려웠어요. 우리 모임이 원래는 여덟 명인데 나디아가 죽은 후 세 명은 모임에 나오지 않습니다. 나디아처럼 죽기는 싫으니까요. 우리도 언제 우리 모임이 발각될지 몰라 마음을 졸입니다."

한 여성이 이렇게 말했다. 나는 그들을 끈질기게 설득했다.

"얼굴이 나오지 않게 촬영하고 음성도 모두 변조할 거예요. 또 외국에서만 방송이 나갈 예정이니 아프가니스탄에 있는 남편들은 절대 모를 거예요. 약속할게요."

그렇게 해서 간신히 촬영하게 되었다. 인터뷰는 나디아에 대한 이야기가 주를 이루었지만 무엇보다 숨어서 문학 공부를 하는 그들의 애환에 대해 집중적으로 취재했다. 다섯 명 모두 남편이 있는 유부녀였다. 그들은 이렇게 말했다.

"공부를 하고 싶은 열망은 음식을 먹고 싶은 열망과 비슷해요. 우리도 사람인데 왜 배울 수 없는 처지인지 그것이 슬픕니다."

탈레반이 없어져도 그들의 아버지나 오빠 혹은 남편이 그 자리를 대신했다. 여성들은 여전히 사람들의 눈을 피해 공부를 해야 하니 탈레반 시절과 달라진 것은 아무것도 없었다.

남편이 털어놓은 나디아 명예살인 사건의 전모

드디어 쉬르와 함께 나디아의 집에 가 저녁을 먹는 날이 왔다. 헤라트 시내 제법 괜찮은 주택가에 나디아의 집이 있었다. 나디아가 죽은 지 반년밖에 안 되었는데 남편은 그새 새장가를 들었다. 열여섯 먹은 그의 새 아내는 여자인 나에게만 수줍게 인사를 하고 바로 부엌으로 들어갔다.

나디아의 남편도 사실 헤라트 대학을 나온 엘리트였다. 그도 배울 만큼 배웠지만 아내가 시인으로 활동하는 것은 이해하지 못했다. 새 아내가 차렸는지 아니면 그의 어머니가 차렸는지는 모르지만 외국 손님을 대접한다고 한 상 잘 차려 내왔다.

　'나디아도 이 그릇에 밥을 먹었겠지.'

　꾸역꾸역 밥을 넘기는데 나디아 생각에 음식이 목에 걸렸다. 그녀 생전에 일면식도 없었는데 헤라트에 와서 2주 넘게 취재를 하며 정이 들었나 보다.

　밥을 다 먹고 나는 나디아 남편에게 인터뷰를 더 해도 되느냐고 물었다. 그가 동의하자 나는 카메라를 꺼내고 그동안 계속 묻고 싶었던 질문을 했다.

　"아내를 사랑했나요?"

　"물론 사랑했습니다. 집에서 살림하고 애들 키우는 아내를 사랑했지요. 그런 요상한 시를 쓰는 아내를 사랑하지는 않았습니다."

　나는 이어서 나디아가 죽던 날의 상황을 물었고, 그는 망설이지 않고 말했다.

　"그날 나는 아침부터 어딜 가려는지 분주하게 준비하는 나디아를 보고 화가 났습니다. 가뜩이나 시집이 나오고 나서 온 가족이 분개하고 있는데 조신하지 않고 제멋대로 하는 나디아가 이해가 안 갔어요. 부모님은 나디아가 집안의 명예를 더럽혔다며 창피해서 고개를 들고 다닐 수 없다고 하셨습니다. 나디아의 시집에는 사랑이니 욕망이니 하는 더러운 단어들이 가득 쓰여 있었습니다. 세상이 바뀌어 여자들 세상이 왔다지만 이런 시집을 내는 것은 창녀들이나 하는 짓이에요. 가족의 불만이 심했지만, 그래도 나는 나디아를 보호하려고 애썼습니다. 그런데 그날 아침, 내가 어디 가느냐고 묻자 나디아는 두 번째 시집을 내기 위해 준비하러 간다고 하더군요. 나는 화가 치밀어 나디아를 마구 때렸습니다. 몇 대 때리지 않았는데 나디아가 기절했습니다. 하지만 나는 멈추지 않고 계속 때렸습니다. 나디아가 차라리 죽었으면 좋겠다는 생각이 들었습니다. 땅에 떨어진 우리 가문의 명예를 아내의 죽음으로 회복하고 싶었습니다. 나디아의 얼굴이 엉망이 되고 피가 터졌지만 나는 멈추지 않았습니다. 그러다 그녀의 가슴을 발로 밟았는데 순간 발이 쑥 들어가는 듯했습니다. 갈비뼈가 부러진 것 같았습니다. 나중에 경찰이 말하길, 그 뼈가 심장을 찌른 것 같다고 했습니다. 나디아는 그렇게 죽었습니다."

충격적인 남편의 고백을 듣고 나서 다시 그에게 물었다.

"나디아를 죽인 것을 후회하지 않나요?"

"왜 후회를 합니까? 세상에 여자들은 또 있어요. 보시다시피 다시 결혼했잖아요. 새 아내는 글을 쓸 줄 모릅니다. 여자가 글을 알아 뭐합니까. 그저 남편의 뜻만 잘 따라서 살면 되지요. 그것이 여자가 할 일입니다. 우리 가족은 나디아가 죽은 후 무척 만족해합니다. 집안의 골치를 내가 해결하고 명예도 지켰잖아요."

그는 웃음을 지으며 이렇게 대답했다.

인터뷰를 마치고 화장실을 가다가 나는 부엌에 웅크리고 불을 피우고 있는 그의 새 아내를 보았다. 작은 그녀의 등을 보며 '나디아가 지금 살아 있다면 저렇게 불을 피우고 밥을 했겠지?'라고 생각했다. 나디아의 유품에 대해 물어보니 모두 불에 태웠다고 했다. 나디아는 그렇게 이 집 안에 아무런 흔적을 남기지 않고 세상을 떠난 것이다. 나디아의 대표작 「어두운 꽃」에 나오는 새장이 이 집과 아프가니스탄 사회였다.

> 나는 우울과 슬픔에 잠긴 채 새장 속에 갇혀 있다
> 태어난 목적도 없고 말을 할 수도 없다
> 봄이 왔건만 내 날개는 접혀 날 수가 없다
> 문을 열고 머리를 내밀어
> 기쁨의 시를 노래하기를 꿈꾸는 나는
> 목 놓아 울어야만 하는 아프간 여인이다

이 시를 남기고 나디아는 날개가 꺾인 채 영원히 세상을 떠났다. 미나가 보여 주었던 천 가방 속의 책과 시집이 나디아가 남긴 유일한 유품이지만 이마저도 미나가 모두 버렸다는 소식을 후에 들었다. 아프가니스탄은 아직 석기 시대를 사는 듯하다. 여성도 사람이라는 사실을 그들이 알려면 얼마나 많은 나디아가 죽어야 할까.

그러나 나디아는 죽고 없지만 그녀의 시는 세상에 남았다. 나디아의 시는 아프가니스탄 여성의 현실을 세상에 알렸다. 어쩌면 나디아는 바로 이 사명을 가지고 아프가니스탄이라는 어두운 땅에 태어난 천사였는지도 모른다. 그녀의 시가 있었기에 세계는 아프가니스탄 여성의 현실을 제대로 알 수 있었다. 비록 명예살인으로 세상을 떠났지만 그녀는 아프가니스탄에 사는 여성도 사람이며 그들도 시인이 될 수 있음을 세상에 보여 줬다. 그녀의 이름 나디아 안주만 앞에는 언제까지나 아프가니스탄 시인이라는 타이틀이 붙을 것이다.

지금도 헤라트에는 바느질 비밀 학교에 다니는 또 다른 나디아들이 있다. 이들은 아프가니스탄의 어두운 상황에서도 배움을 계속하고 있다. 마치 컴컴한 동굴 같은 아프가니스탄에서 작은 촛불 같은 향학열을 그들의 여린 손으로 지키고 있다. 나는 그들을 응원하고 세상에 알리고 싶었다. 그것이 내가 세상에 태어나 다큐멘터리를 만드는 이유이자 피디로서 사명일 것이다.

'나디아, 이제는 천국에서 안심하고 시를 쓸 수 있을 거예요. 나는 당신의 시를 조금이라도 세상에 알리도록 할게요. 살아생전 한 번도 이런 말 듣지 못했겠지만 당신은 정말 훌륭한 여성입니다.'

나는 헤라트를 떠나며 마음속으로 그녀를 위해 기도했다. 그녀가 남긴 시를 읊조리며….

하룻밤 나의 '아프간 딸'이었던 막달

미군이 낸 교통사고로 풍비박산이 난 삶

2007년 가을 아프가니스탄 카불은 다시 혼란에 휩싸였다. 미군에게 쫓겨났던 탈레반이 재기를 꿈꾸며 북상하면서 각종 사건 사고가 많이 일어났기 때문이다. 더구나 미군과 아프가니스탄 사람들은 서로 서서히 감정이 안 좋아지고 있었다. 미군이 무고한 아프가니스탄 민간인을 살상한 탓이다. 미군 입장에선 그 나름의 이유가 있었겠지만 그들의 일방적인 소통 방식에 아프가니스탄 사람들의 민심은 돌아서고 있었다.

그 시기에 카불에서 미군이 실수로 교통사고를 내서 시민 여섯 명이 사망하는 사건이 있었다. 사고 현장에 몰려든 사람들은 미군을 비난했고, 이에 위협을 느낀 미군은 강제로 사람들을 해산시켰다. 이에 분개한 카불 시민은 대규모 미군 반대 시위를 벌였다.

나는 미군이 낸 교통사고를 취재하기로 하고 그 사고로 남편을 잃은 가족의 집을 찾아갔다. 사람들에게 물어물어 찾아간 희생자 누르의 집은 카불 시내 북쪽의 한 마을에 있었다. 그 집 마당에 들어서자 나이 든 누르의 아버지가 나왔다. 아프가니스탄 전통 복장을 입은 그는 아들을 잃은 슬픔에 가득 차 있었다.

미군이 낸 교통사고로 목숨을 잃은 아들은 스물다섯 살의 학교 선생님이었다. 학교로 출근하다가 사고를 당한 것이다. 집도 여유 있어 보이지 않았다. 유일한 수입원은 죽은 아들이 벌어다 주는 월급이었다. 인터뷰 내내 앞으로의 생계 걱정을 하며 자꾸만 한숨을 쉬는 그를 보며 마음이 안타까웠다. 하필이면 이렇게 어려운 집의 가장이 죽었단 말인가. 더군다나 그는 이제 결혼한 지 1년 반밖에 안 된 새신랑이었다. 그에게는 이제 겨우 열여덟 살인 아내와 태어난 지 갓 석 달이 된 딸이 있었다.

내가 며느리를 만나 봐도 되느냐고 물었더니 누르의 아버지는 며느리를 불렀다. 아기를 안고 나타난 며느리 샤르는 눈이 퉁퉁 부어 있었다. 한눈에도 미인으로 보이는 그녀는 잠도 못 자고 먹지도 못한다며 인터뷰도 겨우 몇 마디 못하고 우느라 정신이 없었다. 나는 카메라를 내려놓고 아이를 안아 주며 그녀를 달랬다. 이런 상황에서는 인터뷰가 되지도 않을 뿐만 아니라 나도 마음이 아파서 더는 촬영할 수가 없었다.

아기는 아빠가 세상을 떠난 것을 아는지 모르는지 파란 눈을 반짝거리며 나를 쳐다보고 있었다. 아기 엄마가 진정할 때까지 아기를 얼러 주며 기다렸다. 이윽고 아기 엄마가 진정이 되자 나는 다시 인터뷰를 했다.

"이제 나와 아기는 어떻게 살아야 할지 모르겠어요. 자꾸만 아기 아빠가 마지막 출근하던 모습이 떠오릅니다. 우리 아기를 많이 예뻐했는데, 이제 우리는 그를 다시 볼 수 없겠지요? 나도 그 사람도 미군에게 잘못한 것이 없는데 미군은 왜 우리 아기 아빠를 죽였는지 모르겠어요."

아프가니스탄과 미국 간에 놓인 복잡한 정치적 관계를 다 떠나서 한 가정이 이렇게 무너져 내리고 있었다. 이제 겨우 열여덟 살인 이 아기 엄마가 앞으로 어린 딸과 살아가야 할 가시밭길이 촬영 내내 안타까웠다. 아프가니스탄에서는 미망인의 재혼을 금지한다. 한번 이 집 며느리가 된 그녀는 평생 이 집에서 죽은 듯 살아가야 할 운명이다. 그것도 가난한 이 집에서 천덕꾸러기 신세로 눈칫밥을 먹으면서 말이다.

"우리 아기 좀 데려가 주세요"

나는 우울한 취재를 마치고 숙소인 나사르 민박집으로 돌아왔다. 저녁을 먹고는 촬영한 내용을 정리하고 내일 취재 갈 일정을 확인하고 있는데 밖에서 나를 부르는 소리가 들렸다. 나가 보니 부르카를 쓴 한 여인이 있었다. 누구냐고 물으니 낮에 취재한 아기 엄마 샤하르라고 했다. 샤하르는 부르카 속에서 안고 있던 아기를 꺼냈다.

'아기 엄마가 무슨 할 말이 있나? 카메라를 가져와야 하나?'

나는 무슨 일인지 궁금해 급히 나사르 민박집 바로 앞에 사는 쉬르를 불렀다. 갑자기 불려 온 쉬르와 함께 나는 그녀의 이야기를 들었다.

쉬르의 말이, 이 아기 엄마가 아기를 나에게 맡기러 왔다는 것이다. 나는 깜짝 놀라서 물었다.

"무슨 말이에요? 나한테 아기를 맡기다니. 취재하느라 바쁜데 내가 아기를 어떻게 돌본다고 나한테 데리고 왔어요?"

그러자 아기 엄마가 말했다.

"나는 아기를 키울 형편이 안 돼요. 이제 남편도 없고 아기 키울 돈도 없어요. 아까 보니 우리 아기를 많이 좋아하는 것 같고 당신은 저널리스트이니까 여자여도 돈을 벌잖아요. 그러니 우리 아기를 데리고 한국으로 가서 딸로 키워 주세요. 공부도 시켜 주고 배고프지 않게 잘 키워 주세요."

부르카를 쓰고 있어서 그녀의 얼굴을 볼 수 없었지만 울음 섞인 목소리에는 절실함이 묻어있었다. 취재하다 괜히 아기를 안아주고 예뻐해서 이런 오해를 사나 싶었다.

"나는 아기를 키울 수 없어요. 알다시피 아기를 데리고 어떻게 취재를 다녀요?"

나는 결사적으로 그녀를 말렸다. 그러자 그녀는 아기와 보따리 하나를 내 앞에 내려놓고 무작정 나가 버렸다. 쉬르가 쫓아갔지만 그녀는 이미 골목을 돌아 사라졌다고 했다. 다들 똑같은 부르카를 쓴 여자들 사이에 섞이니 누가 누군지 몰라 그냥 돌아왔다고 했다. 나는 난감했다. 쉬르가 근심 어린 눈으로 나를 바라보다가 말했다.

"김, 우리가 그 집을 알고 있으니 오늘 밤만 아기를 데리고 있어. 내일 아침에 그 집에 찾아가 아기를 돌려주면 되니까 걱정하지 말고 일단 오늘 밤은 쉬어."

쉬르는 이렇게 위로하고 그의 집으로 돌아갔다.

'그래. 하룻밤만 아기를 데리고 있자. 나도 아들을 키워 봤으니 아무리 갓난아이라도 하룻밤은 데리고 있을 수 있지.'

나는 아기와 보따리를 안고 내 방으로 들어왔다.

하룻밤 가슴속을 파고든 모성

⋮

아기를 침대에 눕히고 보따리를 풀어 보니 다 해어진 아기 옷 몇 벌이 전부다. 우유병도 없고 기저귀도 없다.

'아! 이 엄마 모유 수유를 했나 봐. 어떡하지? 아기 먹일 것이 없네.'

당황하여 보따리를 이리저리 뒤져 봐도 그것이 전부였다. 문득 취재 가방에 비상식량으로 넣고 다니는 전지분유 가루가 있다는 것이 생각났다. 나는 전지분유를 꺼내서 뜨거운 물에 탔다. 그리고 티스푼으로 호호 불어 가며 아기에게 먹여 보았다. 아기는 그 작은 입으로 잘도 받아먹었다. 아프가니스탄이라는 가난한 나라에 태어난 것을 알기라도 하는 듯 먹을 것이 입에 들어오는 순간을 절대 놓치지 않으려는 것처럼 보였다. 내가 조금씩 떠 주는 우유를 먹으며 아기는 나를 뻔히 쳐다봤다.

그때 나는 마음속 깊은 곳에서 뜨거운 감정이 올라왔다. 나를 쳐다보는 아기의 눈이 무언가 달랐다. 마치 "엄마!" 하고 부르는 것 같았다. 피부가 하얀 아기는 파란 눈으로 나의 얼굴을 쳐다보며 미소를 짓고 있는 것이 아닌가. 아기가 정말 예뻤다. 나는 '어머 이 아기가 진짜 내 딸이 되려나?'라는 생각이 들기 시작했다.

순간 가슴이 마구 뛰었다. 어차피 아들 하나밖에 없는데 딸 하나 더 있으면 좋지 않겠어? 이렇게 예쁜 아기가 내 딸이 되면 좋잖아? 나도 모르게 스스로를 설득하고 있었다. 까르르 얼러 주니 웃기도 잘 웃었다. 내일 취재 일정을 정리하는 것도 까맣게 잊은 채 나는 아기와 침대에서 놀았다. 아기에게 팔베개를 해 주니 나에게 착 안겼다.

나는 아기를 큰 목욕 수건으로 포대기처럼 업기도 하고 따뜻한 물로 목욕도 시켰다. 아들 키운 이후 실로 오랜만에 느껴 보는 행복이었다. 아기는 울지도 않고 순했다. 목욕을 시키고 침대에서 자장가를 불러주니 금방 잠이 들었다. 잠든 아기를 바라보며 오만 가지 생각이 들었다.

정말 내 딸이 되려나 보다. 내게 아들만 있다고 신이 딸을 주시나 보다. 우리 아들에게 여동생이 생기네. 아기를 한국으로 데려 가려면 여권이 필요한데, 한국 대사관에서 입양을 했다고 하고 여권을 만들 수 있을까? 이제 취재를 마치려면 한 달밖에 안 남았는데 그사이에 여권이 나올 수 있을까? 이름은 뭐라고 지을까? 우리 아들이 어떻게 생각할까?

예쁜 아기는 벌써 내 딸이 되었다. 자면서 내는 숨소리도 무척 귀여웠다. 아기는 새벽에 두 번이나 깨서 우유를 먹었다. 우유가 달착지근해서인지 배불리 잘 먹고 잠이 들었다. 우리 아들은 이만한 나이 때 새벽에 자지러지게 울면서 젖 달라고 보챘는데, 이 아기는 배고파도 그냥 낑낑대는 정도였다. 이렇게 순한 아기면 힘들지 않고 키울 수 있겠구나 싶었다. 그때 친정 엄마가 아들을 돌봐 주고 있었다. 아들만도 벅찬데 아프가니스탄 아기까지 데리고 나타나면 우리 엄마 기절할 텐데 하는 염려도 들었지만, 이상하게 아기에게 마음이 갔다.

아기 엄마의 마지막 희망

그렇게 밤새 뒤척이다가 나도 모르게 잠이 들었는데 누군가 방문 두드리는 소리에 잠이 깼다. 민박집 주인 나사르였다. '아침 7시도 안 된 이른 시간에 무슨 일일까?' 하며 방문을 여니 나사르가 다급하게 얘기했다.

"아기 엄마가 다시 왔어요."

잠도 덜 깬 채 서둘러 나가 보니 아기 엄마가 진짜 와 있었다. 다시 쉬르를 불렀다. 쉬르는 옷도 제대로 못 입고 급히 뛰어왔다.

"아기를 돌려 달라고 왔어요."

아기 엄마가 애원하는 듯한 목소리로 말했다. 부르카를 입고 있어 표정은 알 수 없으나 떨리는 그녀의 음성에서 절박함이 묻어났다.

나는 황당했다. 이게 무슨 경우란 말인가. 나는 밤새 아기랑 장밋빛 꿈을 꾸었는데 겨우 하룻밤 만에 데리러 올 것을 왜 그 난리를 만들었느냐 말이다. 나도 흥분해서 말했다.

"아니, 내가 언제 당신 아기를 빼앗았어요?"

"도저히 우리 아기를 보낼 수가 없었어요. 밤새 잠도 못 자고 울다가 이렇게 다시 왔습니다. 남편도 없는데 아기까지 없으면 도저히 살 수 없을 것 같아요. 정말 미안한데 우리 아기 돌려주세요."

아기 엄마는 울고불고 난리였다. 나는 할 수 없이 아기를 데리러 방으로 왔다. 아기는 아직도 잠들어 있었다. 어제 아기 엄마가 가져온 보따리에 먹다 남은 전지분유 봉지와 아기를 업었던 목욕 수건도 같이 넣었다. 자는 아기를 안고 보따리 들고 아기 엄마에게 갔다. 그녀는 얼른 아기를 받아 들고 꼭 껴안았다. 그리고 허둥지둥 보따리를 들고 민박집 대문으로 향했다. 아 참! 나는 서둘러 나가려는 그녀에게 말했다.

"아기 이름이라도 알려 주고 가세요."

"아기 이름은 막답입니다."

이렇게 말하고 아기 엄마는 황급히 나가 버렸다. 막답…. 이제야 들은 아기 이름이 막답이란다. 막답은 아프가니스탄 말로 '달'이라는 뜻이다. 나는 막답이라는 이름을 되뇌며 한참을 멍하니 있었다.

엄마의 마음은 다 똑같다

하룻밤만 나의 딸이었던 막답. 나와 인연이 겨우 하룻밤이었지만 나는 그날 밤을 잊을 수가 없다. 막답이 오물거리며 티스푼으로 우유를 받아먹던 그 장면이 자꾸 떠올랐다. 아마도 한국에서 외국으로 입양 보낸 아기 엄마들의 마음도 저 아프가니스탄 아기 엄마와 마찬가지였을 것이다. 그저 공부시켜 줄 수 있고 배부르게 밥 먹여 준다는 말에 머나먼 타국으로 아기들을 보냈을 것이다. 아기들을 보내고 엄마들은 얼마나 많은 날들을 울면서 그리워했을까? 단 하룻밤도 못 참아 이 아침에 동트자마자 달려온 아프가니스탄 아기 엄마를 보니 아기를 입양 보낸 한국 엄마들의 마음이 느껴졌다.

막답과 보낸 하룻밤이 참 많은 것을 나에게 가르쳐 주었다. 세상 어디든 엄마가 아기를 사랑하는 마음은 다 똑같다는 것이다. 아무리 아프가니스탄 같은 전쟁 지역이라도 말이다. 훗날 나는 스웨덴 룬뜨라는 지역에서 어느 한국 입양아를 만난 적이 있다. 스물아홉 살 먹은 아가씨인 그녀는 내가 묵고 있던 호텔의 매니저였다. 한국 사람들이 많이 오는 지역이 아니어서인지 그녀는 같은 한국 사람이라고 나에게 무척 잘해 주었다. 그녀의 스웨덴 이름은 어려워서 기억이 안 나는데, 한국 이름이 이미혜라고 했던 것은 기억난다. 키가 늘씬하고 예뻐서 호텔 유니폼이 멋지게 어울렸다. 한국에서 친부모를 찾고 싶지 않느냐는 질문에 그녀는 이렇게 대답했다.

"나는 태어나자마자 한국 엄마에게 버림을 받았어요. 한국 엄마를 한 번은 보고 싶은데, 딱 한마디를 물어보고 싶어서입니다. '왜 나를 버렸냐?'는 딱 한마디입니다."

그녀는 생모를 증오한다고 덧붙였다.

"막 태어난 아기는 예쁘지 않나요? 자기가 낳은 아기를 어떻게 그렇게 쉽게 버렸는지, 생각하면 지금도 생모가 많이 미워요."

나는 그 아가씨에게 아프가니스탄의 막답 이야기를 해 주었다. 아기를 키우고 싶지만 남편이 죽고 먹고살 일이 막막해져 아기라도 잘 먹이고 공부시키기 위해 나에게 아기를 데리고 왔던 그 아기 엄마의 사연을 들려주었다. 그녀가 이야기를 가만히 듣고 있다가 물었다.

"그럼 나의 생모도 나를 그리워할까요?"

"아마도 그럴걸요. 내 몸속에서 크던 아이인데 그리워하는 건 당연해요. 나도 내 아들을 위해서면 뭐든지 할 수 있는 엄마입니다. 한국 엄마들은 모성애가 더 강해요. 언젠가 엄마를 만나 보면, 그리고 당신이 하고 싶은 그 질문을 하면 엄마는 아마 이렇게 말할 거예요. '보고 싶었다'고."

나의 이야기가 그녀에게 얼마나 도움이 되었는지 모르지만, 세상 어디에서나 엄마라는 존재가 자식을 사랑하는 마음은 다 똑같다는 말을 해 주고 싶었다.

나의 영원한 아프간 딸

⋮

그 후에도 나는 아프가니스탄에 취재 갈 때마다 막답을 만나고 왔다. 막답은 커갈수록 이목구비가 또렷해지고 예뻐졌다. 그때마다 전지 분유 가루와 비누, 장난감, 머리끈 등을 사 가지고 갔다. 지금 막답은 우유 먹을 나이도 한참 지났지만 그때의 하룻밤이 생각나서인지 전지분유 봉지만 보면 아이가 생각난다. 한국에 있을 때 어쩌다 마트에 가서 분홍 리본 달린 머리띠나 딸기 모양 머리핀을 보면 막답을 사다 주고 싶다. 딸이 없는 나에게 막답은 진짜 딸이나 마찬가지다.

막답네는 여전히 가난하고 먹고살기 힘들다. 아기 엄마는 내가 예상

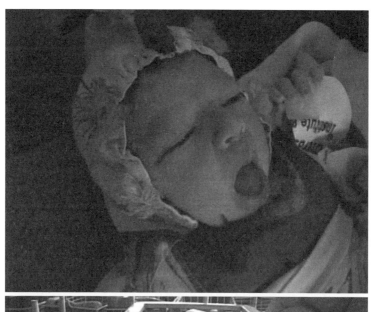

- 카불의 한 병원에서 태어난 아기들. 아프가니스탄은 이제 이 아이들에게 희망을 걸고 있다.

한 대로 눈칫밥을 먹으며 허드렛일을 도맡는다. 그래도 커 가는 막답을 보며 힘을 낸다고 했다. 역시 엄마는 강하다. 아프가니스탄이건 한국이건 엄마는 강한 존재들이다. 자식을 위해서라면 눈칫밥 먹는 것은 아무것도 아니라고 생각하니까.

지금도 가끔 아프가니스탄에 전화해서 쉬르에게 막답의 안부를 묻는다.

"막답 잘 있어요?"

쉬르는 전화기 너머로 웃으며 말해 준다.

"너의 아프간 딸 말이지? 잘 있지. 이제 제법 커서 물도 길으러 다닌다고."

막답이 법적으로 나의 딸이 되었건 아니건 혹은 단 하룻밤이었건 나에게는 영원한 딸이다. 그 아이가 살고 있는 아프가니스탄 땅에 아직 전쟁이 그치지 않아 염려스럽다. 막답도 학교를 다녀야 하는데 이 위험한 상황에 여자아이가 공부를 제대로 하고 있는지 걱정이다. 아프가니스탄이 치안이 빨리 좋아져서 막답이 안전하게 학교에 다닐 수 있으면 좋겠다.

'금지된 음악' 무스타파 밴드의 마지막 콘서트

탈레반, 그들의 이상한 신념

⋮

사람은 누구나 음악을 들으면 때로는 감동도 받고 때로는 위로도 받는다. 군이 유명한 팝 가수의 노래나 우아한 클래식이 아니더라도 음악은 본능적인 즐거움을 준다. 그래서인지 제3세계나 분쟁 지역처럼 제아무리 사람 목숨이 왔다 갔다 하는 곳이라도 신기하게 음악은 어딜 가나 있다.

어릴 때부터 록 음악과 클래식을 좋아한 나는 지금도 취재하러 갈 때마다 반드시 취재 장비와 함께 음악 시디를 챙겨 간다. 지루한 비행기 안에서 음악은 나를 쉬게 해 주고, 타지에서 취재가 힘들 때면 음악이 나를 위로해 준다. 한 번 취재를 가면 보통 몇 달을 취재지에서 보내야 하기 때문에 나도 가끔 지치고 힘들다. 그러면 취재하며 두 번 확인해야 하는 일도 그냥 한 번 하게 되고, 그 영향은 곧장 프로그램에 나타나기 마련이다. 그래서 가능한 한 지치지 않으려고 나 나름대로 오락거리를 만들곤 하는데, 그중 음악이 큰 도움이 된다. 음악은 내게 활력을 주니 음악을 들을 수 있는 시디는 한동안 취재 장비였다. 지금이야 파일로 너무 쉽게 듣지만 한때는 음악 시디를 십여 장씩 들고 취재를 다녔다.

그런데 세상에 음악을 싫어하는 사람도 있다! 2007년 아프가니스탄과 국경을 마주하고 있는 파키스탄 페샤와르로 취재 갔을 때 나는 음악을 극도로 혐오하는 사람들이 있다는 사실을 알았다. 바로 탈레반이다. 그들은 인간이 즐기기 위해 만든 음악은 신이 금지한다고 주장한다. 홍겨워 어깨를 들썩이고 음악을 홍얼거리는 것은 절대 신이 용납하지 않는 행동이라는 것이다. 탈레반은 이런 신념을 곧 행동으로 보여 주었다. 음반 가게나 라디오, 텔레비전을 파는 상점에 폭탄 테러를 감행한 것이다.

아프가니스탄이나 파키스탄의 결혼식에서는 전통 악기를 들고 신나게 음악을 연주하고 춤을 춘다. 일생에 단 한 번 있는 뜻깊은 날에 음악이 사람들을 즐겁게 하는 것이다. 탈레반은 이것도 금지한다. 결혼식장에서 북이나 음악 소리가 나면 바로 총 들고 가서 아수라장을 만든다. 그들은 남의 집 잔치에 가서 그런 행동을 하는 것이 알라를 위한 길이라고 굳건히 믿는다. 심지어는 음악을 하는 뮤지션의 목숨도 위협한다. 탈레반은 그들을 죽여 버리거나 장애인을 만들어 버려 다시는 음악 소리가 길거리로 나오지 못하게 한다. 우리에게는 해외 토픽처럼 황당한 이야기이지만 지금도 아프가니스탄과 파키스탄에서 벌어지고 있는 현실이다.

음악이 사라져 가는 페샤와르

페샤와르 지역에 사는 파슈툰족의 음악은 아름답기로 유명해서 나는 그곳에 갈 때마다 음악 시디를 구해 온다. 방송에 그 음악을 조금씩 쓰기도 하고 개인적으로 소장하기도 한다. 주로 아프가니스탄 남동부와 파키스탄 북서부에 거주하는 파슈툰족의 언어는 배우기가 세계에서 제일 어렵다고 한다. 그만큼 현장에서는 가사의 뜻을 알기가 힘들다. 하지만 한국에 와서 제대로 번역하고 나면 그 진가를 확인할 수 있다. 가사가 무척이나 아름답고 서정적이다.

나는 탈레반을 취재하기 위해 페샤와르 시내에 있는 작은 게스트 하우스에 묵은 적이 있다. 외국인이 묵을 수 있는 펄 콘티넨털 호텔이 있었지만, 내가 취재하러 가기 몇 달 전 자살 폭탄 테러 공격을 받고 그 큰 호텔이 무너져 버렸다. 그래서 아는 파키스탄 기자들이 급한 대로 대충 잠을 잘 수 있는 게스트 하우스를 찾아 주었다.

문제는 이 게스트 하우스 주인이 탈레반을 아주 무서워한다는 것이었다. 물론 당시 페샤와르가 탈레반 공격을 받기 시작해서 많이 예민할 만도 했다. 하루 일과가 끝난 저녁 무렵, 내가 음악을 조금이라도 들을 라치면 게스트 하우스 주인이 득달같이 달려와 볼륨을 줄이라고 성화였다. 외국인 저널리스트, 그것도 여성 혼자 이곳에 묵고 있는 것이 그에게는 상당한 부담이었을 것이다. 게다가 음악까지 크게 들으니 탈레반의 표적이 되기 십상인지라 예민해질 수밖에 없었던 것이다.

나도 정말 스트레스를 받았다. 숨어서 음악을 듣는 것은 정말 스트레스 쌓이는 일이었다. 인간이 음악을 금지당하면 얼마나 고통스러운가를 제대로 느낄 수 있었다. 나는 주로 이어폰으로 음악을 듣거나 이불 속에 들어가 노트북으로 듣곤 했다. 하지 말라고 하면 더 하고 싶은 것이 인간의 마음 아니던가. 항상 듣던 음악이라도 그렇게 눈치 보며 들으면 더욱 심금을 울리는 듯했다. 평상시 이름도 모르던 아이돌 가수의 음악이 내 가슴을 뛰게 하고 시끄러워 기피하던 헤비메탈이 온몸에 감동을 느끼게 할 줄 누가 알았을까,

사실 페샤와르에도 음반 가게가 많았었다. 특히 이곳 사람들이 인도 음악을 좋아해서 주로 인도 음악을 많이 팔았다. 이곳 사람들은 영화와 음악으로 유명한 인도 문화를 선진 문물로 동경하는 듯했다. 이곳에서 우리 돈 천 원 정도면 인도 음악을 복사한 시디 두 장을 살 수 있었다.

그런데 언젠가부터 페샤와르 시내의 음반 가게가 탈레반에게 종종 공격을 당하기 시작했다. 시디 몇 장 사려고 들른 손님과 근근이 먹고사는 가게 주인이 희생되었다. 탈레반은 음반 가게를 공격함으로써 경고의 의미를 담은 공포 분위기를 조장한 것이다. 재수 없게 음악 시디 몇 장 사려다 죽을 수도 있다는 경고다. 의도는 적중했다. 사람들은 음반 가게에 가는 것을 두려워하기 시작했다. 결혼식장도 공격을 당했다는

- 탈레반의 공격으로 폐허가 된 음반 가게.
- 페사와르 시내의 악기 가게. 탈레반의 눈을 피해 문을 열었지만 손님이 없다.

소문이 돌면서 결혼식에도 뮤지션들을 부르지 못했다. 페샤와르 인근은 이렇게 점점 음악을 잃어 갔다.

나는 탈레반에게 탄압을 받는 음악인을 취재하고 싶었다. 하지만 뮤지션을 만나기가 쉽지 않았다. 우여곡절 끝에 찾아내서 취재를 부탁하면 거절하기 일쑤였다. 당시 통역이던 파칼은 세계 유수의 언론이 인정하는 특급 통역이었다. 섭외력으로 치면 아프가니스탄과 파키스탄에서도 알아주는 사람이었다. 그런 파칼도 애를 먹었다. 아무도 선뜻 나의 취재에 응하지 못했다. 심지어 자기는 음악을 한 적이 없다고 잡아떼는 사람도 있었다. 탈레반의 표적이 될 것이 두려워 섣불리 카메라 앞에 서지 못하는 것 같았다.

'파슈툰족의 조용필', 무스타파를 만나다

⋮

며칠을 고민하던 중 우연히 게스트 하우스 주인의 친척이 파슈툰족 사이에 이름난 가수라는 것을 알았다. 그는 탈레반이 점령한 스와트 밸리 지역에 살고 있는 무스타파였다. 파슈툰족 정통 음악을 하는 사람인데, 노래를 정말 잘한다고 했다. 어느 정도냐고 물었더니 사람들이 무스타파가 서양의 마이클 잭슨과 맞먹는다고 비교를 해 주었다. 한국으로 치면 조용필급인 것 같았다.

나는 그를 만나 보고 싶었다. 하지만 당시 스와트 밸리는 탈레반이 완전히 점령하여 취재하기가 힘든 곳이었다. 위험하기도 하고 내가 무스타파를 그곳에서 만난들 노래 한 소절도 못 듣고 그냥 단순한 인터뷰밖에 할 수가 없었다. 뮤지션을 취재하면서 노래하는 장면은 촬영할 수 없는 것이다.

나는 그에게 우리 게스트 하우스로 오라고 설득했다. 그가 묵을 방을 준비할 테니 페샤와르로 바람이라도 쐬러 오라고 했다. 그러자 그는 아는 동생들을 데리고 가도 되느냐고 물었다. 바로 무스타파의 밴드 멤버들이었다. 무스타파는 보컬이었다. 나는 흔쾌히 그러라고 했다. 한 명도 아니고 여러 명이 떼로 와 주면 나야 좋은 것이니 거절할 이유가 없었다. 내가 먹여 주고 재워 줄 테니 무조건 페샤와르로 오라고 했다.

그렇게 계획이 추진되었고 며칠 후 오밤중에 무스타파가 트럭을 나고 게스트 하우스에 나타났다. 트럭에 가득 싣고 온 상자 안에는 북을 비롯해 난생처음 보는 악기들이 가득 있었다. 그들은 캄캄한 암흑 속에서 비밀스럽고 신속하게 악기들을 숙소로 옮겼다.

무스타파는 한눈에도 잘생긴 셀럽의 포스가 풍겼다. 나이가 이제 갓 서른을 넘었다는데 한국이나 여기나 스타는 얼굴 자체가 다른가 보다. 인기도 많은지 이 게스트 하우스에서 일하는 사람들이 나보다 더 많이 그를 기다렸다. 물론 게스트 하우스 주인의 당부로 그가 온다는 사실은 비밀로 부쳤었다. 그가 도착하자 사람들의 얼굴에는 홍분이 가득했다. 방문 밖에서 사람들이 하도 수군거려서 몇 번이나 인터뷰가 중단되었다. 무스타파가 화장실을 가면 사람들이 그에게 한 번이라도 눈도장을 찍으러 따라다녔다. 이건 꼭 파키스탄판 《한밤의 TV연예》를 촬영하는 기분이었다.

인터뷰를 하면서 무스타파의 고뇌를 알 수 있었다. 자신은 종교나 정치와는 상관없이 그저 노래를 하고 싶은 가수라고 했다. 가수가 노래하는 것이 위험하게 되어 버린 세상을 서글퍼했다.

"만일 한국에서 태어났으면 이런 고민을 안 해도 되겠지요? 나는 왜 이런 땅에서 태어났을까 하고 원망도 많이 합니다. 나는 지금 노래하면서도 언제 죽을지 모른다는 공포에 시달립니다. 탈레반이 나에게 음악만이 아니라 목숨도 빼앗아 영원히 노래하지 못하게 만들 것이기 때문입니다."

그는 다른 가수의 죽음도 들려주었다.

"정말 노래 잘하는 친구였죠. 그 친구는 사람들 앞에서 노래할 때 가장 행복하다고 했습니다. 나는 아직도 그가 노래하면 사람들이 무척 좋아했던 기억이 선합니다. 그가 고향 와지리스탄으로 갔을 때 탈레반은 그를 붙잡아 참수를 했습니다. 나중에 그 소식을 듣고 얼마나 슬펐는지 모릅니다. 하필 목을 베다니…. 그의 목소리를, 노래를, 다시는 들을 수 없다는 사실이 친구를 잃었다는 사실보다 더 슬펐습니다."

들으면 들을수록 우울해지는 이야기였다. 음악을 한다는 것이 죽을 만큼 큰 죄인가? 아무리 문화와 종교가 다르지만 음악을 한다는 이유로 사람을 죽이는 것은 짐승보다 못한 짓이다. 인간이니까 음악을 하는 건데 탈레반에게는 종교적인 신념이 무엇보다도 더 강했다. 그날 밤의 우울한 인터뷰는 새벽에야 끝났고 무스타파는 피곤해 보였다. 그가 자기 방으로 돌아간 후 나는 그다음을 걱정해야 했다.

문제는 어떻게 이 무스타파의 음악을 들을 것인가였다. 게스트 하우스 주인은 무스타파 초청 전부터 나에게 게스트 하우스에서는 음악을 연주할 수 없다고 못 박았다. 과연 어디서 저 악기들을 가지고 안전하게 연주를 한단 말인가? 사람들이 오지 않는 장소에서 우리끼리 빨리 연주하고 촬영해야 하는데, 이 페샤와르에는 그럴 장소가 없었다. 열심히 고민을 하고 있다가 혹시 깊은 산속에서 몰래 연주하면 되지 않을까 하는 생각이 들었다. 나는 아침에 일어나자마자 파칼에게 전화를 해서 페샤와르 인근의 깊은 산속을 찾아가 연주할 수 있는지를 물었다. 파칼은 알아보고 오셨다고 나에게 조금만 기다리라고 했다. 나와 무스타파, 그리고 그의 밴드는 아침을 먹으며 통역을 기다렸다.

무스타파는 참 멋진 사람이었다. 파슈툰족 대부분이 머리에 엄청 큰 터번을 두르고 있는데 그는 터번도 없이 단발머리였다. 다들 수염을 덥수룩하게 기르는데 그는 적당히 짧게 다듬어 인상이 깔끔했다. 무엇보다도 목소리가 매력적이었다. 한국 사람인 내 눈에도 멋있어 보이는데 같은 파슈툰족 사람들에게는 오죽할까 싶었다. 이곳 남자들 얼굴을 제대로 바라볼 수 없어서 그렇지 여자들이 보면 인기 만점일 것 같았다.

아침을 먹고 나니 파칼이 도착했다. 그가 물색한 장소는 샤피한 계곡이었다. 그곳은 물이 흘러가는 계곡 옆이라 음악 소리가 묻혀 몰래 음악을 연주할 수 있다고 파칼이 강력하게 추천했다. 나는 파칼이 추천한 그곳으로 가기로 결정했다.

무스타파는 여전히 겁을 냈다. 그는 몇 번이고 그곳이 정말 안전한지에 대해 통역에게 물었다. 나는 겁내고 있는 그에게 용기를 주었다.

"당신이 겁내는 것은 당연해요. 하지만 이것은 어쩌면 다시 올 수 없는 기회일지도 모릅니다. 나는 촬영보다도 당신에게 마음껏 노래할 수 있는 기회를 주고 싶어요. 가수인 당신이 노래를 하는 것은 죄가 아닙니다. 나도 여기 사람들도 당신의 노래를 듣고 싶어요."

이 말은 나의 진심이었다. 파슈툰족 사람들이 심금을 울린다며 극찬하는 그의 노래를 개인적으로도 듣고 싶었고, 파슈툰족 최고의 가수라는 그에게 노래할 수 있는 기회를 단 한 번이라도 더 주고 싶었다.

무스타파는 대신 조건을 내걸었다. 연주하는 동안 자신들이 안전할 수 있게 무장 경호원을 붙여 달라는 것이었다. 페샤와르와 그 인근 지역은 매우 위험해서 무장 경호원들을 데리고 다니지 않으면 취재할 수가 없었다. 탈레반도 탈레반이지만 수시로 출몰하는 강도와 납치범도 무서웠다. 그래서 항상 네 명의 무장 경호원들을 데리고 다녔는데 무스타파는 열 명을 원했다. 하필 왜 열 명인지는 잘 모르겠지만, 그냥 그 정도가 있으면 안심하고 노래를 부를 수 있다는 뜻 같았다.

파칼은 우리가 데리고 다니는 보디가드에게 인원을 더 보충해 달라고 했다. 하지만 단 하루 만에 이 모든 것을 준비할 수는 없었다. 파칼은 사전 답사를 위해 샤피한 계곡으로 갔고 나와 다른 이들은 무장 경호원을 구하느라고 분주했다. 그렇게 하루는 준비하느라 바쁘게 흘러갔다.

드디어 다음 날 오전, 우리는 무스타파와 그의 밴드를 데리고 샤피
한 계곡으로 출발했다. 악기를 실은 트럭과 열 명의 총잡이도 함께였다.
페샤와르에서 거의 두 시간을 운전해서 가파른 계곡을 돌고 돌아 우리
는 샤피한 계곡에 도착했다. 바로 밑에 마을이 하나 있긴 했지만 정말
깊은 산속이었다. 계곡을 흐르는 물살도 거세어 물소리가 컸다. 숨어서
연주하기에 정말 안성맞춤이었다.

총잡이들을 배치하고 트럭에 숨겨 온 악기들을 꺼냈다. 내가 보기에
는 무척 조잡한 악기들 같았는데 밴드가 꺼내서 조율을 하기 시작하자
범상치 않은 선율이 흘러나왔다. 무스타파가 흥분하기 시작한 것이 이
때부터였다. 그의 얼굴은 상기되어 있었고 악기 조율을 하며 밴드 멤버
들에게 이것저것 지시했다.

드디어 계곡에서 은밀하게 열리는 무스타파 밴드의 콘서트가 시작
되었다. 무스타파가 첫 곡을 부를 때 나는 그의 목소리에 소름이 끼쳤
다. 나도 한국에서 가수들의 라이브 콘서트는 많이 다녀서 익숙한 편인
데 그의 목소리는 무어라 말할 수 없는 깊은 전율을 느끼게 했다. 가사
내용이 무엇인지 잘 모르는데도 눈물이 나올 것 같았다.

'역시 파슈툰족의 조용필이구나 …' 나는 너무 감동되어 촬영하다
가 도중에 카메라 초점이 나가는 실수까지 하면서 넋을 잃고 그의 노래
를 들었다. 나뿐만이 아니었다. 우리를 지켜 주던 총잡이들과 운전기사
들도 정신을 놓고 그의 노래를 듣고 있었다. 한두 곡 들었을 때쯤 갑자

- 파슈툰 전통 악기를 연주하며 노래하는 무스타파 밴드.
  "언제 내가 다시 사람들 앞에서 노래를 할 수 있는지 모르겠지만, 나는 이 순간을 영원히 기억하고 싶어요."

기 우리 일행과 멀리 떨어져 원거리 경호를 하던 총잡이가 숨을 헉헉대며 달려왔다. 그가 숨을 몰아쉬며 말했다.

"마을 사람들이 이쪽으로 오고 있습니다! 마을 사람들이 몰려와요!"

무스타파와 우리 모두 깜짝 놀라 무슨 일인가 하고 어리둥절해했다. 총잡이가 이어 말했다.

"마을 사람들이 음악 소리를 듣고 이쪽으로 오고 있어요. 그 사람들도 음악을 듣고 싶다고 나에게 애원을 합니다. 어떻게 할까요?"

나는 그들이 무기를 가지고 있지 않고 탈레반이 아니라면 함께 음악을 들어도 괜찮다고 했다. 대신 마을 사람들이 무기를 가지고 있지 않은지 확인해 달라고 했다. 그렇게 마을 사람들이 하나둘 모여 금방 30여 명이 되었다. 그들은 이 비밀 콘서트의 관객이 되었다.

잠시 중단되었던 콘서트가 다시 시작되었다. 아까보다 더 애절하고 가슴 아픈 노래였다. 마을 사람들은 무스타파 밴드 앞에 자리를 깔고 열심히 감상했다. 그들의 표정은 말 그대로 감동과 몰입 자체였다. 관객들에게는 난생처음 보는 방송 카메라가 낯설었을 텐데 그들 눈에는 보이지 않는 듯했다. 사람들의 눈은 무스타파와 그의 밴드에게만 가 있었다.

그랬다. 아무리 탈레반이라도 사람들 가슴속에 있는 음악에 대한 본능을 막지는 못한다. 강제로 음악을 없애려고 폭탄을 터뜨리고 총을 쏘아 사람을 죽인다 한들 어떻게 사람들 마음속에 유전자처럼 자리 잡은 음악을 없앨 수 있을까? 노래를 부르는 무스타파도 그의 노래를 감상하는 마을 사람들도 그날 그 순간만큼은 탈레반의 공격도 무서워하지 않고 음악에 빠져 있었다.

한 시간에 걸친 무스타파의 콘서트가 끝났다. 리허설도 없고 레퍼토리도 짜지 않았지만 정말 훌륭한 콘서트였다. 무스타파가 마지막 노래라고 하자 사람들이 아쉬워했다. 마을 사람들 중 한 사람이 요청했다.

"이제 우리가 언제 당신 노래를 들을 수 있겠어요? 우리도 음악을 듣고 싶은데 탈레반이 무서워 듣지 못합니다. 한 곡 더 불러 주세요."

그렇게 앙코르 곡까지 부르자 시간이 많이 지나갔다. 무엇보다도 안전이 우선이라 너무 오래 시간을 지체할 수가 없었다. 아쉬워하는 팬들을 뒤로하고 그는 다시 악기들을 상자에 숨겨 트럭에 실었다. 마을 사람들도 그를 도왔다. 악기를 다 싣고 그는 마을 사람들과 일일이 포옹을 했다. 팬들에 대한 서비스인 것 같았다. 하지만 나는 보았다. 그의 눈에 눈물이 흐르는 것을. 그는 나에게 말했다.

"가수로서 사람들 앞에서 노래할 수 있는 이 순간이 얼마나 행복했는지 모릅니다. 언제 내가 다시 사람들 앞에서 노래를 할 수 있는지 모르겠지만 나는 이 순간을 영원히 기억하고 싶어요."

그는 트럭을 타고 밴드 동생들과 서둘러 그의 마을인 스와트 밸리로 떠났다. 트럭이 하얀 먼지를 일으키며 샤피한 계곡을 돌아 더는 보이지 않을 때까지 마을 사람들은 트럭을 지켜보고 있었다. 아직도 공연의 감동이 가시지 않은 듯 눈물을 글썽이면서 말이다.

- 노래를 듣는 사람들의 표정은 말 그대로 감동과 몰입 자체였다.

언젠가 탈레반 양성 학교인 마드레사를 촬영할 때 한 탈레반이 이런 말을 했다.

"음악을 들으면 나도 모르게 감동하고 맙니다. 그것은 신에게 죄를 짓는 것입니다. 제발 음악이 나를 유혹하지 않게 해 달라고 신에게 기도를 드립니다."

나는 그 말을 들으며 '탈레반들도 인간이라 음악에 감동은 받는구나! 그냥 같이 음악을 듣지 종교적인 신념이 뭐라고 사람들을 죽이면서 음악을 듣지 못하게 하나' 하는 생각을 했다. 음악을 듣고 감동을 하는 것이 정상이지, 이것을 죄라고 생각하고 신에게 회개하는 것은 정상이 아니다. 탈레반도 인간인데 음악을 들으면 좋다고 느끼는 것이 당연하다. 나는 그들이 이제 종교만을 앞세우지 말고 사람들을 바라봤으면 좋겠다. 사람 나고 종교 났지 종교 나고 사람 나진 않았다.

음악을 하고 싶어도 죽을까 봐 못하는 사람들. 그리고 하필 이 시대 그 땅에 태어난 불운의 가수 무스타파. 그가 목숨 내놓고 부른 노래는 나의 영상에 고스란히 담겨 한국에서 전파를 탔다.

아! 사람의 운명의 주인이여!
언제 마음의 외침을 들으실 것인가요?
풀 넝쿨이 불 넝쿨이 되어 나를 감싸는구나!
이 세상은 지옥과 같구나

내 사랑은 머리에 장식하려 꽃을 찾아다니니
봄이여! 언제 나의 마을에 찾아오시오
내 사랑이 머리에 장식하려 꽃을 찾아다니니
봄이여! 언제 나의 마을에 찾아오시오
내 사랑이 마른 입술이 나에게 꽃을 달라 하니
봄이여! 나의 마을에 꼭 찾아오시오

봄이여! 내가 맹세하오! 그러니 내 마음을 무너뜨리지 마시오
내 집에 남은 사랑을 앗아 가지 마시오
나를 여기서 슬피 돌아가게 하지 마시오

내 생각의 줄을 끊지 마시오
내 사랑에게 지키지 못할 약속을 한 것은 아닌지
나는 마음이 조급해지고 있소

당신을 기다리는 내 눈길이 당신의 길을 닦고 있소
봄이여! 언제 나의 마을에 찾아오시오

방송 직후 사람들에게 "그 노래 참 좋더라."라는 말을 많이 들었다.
음악은 국경도 민족도 초월하는가 보다. 그의 노래 한 소절 한 소절이
나의 방송을 빛내 주었다.

나는 방송가에 몸을 담고 있기에 개인적으로 친한 연예인은 있지만

팬으로서 좋아하는 연예인은 없다. 하지만 지금도 난 무스타파의 팬을 자처한다. 다시 그의 라이브를 들을 수 있을지 콘서트에 초대받을지는 알 수 없다. 하지만 그 불운한 가수의 영원한 팬으로 남고 싶다. 그 뒤로 나는 그들이 어떻게 되었는지 소식을 듣지 못했다. 페샤와르에 있던 게스트 하우스 주인이 문을 닫고 외국으로 떠났기 때문이다. 하지만 어디서 살든 무스타파가 살아 있기를 팬의 한 사람으로 바란다. 무조건 살아서 그가 마음 놓고 백만 관객 앞에서 노래를 부르는 날이 왔으면 좋겠다.

이라크에서 만난 사람들

2부

바그다드 최고의 맛집을 소개합니다

나는 지금도 바그다드라는 이름만 들으면 가슴이 두근거린다. 별빛이 아름답던 티그리스 강과 야자수, 마음씨 좋은 이라크 사람들과 음식. 내 가슴속에 있는 바그다드에 대한 아련한 마음은 말이나 글로는 다 설명할 수 없다. 바그다드는 내게 마치 한없이 사랑했던 첫사랑 같은 도시이다.

바그다드로 가려고 처음 마음먹은 것은 2002년 여름이었다. 한창 아프가니스탄을 취재하고 있었는데, 문득 전쟁이 나기 전과 후에 사람들의 삶이 어떻게 달라지는지 궁금해졌다. 아프가니스탄은 전쟁이 난

이후에 들어왔기 때문에 이곳 사람들의 삶이 전쟁 전후로 어떻게 달라졌는지 비교하기가 힘들었다.

그래서 아프가니스탄 취재가 마무리될 무렵 이라크에 관심을 가지기 시작했다. 미리 관련 자료를 조사하고 한국에 있는 이라크 사람들도 만났다. 그럴수록 이라크에 대한 관심은 커졌다. 마침내 나는 이라크 바그다드로 향했다. 그때가 2002년 11월이었다.

이라크 전쟁이 일어나기 전, 이라크에서 나의 취재를 방해하는 가장 큰 요인은 철통같은 독재 정치였다. 하다못해 통역이나 운전기사도 사담 정부가 정해 주는 대로 배정받아 일을 해야 했다. 당시 외국 취재진의 통역이나 운전기사는 곧 이라크 정부의 정보 요원이라는 뜻이었다.

그들은 나의 일거수일투족을 감시했다. 내가 어디를 취재하든 먼저 그들의 허락을 받아야 했다. 호텔도 그들이 지정해 주었다. 그렇다고 해서 내가 특별히 불만을 표시하거나 반항한 것은 아니다. 어차피 독재 국가이고, 워낙 철통 정치로 유명한 사담 정부이니 어쩔 수 없다고 생각했다.

하지만 기본적인 취재 활동조차 힘들었다. 그들의 감시로 취재는 정말 전혀 할 수 없는 상황이었다. 나는 전쟁 전과 후를 카메라에 담아 보여 주고 싶은데, 전쟁 전 모습을 촬영하기가 힘들었던 것이다. 특히 일반 시민을 만나기는 더욱 힘들었다.

예를 들어, 내가 "내일 시장에 가서 사람들 사는 모습을 촬영하고 인터뷰도 하고 싶다."라고 하면 그들은 이른바 '세팅'을 했다. 미리 인터뷰할 사람을 대기시키는 것이다. 바그다드로 들어온 지 시간이 많이 지난

뒤에도 나는 그들이 미리 대기시킨 사람들인 줄 몰랐다. 그래서 이라크 사람들이 사실은 사담 후세인을 무척 존경하는지도 모른다고 생각했다.

그러다가 이들 대답이 하나같이 판에 박힌 것처럼 똑같다는 것을 알고는 눈치챘다. 무슨 질문을 해도 사담 후세인을 찬양하는 것이었다. 마치 북한에서 김정일을 찬양하는 것과 비슷했다. 그리고 언제부터인 지 인터뷰이들 중에 겹치기 출연을 하는 사람이 있다는 걸 알아챘다. 시장에서 만난 한 이라크 남자가 학교에도 있었다. 우연히 겹쳤다고 하기에는 정말 이상했다. 그래서 알게 된 사담 정부의 의도적인 각본으로 나의 취재는 심각한 난관에 빠졌다.

고민하던 나는 다른 방법을 써 보기로 했다 한국에서 신참 피디일 때 예쁜 리포터와 함께 전국의 맛집을 다니며 '이 음식 먹으러 놀러 오세요!' 하는 소프트한 아침 방송을 했던 경험을 살리기로 한 것이다. 그래서 이라크 바그다드의 맛집을 가자고 생각했다. 의외로 이라크 정부의 외신 프레스 센터 간부들도 이라크의 맛있는 음식을 알린다니 좋아했다. 정치적인 이슈가 아니라는 것이 그들을 더 안심시켰는지 흔쾌히 허락했다. 아니, 오히려 권장하는 분위기였다.

바그다드 최고의 맛집, '아하마드의 아침밥'

:

그렇게 '감시자들'을 앞장세워 간 곳이 바그다드 최고의 맛집으로 알려진 '아하마드의 아침밥'이다. 티그리스 강변에 있는 이 식당은 한국으로 치면 청진동 해장국집 정도 수준이었다. 메뉴도 바길라라는 이름의 음식 단 한 가지였다. 삶은 콩 위에 소스를 뿌린 다음 계란 프라이로 덮은 건데, 이라크 사람들은 아침 식사로 즐겨 먹는다.

특히 아하마드 아침밥의 바길라는 아주 맛있어서 이라크 사람이라면 모르는 이가 없었다. 시골에서 바그다드로 상경한 상인들도 이곳에서 아침밥을 먹고 돌아갈 정도였고, 환자가 병원에서 퇴원해도 이곳부터 들르곤 했다.

아하마드의 아침밥은 정말 이라크 서민의 생활을 한눈에 보여 주었다. 직접 요리를 하는 식당 주인 아하마드는 2대째 손맛을 지켜 내려오는 것을 자랑스러워했다. 나도 먹어 보았는데 정말 맛있었다. 한 끼 든든하게 먹고 기분이 좋아진 나는 내 스타일대로 즐겁게 취재했다. 주방에서 음식 만드는 요리사, 음식 나르는 종업원, 먹음직스러운 음식, 맛있게 음식 먹는 손님들, 장소만 이라크이지 한국의 여느 식당을 취재할 때와 똑같았다. 나를 감시하던 정보 요원들도 온 김에 한 상 차려 먹느라 정신없었다. 덕분에 나의 취재에 대한 경계를 푸는 눈치였다. 나 나름대로 나만의 취재 방법을 찾은 듯했다. 아니, 사담 정부가 미리 대기시켜 놓은 인터뷰이가 아닌 것만으로도 날아갈 듯 좋았다.

나는 하루건너 한 번씩 아침 먹으러 온다는 명목하에 이 식당을 찾았다. 사람들은 내가 음식이 좋아서 온 줄만 알았다. 하지만 나는 그 식당에서 일하는 종업원들, 손님들, 식당 주인들에게서 좋은 스토리를 찾고 싶었다. 그렇게 나의 취재영역을 넓히고 싶었다. 운이 좋았는지 내 의도대로 되어 갔다.

아하마드의 아침밥은 그야말로 대박식당이었다. 아침마다 장사진을 이루었고 오후 2시만 되면 식당 문을 닫았다. 재료가 다 떨어져 더는 장사를 할 수 없단다. 나는 아하마드 씨를 졸라서 그들이 재료를 사오는 한 시골 농장도 따라가게 되었다. 정보 요원들도 아무 의심 없이 나를 따라나섰다. 식당 재료를 촬영한다는데 사담 정부에 뭔 해를 끼치는 취재를 하겠나 싶었을 것이다.

나는 그렇게 팔루자 근처 시골 농장에서 이라크 농민들도 만나게 되었다. 가능하면 정치적인 질문은 하지 않고 그들의 농장에서 '아침 방송'을 만들었다. 아하마드 씨가 거의 매일 이 시골 농장에서 재료를 사들이기 때문에 내가 맘먹으면 언제든 식당과 농장을 취재할 수 있었다.

"조금 더 예쁜 그림을 촬영하고 싶어서 그래요. 내가 하는 일은 정치적인 취재보다는 거의 예술에 가깝거든요."

내가 이렇게 말하면 사담 정부 관리들은 웃으며 알았다고, 원하면 언제든 가라고 했다. 그들 눈에는 겨우 아침밥이나 농장의 감자 따위를 찍는 동양 여자가 별로 위험하게 보이지 않았을 것이다. 하지만 나는 틈틈이 "이렇게 장사가 잘되는데 전쟁 나면 어쩌죠?" 라든가, "올해 감자 농사 잘되었는데 전쟁 나면 어떻게 팔죠?" 같은 질문을 했다. 순수한 그들은 마음에 있는 그대로 대답했다.

"전쟁이 안 났으면 해요. 이 식당은 아버지 때부터 키워 온 우리 집 가보인데…"

"전쟁이 나면 이 집 음식을 못 먹을 것 같아 걱정돼요."

그렇게 나는 주유소, 옷가게 등으로 점차 영역을 넓혀 전쟁 전 이라크 서민들을 촬영하는 데 성공했다.

그리고 몇 개월 후 전쟁이 났다. 바그다드는 화염에 휩싸였고 건물은 폭격에 무너졌다. 사람들은 공포에 사로잡혀 거리로 나올 엄두를 내지 못했다.

잠시 한국에 들어와 있던 나는 미군 101 공중 강습 사단의 종군 기자 프로그램에 참가할 수 있는 기회를 얻었다. 하지만 중도에 포기했다. 미군을 따라다니다가는 내가 전쟁 전 죽어라 촬영한 이라크 서민들을 만날 수 없을 것 같았기 때문이다. 개인적으로 아까운 기회라고 생각했지만 평범한 이라크 사람 편에서 촬영하고 싶은 마음이 더 컸다. 난 충격적인 전쟁이 아니라 그저 전쟁 전 만난 아하마드 식당이나 팔루자 농장과 주유소 사람들이 어떻게 지내는지 궁금했다. 그렇게 나는 다시 이라크 바그다드로 들어갔다.

미군이 막 바그다드를 점령한 시기라 이라크는 천지가 개벽하고 있었다. 나의 관심은 아하마드의 식당이었다. 급하게 전송할 방송 촬영을 마치자마자 나는 서둘러 식당으로 달려갔다. 예상대로 식당은 문이 닫혀 있었다. 단골손님이 줄을 길게 서 있던 자리는 개미 한 마리 보이지 않았다.

물어물어 아하마드의 집을 찾아갔다. 이라크에서 누군가의 집을 찾

- 2002년 12월, 바그다드는 겉으로는 평온해 보였지만 그 속에 불안과 긴장을 감추고 있었다.

는 것은 어렵지 않다. 주소도 제대로 없지만 대충 이름만 알고 있으면 출신 가문을 알 수 있고 그렇게 연줄을 따라가면 금방 나온다. 바그다드 외곽 주택가에서 아하마드를 만났다. 그는 내 얼굴을 보자마자 맨발로 뛰어나올 정도로 반가워했다. 그의 집에 들어서자마자 그는 그동안 있었던 일을 마구 쏟아냈다. 전쟁 나기 직전 그는 종업원들을 모아 놓고 고향으로 돌아가라며 여비를 주었다고 한다.

"전쟁이 끝나면 너희 모두 다시 부를 테니 우선은 서로 목숨만 부지하자고, 살아서 다시 만나자고, 내가 약속한다고 말하니 다들 울며 떠났어요. 지금 다들 살아 있는지 종업원들이 많이 걱정됩니다."

아하마드는 전쟁이 일어나기 전 식당 문 닫던 날을 회상했다. 인터뷰 내내 아하마드는 시름에 젖어 있었다. 더군다나 내가 찾아가기 전날 밤에 로켓이 아하마드의 식당으로 날아들어 건물 한쪽이 많이 부서졌다고 했다. 그는 식당으로 당장 달려가고 싶어 했지만 가족들이 말렸다. 어딜 로켓이 날아오는 곳에 가느냐고 그의 아내가 화를 냈다. 나는 열심히 그 상황을 촬영했다. 그들은 내가 카메라를 들고 있는지도 잘 몰랐다. 아니 전혀 개의치 않았다. 그만큼 그들에게 내가 편해진 것이다. 그들은 부부 싸움을 했고, 나는 그 모습을 자연스럽게 촬영했다.

"전쟁은 전쟁이고 먹고는 살아야지요"

그로부터 2주쯤 지나 전투가 잠잠해졌을 무렵, 아하마드와 나는 식당에 가기로 했다. 아침에 그의 집을 찾아가 동행하기로 했는데 아하마드의 아내는 여전히 걱정을 많이 했다.

"식당 근처에 관공서가 많은데 또 폭격이 있으면 어떡해요? 안 가면 안 되나요?"

애원하는 아내에게 그는 단호하게 말했다.

"내 아버지의 유산이고 내 자식 같은 식당이야. 나의 손맛이 있는 곳이라 내 눈으로 식당을 꼭 보고 싶어."

나도 아내를 거들었다.

"아하마드, 난 여기 몇 달 더 있을 거예요. 나중에 가도 되니 무리하지 마세요."

히지민 아하마드는 고집불통이었다. 그렇게 그는 전쟁 후 처음으로 아하마드의 아침밥에 가 보게 되었다.

식당이 가까워질수록 그는 더욱 긴장했다. 거의 다 와서는 심호흡을 하는 모습이 안타까웠다. 로켓을 맞았다고는 해도 식당은 그렇게 많이 부서지지는 않았다. 나는 어느 정도 안심이 되었는데 아하마드는 가슴을 움켜쥐며 눈물을 흘렸다.

"내 식당인데, 아버지에 이어 40년을 지킨 나의 보물인데 이렇게 부서지다니…."

아하마드는 흐느꼈다. 나는 식당 앞에서 울고 있는 이 노인네가 안쓰러웠다. 실망한 그는 그저 주저앉아 꺼이꺼이 울며 일어날 줄 몰랐다. 그 전에 나는 전쟁이 나면 죽고 다치는 것만 '전쟁의 피해'라고 생각했다. 하지만 이처럼 소시민이 일터와 재산을 잃어버리는 것 역시 그에 못

지않은 큰 피해라는 생각이 들었다. 그때 갑자기 식당 앞에 차가 한 대 섰다. 운전석에 있던 남자가 유리창을 열고 소리쳤다.

"어이 아하마드 씨, 언제 식당 문 다시 열어요? 당신이 만든 바길라가 먹고 싶어요. 전쟁은 전쟁이고 먹고는 살아야 하지 않겠습니까?"

아하마드와 같이 눈물짓고 있던 나는 순간 웃음이 나왔다. 지금 나라가 한창 전쟁 중인데 겨우 한다는 소리가 아침밥 먹고 싶다는 말인가? 그 순간, 아하마드의 눈이 반짝였다. 그리고 크게 소리쳤다.

"걱정 마요. 곧 문 열 거니까. 그래서 지금 점검하고 있잖아요."

아마도 잘 아는 단골손님인 듯했다. 아하마드는 벌떡 일어났다. 그리고 셔터 문을 열고 가게를 청소하기 시작했다.

"내일 시멘트를 가져와 무너진 벽면을 보수하고 식당 문을 다시 열어야겠어요."

아하마드는 의욕을 보였다. 그사이 단골손님들이 여럿 식당 앞에 나타났다. 나는 손님들에게 "아하마드의 아침밥이 다시 문 열길 바라나요?" 하고 물었다. 그러자 어떤 아주머니는 이렇게 대답했다.

"우리 같은 서민이 정치를 얼마나 알겠어요? 그저 전쟁이 나서 즐겨 가던 맛집이 로켓을 맞는 것이 슬플 뿐이에요. 빨리 전쟁이 끝나서 가족들과 아침 먹으러 오고 싶어요."

지나가던 중년 남자는 이렇게 대답하기도 했다.

"아하마드의 바길라도 못 먹게 만든 미국과 사담 둘 다 나쁩니다."

아하마드의 얼굴에 생기가 돌기 시작했다. 단골손님들의 성원에 힘입어 그는 식당을 다시 열겠다는 의지로 불탔다.

하지만 아하마드는 한동안 가게 문을 다시 열지 못했다. 매일 밤 총 쏘는 소리가 나는 등 바그다드의 치안 사정이 안 좋은 데다 음식 재료를 구할 수도 없었기 때문이다. 그것이 바그다드의 현실이었다. 나는 그때 아하마드가 매일 시름에 젖어 있는 모습을 보며 '이것이 진짜 전쟁이구나. 그저 사람 죽어 나가는 것만이 전쟁이 아니구나.' 하고 느꼈다. 결국 아하마드는 몇몇 단골손님을 자기 집으로 초대해 바길라를 만들어 대접했다. 겨우 몇 사람을 위해 바길라를 만드는데도 그는 신명이 나 있었다. 아주 노래를 부르며 신이 났다.

"내 바길라는 바그다드의 맛이에요. 나는 세계에서 제일 맛있는 음식을 만드는 특급 요리사입니다."

아하마드는 자부심이 대단했다. 그가 주방에서 다시 프라이팬을 잡고 음식을 만드는 모습은 정말 아름다웠다. 그 순간 나는 요리사의 행복한 표정을 바그다드에서 보고 있었다.

전쟁이 앗아 간 것은 바그다드 사람들의 행복이었다. 그것도 아주 평범한 행복이었다. 아이를 키우는 엄마의 행복, 학교 가며 재잘거리는 아이들의 행복, 단골손님에게 맛있는 음식을 만들어 주는 요리사의 행복, 맛집을 찾아 외식을 하는 가족의 행복… 이런 것들이었다.

바그다드의 맛집 아하마드의 아침밥이 나에게 알려 준 것은 세상 누구나 이런 행복을 지킬 권리가 있다는 사실이었다. 그런 행복을 지켜 주어야 국가이고, 그런 국가를 지켜 나가야 대통령이다. 사담 후세인은 독재자일 뿐만 아니라 국민에게 이런 행복을 지켜 주지 못한 무능한 대통령이었다. 물론 전쟁을 일으킨 미국에도 책임이 있지만 전쟁을 막지 못한 무능한 이라크 정부에 더 큰 책임이 있다.

그로부터 몇 개월 후, 아하마드는 다시 식당을 열었다. 그때도 치안은 아직 좋지 않았지만 자신은 물론 종업원들의 생계도 생각할 수밖에 없었다. 또 많은 단골손님들의 요청도 있었다. 다행히 종업원 여섯 명 중에 한 사람만 빼고 모두 식당으로 복귀했다. 나머지 한 명은 고향에 남기로 했다고 한다.

아하마드의 아침밥은 지금도 그들에 의해 성업 중이다. 이라크 전쟁은 2011년 미군의 완전 철수로 끝났지만 이라크는 여전히 시름에 젖어 있다. 그래도 이라크 사람들이 아하마드의 바길라를 먹고 기운을 좀 냈으면 한다.

- 전쟁이 앗아 간 것은 바그다드 사람들의 평범한 행복이었다. 학교에서 재잘거리는 아이들의 행복, 단골 가게에서 맛있는 음식을 먹는 행복.

베일에 가린 보통 사람들의 삶

전쟁 전야, 무스타파 가족이 사는 법1

독재 국가에서 취재하려면 아부는 필수
:

사담 후세인이 이라크를 지배하던 시절 사사건건 취재를 통제당하는 탓에 나는 정말 스트레스를 많이 받았다. 나뿐만 아니라 그때 바그다드에 들어와 취재하던 50여 명의 외국 취재진 모두 같은 신세였다. 조금이라도 그들 마음에 들지 않으면 당장 이라크에서 쫓겨나야 했기에 어쩔 수 없이 '생존형 아부'를 해야 했다. 돌이켜 보면 사담 후세인 정부로부터 배운 것도 많다. 분쟁 지역을 취재하는 게 어디 편하고 쉽기만 하겠는가? 초기에 그런 혹독한 나라를 취재한 것은 앞으로 내가 만날 수많은 독재 국가에 대한 예비 훈련이었으리라.

이라크 정부의 눈치를 살피며 취재하자면 많은 작전과 노력이 필요했다. 하루 종일 힘들게 취재하고 나서 녹초가 된 몸으로 정부 관계자들의 저녁 모임에 참석해야 할 때도 종종 있었다.

당시 취재진 중 여자는 지금 요르단 왕세자비가 된 림이라는 CNN 여기자와 프랑스 여기자 한 명 그리고 나 이렇게 세 사람뿐이었다. 그런 저녁 모임에 불려 나가는 데 남자 취재진이라고 예외는 아니었지만, 특히 여자 취재진이 유독 자주 불려간 것은 그들의 호기심 때문이었던 것 같다. 더구나 이라크는 여자가 취재한다며 외국을 오가는 일이 쉽지 않은 이슬람 사회였다.

그래도 나 빼고 두 여기자는 뉴스 기자들이어서 마감을 해야 한다는 핑계라도 댔지만, 따로 마감이 없는 다큐멘터리 피디인 나는 딱히 댈 핑계가 없어서 그 지겨운 자리를 여기저기 불려 다녔다. 어느 때는 모임이 동시에 두 개가 들어오기도 했다. 이건 무슨 기쁨조도 아니고, 내 의사와 상관없이 거의 통보해 오는 식이어서 기분도 나빴지만 무엇보다 후환이 두려워서 거절할 수 없었다. 그런 자리에 가면 지루함을 참고 내내 웃으며 감정 노동을 해야 했다. 나는 표정 관리가 잘 안 되는 사람이다. 싫으면 싫은 표정이, 좋으면 좋은 표정이 그대로 나온다. 그러니 그런 감정 노동이 적성에 맞지 않았다. 그래도 '생존을 위한 아부'를 해야 하니 거의 빠지지 않고 모임에 참석해 오밤중까지 표정 관리를 하는 피곤함을 감수해야 했다.

아랍 국가는 저녁을 밤 10시에 먹는다. 이라크도 마찬가지이다. 더운 나라이기에 아마 시원한 밤에 모이는 모양이다. 하루 종일 정보 요원들 눈치 보랴 혼자서 낑낑대며 촬영하랴 몸이 천근만근이었다. 다음날 아침에도 일찍 나가야 하건만 나는 밤 12시나 되어야 그 자리에서 풀려 나곤 했다.

다행인 것은, 이라크 정부 관리들은 독재 정부 관리치고 예의가 바른 사람들이었다는 점이다. 모임에 가면 다들 예의를 갖추어 나를 대했고, 특별히 불쾌하게 하는 일은 없었다. 그저 맛있는 음식을 먹으며 저녁이나 때우고 그들이 한국에 대해 물어볼 때 대답해 주는 게 대부분이었다.

그들은 현대나 LG 같은 한국의 대기업에 관심이 많았다. 또는 북한이나 일본에 대해 물어보기도 했다. 어떤 정보국 관리는 정주영 회장에 대해 자세히도 알고 있었다. 그 옛날 정주영 회장이 이라크를 방문한 적이 있었는데, 그때 자기가 수행해서 이라크 북부 키르쿠크까지 갔었다고 이야기했다. 그분이 대통령 선거까지 나왔었고 2001년에 작고했다고 하니 안타까워했다. 그는 정주영 회장이 정말 좋은 사람이었다며 정주영과 이라크의 관계에 대해 한참을 이야기했다.

한국에 관해 그들이 제일 궁금해하는 것은 보신탕이었다.

"당신을 위해 보신탕을 만들어 주어야 하는데 알다시피 우리는 이슬람 국가라 개가 많이 없어 못 만들었습니다. 대신 이 음식을 좀 드셔 보세요."

농담조로 이런 말을 건네기도 했다. 보신탕을 먹어 본 적도 없다고 하면 다들 믿지 않는 분위기였다. 그런 가벼운 이야기부터 대북 관계나 대미 관계까지 그들의 관심사는 다양했다. 낮에 촬영하랴 정보 요원들과 씨름하랴 말 그대로 피곤하고 지친 몸으로 불려 간 자리에서 심각한 대화까지 나눠야 하면 정말 '이러다 미쳐 버리는 게 아닐까?' 싶은 적도 있었다.

'사담 찬양 아부'로 얻은 절호의 취재 기회

그러나 기대하지 않았던 소득도 있었다. 한 모임에서 본 사람을 다른 모임에서 또 보게 되어 내게 알은체하는 사람이 늘어났다. 내 눈에는 그 콧수염이 그 콧수염이고 저 무함마드가 이 무함마드로 헷갈리지만 그들 눈에는 단 하나밖에 없는 동양 여자 취재진이라 모두들 나를 알아봤다. 나는 모두의 눈에 띄는 존재였다.

그렇게 여러 번 보게 된 사람 중에 정보국 고위 간부인 40대 중반의 칼릴이 있었다. 그날도 여느 때처럼 피곤한 몸으로 참석한 자리였다. 연예인도 아닌 내가 표정 관리를 하느라 애쓰고 있는 데 누군가 내게 다가왔다. 칼릴이었다.

"낮에 바빌론 유적지 다녀왔지요? 어땠어요?"

그는 내가 낮에 어딜 다녀왔는지 소상히 알고 있었다. 이제는 놀랍지도 않았다. 정보국 하는 일이 그런 일이고 외신 기자가 많지 않으니 나의 동향을 얼마나 잘 파악하고 있을 것인가. 기분 나빠하지 말고 인정할 건 인정하자 이렇게 생각했다.

"아주 좋았습니다. 이라크의 문화유산을 보니 진짜 전쟁이 나면 안 되겠다는 생각이 들었어요. 이런 기회를 준 이라크 정부에 감사합니다.”

통상 이럴 때 나빴다고 대답한 적은 한 번도 없다. 이제는 나도 낯간지러운 멘트를 하는 데 제법 선수가 되었다. 이런 아부성 멘트를 해 줘야 나를 더 믿고 다음 취재할 때 여러 군데를 보내 준다. 내 대답이 마음에 들었는지 칼릴이 이렇게 말했다.

“또 무엇을 촬영하고 싶으세요? 내가 도와줄 수 있어요. 대신 우리 정부를 위해 좋은 취재를 해 주세요.”

순간 귀가 솔깃해졌다. 이라크 들어와 취재하면서 들은 이야기라곤 주로 “찍지 마라.”, “촬영 시간 끝났다.”가 대부분이었다. 촬영한 테이프를 가져가는 일도 비일비재했다. 그런데 칼릴이 취재를 도와준다니.

‘뭘 촬영하고 싶다고 할까? 공화국수비대? 아님 정부 주요 인물 인터뷰?’

나는 열심히 머리를 굴리며 고민했다.

‘아니야. 이런 걸 요구하면 분명히 안 된다고 할 거야. 세계 유수 언론도 못하는 것들인데, 내가 괜히 실현 가능성 없는 것을 요구하면 아예 하나도 안 들어줄지도 몰라.’

문득 나는 평범한 이라크 가정집을 촬영하고 싶다는 생각이 들었다. 사실 그 삼엄한 정부 감시 속에서 촬영하며 가장 아쉬움을 느낀 게 평범한 이라크 시민들이 사는 모습과 그들의 이야기였다. 하지만 나를 감시하며 따라다니는 정보 요원들에게 요구해 봤자 씨도 안 먹힐 게 뻔했다. 인터뷰할 사람도 미리 다 정해 놓고 연습한 멘트만 하게 하는데 일반 시민의 자연스러운 모습을 촬영한다는 것은 엄두도 못 냈다.

- 식량 배급소 장부. 배급 되는 물품을 하나하나 기록한다.
- 배급 받은 물품을 수레에 싣고 가는 바그다드 사람들.

언젠가 취재하다가 시장에서 어떤 사람이 수레에 담요를 수북이 싣고 가는 것을 보았다. 그 사람이 상인들과 주고받는 말에 '아메리키(이라크 말로 미국이란 뜻)' 어쩌고 하는 말이 언뜻 들렸다. 그 상황과 말을 조합해 보니 전쟁을 대비해 담요를 사재기하는 것처럼 들렸다. 그래서 카메라를 돌려 그 사람을 촬영하는데 정보 요원이 손으로 렌즈를 가려 촬영을 막고 담요를 사는 사람에게 빨리 가라고 난리였다. '전쟁 준비를 하는구나.' 하는 내 생각이 착각인가 싶었는데 정보 요원의 이런 행동을 보는 순간 오히려 내 생각이 맞는다고 확신했다. 하지만 난 테이프를 빼앗길까 봐 지레 투덜댔다.

"이라크 말을 하나도 못 알아들으니 도통 뭐라고 하는지 모르겠네."

정보 요원은 '내가 너무했나?' 하는 표정을 지으며 머쓱해하더니 입을 열었다.

"당신이 촬영하는데 아까 그 사람이 카메라를 가려서 내가 비키라고 한 거예요."

나는 속으로 '아 그렇구나. 바그다드 시민이 전쟁 준비를 하고 있구나.' 하는 확신이 들었다.

당시 사담 정부는 이라크 시민이 전쟁 때문에 겁을 먹고 있다는 사실을 알리고 싶어 하지 않았다. 미국이 아무리 겁을 주어도 국민은 사담 편이고 언제고 전쟁이 나더라도 국민이 사담 편에 서서 싸울 거라고 선전했다. 하지만 사실은 전혀 달랐다. 시민들은 전쟁에 겁먹고 있었으며 사담을 무서워했고 사담이 전쟁으로 끌고 가는 데에 불만이 많았다. 그래서 외국 취재진이 일반 시민에게 접근하는 것을 원천 봉쇄한 것이다.

나는 칼릴에게 말했다.

"이라크에서는 시민들에게 식량 배급 카드를 준다지요? 얼마나 좋은 제도인지 모릅니다. 가난한 사람들이 기본 생필품을 나라에서 받을 수 있으니까요. 역시 사담 후세인은 대단한 대통령입니다. 그래서 그 식량 배급 카드와 그것을 이용하는 가족들을 만나고 싶어요."

그냥 일반 시민을 만나고 싶다고 하면 내 속셈을 알아채고 안 된다고 할까 봐 부러 다른 핑계를 대면서 조심스레 부탁했다. 그 긴장되는 순간, 나는 그의 얼굴에 화색이 도는 것을 보았다. 그는 이렇게 대답했다.

"우리의 식량 배급 제도는 정말 뛰어납니다. 우리 대통령께서 국민을 무척이나 사랑하셔서 식량 배급은 그 어떤 일보다 중요하게 생각하십니다. 당연히 촬영하셔도 됩니다."

나는 '사담을 찬양하니 이런 횡재도 하는군. 그동안 지겹게 참가한 모임들이 마냥 쓸데없지는 않구나.' 하는 생각이 들면서 뛸 듯이 기뻤다. 칼릴은 자기 사무실 전화번호를 주며 촬영하고 싶은 게 있으면 언제든 연락하라고 했다.

이라크의 '보통 사람들', 무스타파 가족을 만나다

다음 날, 프레스 센터에 출근해서 함께 나갈 정보 요원을 기다리고 있는데 갑자기 프레스 센터장이 나를 불렀다.

"오늘 가기로 한 곳은 취소하고 우리가 소개하는 가정집을 가세요."

칼릴의 힘을 확인하는 순간이었다. 무엇을 부탁해도 여러 날이 걸리는 이곳 이라크에서 겨우 하룻밤 만에 섭외까지 다 되어 촬영을 간다니 놀라웠다. 그렇게 나는 정보 요원의 안내로 바그다드 시내 알 만수르 지역에서 무스타파 가족을 만나게 되었다.

아침 8시경, 아주 이른 시간에 조그만 이층집인 무스타파의 집에 도착했다. 그런데 차에서 내리니 정보 요원 세 명도 그 집으로 들어가는 게 아닌가. 순간, 정말 절망스러웠다. 다큐멘터리는 처음 도착해서 들어가는 장면부터 가족을 만나는 장면까지 모두 있어야 편집이 되는데 정보 요원들이 앞장서서 우르르 들어가니 인트로 장면은 촬영을 할 수가 없었다.

당시 나는 피디 경험이 일천했었다. 지금 같으면 벌어지는 일 그대로 그것이 바그다드 현실이니 그냥 촬영할 텐데, 그때는 방송국에서 배운 공식과 문법대로 집 들어가는 컷이 없다고 생각하니 앞이 캄캄했다. 정보 요원들은 그야말로 다큐의 적이었던 것이다. 나는 우울해하며 뒤따라가서 무스타파 가족과 처음 대면했다.

처음 그 집으로 들어서는 순간 마주친, 가족 모두 얼어 있던 모습이 지금도 생생하게 기억난다. 그만큼 이라크 사람들은 정보 요원들을 무서워했다. 사담을 욕하거나 정부를 비판하면 이들이 쥐도 새도 모르게 잡아가 죽이던 세상이었다. 그런 사람들이 세 명이나 한꺼번에 집으로 들어오고 방송 카메라를 든 외국인까지 있으니 무스타파 가족은 초긴장 상태였다. 말 한마디 잘못했다 가는 가족에게 문제가 될 수도 있었다.

정보 요원들이 거실 소파에 앉아 "자, 이제 촬영하세요."라고 하는데, 가족은 모두 벽에 붙어 꼼짝도 하지 않고 있었다. 나 때문에 졸지에 날벼락을 맞은 그들에게 정말 미안했다. 가족 구성원을 물으니, 열한 살짜리 아들 무스타파와 아홉 살짜리 여동생 라파엘, 그리고 엄마 사라, 아빠 카심이 한 가족이었다. 30대 후반인 카심은 정부 청사에서 일하는 공무원으로 바그다드 대학교를 나온 엘리트였다. 아이들이 학교에 가야 하는 시각에 이렇게 온 가족을 벽에 세워 놓고 촬영하라고 하니 기가 막혔다.

일단 가족의 긴장을 풀어 주어야 한다는 생각이 들었다. 그래서 나는 정보 요원과 가족들에게 "저, 아침을 안 먹고 왔는데요. 홍차 한잔 마시고 하면 안 될까요?"라고 물었다. 카심이 자기 아내에게 빨리 차 가지고 오라고 눈짓을 했다. 무스타파 엄마 사라는 후다닥 부엌으로 가 물을 끓였다. 나는 사라가 물 끓이는 모습을 촬영했다. 이런 장면은 정보 요원들의 경계 대상이 아니었다. 홍차 끓이는 장면이 무슨 국가 안보에 문제가 되겠는가.

나는 차 마시는 가족의 모습을 촬영하며 식량 배급 카드를 보여 달라고 했다. 애당초 식량 배급 카드를 촬영하겠다고 했으니 이것부터 촬영해야 의심을 피할 수 있을 것 같았다. 무스타파 아버지가 우리의 의료 보험증처럼 생긴 배급 카드를 가지고 나왔다. 거기에는 월별로 밀가루, 설탕, 홍차, 비누 등 각종 생필품이 식구 수대로 적혀 있었다. 다행히 무스타파네는 이번 달 배급을 아직 받지 않았다고 했다.

"아이들은 오늘 학교를 가지 않아도 되나요?"

내가 묻자 무스타파의 아빠가 대답했다.

"오늘 촬영을 해야 하니 아이들을 학교에 보내지 말라고 하더군요."

나는 정보 요원들에게 몸을 돌려 요청했다.

"아이들이 학교는 가야지요. 전 기다릴 수 있으니 아이들을 보내주십시오."

그러자 정보 요원 중 한 사람이 나서서 대답했다.

"지금 아이들을 촬영하지 않아도 된다면 학교에 보내도 됩니다."

무스타파와 라파엘은 어른들 눈치를 보면서 주섬주섬 책가방을 챙겼다. 라파엘은 눈이 상당히 크고 귀여웠다. 지금은 어엿한 처녀가 다 되어 시집갈 나이지만, 그때는 아주 조그만 소녀였다.

그 큰 눈을 굴리며 어른들 눈치를 보는 아이 모습에 마음이 아팠다. 나는 라파엘이 학교로 향하는 모습을 가만히 보다가 초콜릿 맛 막대 사탕 하나를 그 아이 가방에 넣어 주었다. 우리 아들이 가장 좋아하는 사탕이라 한국에서 많이 사와 촬영 가방에 넣고 다니며 아이들을 만날 때마다 하나씩 주고는 했다. 아이들을 보면 꼭 우리 아들 같고 예뻐서 이 사탕을 주면 나도 기분이 좋았다. 사탕을 받은 라파엘도 기분 좋게 학교에 갔다. 정보 요원들은 이런 모습을 지켜보더니 "아이들을 많이 예뻐하네요." 라고 말을 건네며 조금씩 경계를 푸는 듯했다. 자기 나라 아이들 예뻐하는데 정보 요원인들 태클을 걸 수 있을까. 아마 자신들도 자기 나라 아이들을 좋아하는 나의 모습이 보기 좋았나 보다. 나도 아이 엄마인데 어떤 아이가 안 예쁠까.

- 정보 요원과 외국인의 등장에 무스타파 가족은 모두 벽에 붙어 꼼짝도 하지 않았다.
- 무스타파와 아빠 카심. 놀랍게도 카심은 이때 서른 일곱 살이었다.

전쟁의 그림자는 점점 짙어지고

전쟁 전야, 무스타파 가족이 사는 법2

무스타파 엄마가 비상식량을 몰래 쌓아두는 이유

⋮

아이들이 학교를 가고 나서 나는 본격적으로 무스타파네 집을 촬영했다. 무스타파의 아버지는 인터뷰 내내 사담 후세인 찬양으로 넘쳤고 미국을 격하게 욕했다. '그래, 테이프 버린다 생각하고 촬영하자.' 나는 긍정적으로 생각하며 그 낯간지러운 말들을 들어야 했다. 실제로 한국 와서 자세히 번역하니 예상을 넘어선 심한 표현들이 많았다. 내가 당시 아랍어를 거의 몰랐다는 것이 그렇게 고마울 수가 없다. 저 말들을 죄다 알아들었다면 아마 비위가 상해 촬영을 못할 수도 있었을 것이다.

"우리 이라크는 사담이 알라의 은총을 받아 세운 나라다. 우리 가족은 그를 위해 목숨을 바칠 수 있다. 미국이 공격해 오면 나와 내 아내 그리고 아들딸이 그를 보호할 것이다. 미국 놈들아 올 테면 와라. 그리고 사담을 죽이려거든 우리 가족부터 죽여라."

대충 이런 말이 장장 한 시간 동안이나 이어졌다. 당시는 통역을 통해 대충 요약만 들어서 그 정도인지 몰랐다. 하여간 그 찬양인지 인터뷰인지가 끝나고 카심은 작은 수레를 하나 끌고 나왔다. 배급을 받으러 가는 것이었다. 배급소가 정해져 있는 것이 아니라 가까운 구멍가게라도 가서 배급 카드에 나온 품목과 양대로 받고 도장만 받으면 된다고 했다.

나는 수레를 끌고 골목을 돌아가는 카심을 쫓아갔다. 골목 끝에 있는 어느 허름한 가게에 도착한 그는 상점 주인인 듯한 노인에게 배급 카드를 내밀었다. 노인은 안경을 끼고 신중하게 카드를 보더니 물건을 챙기기 시작했다. 밀가루와 설탕을 먼저 챙기고 나머지 물건들도 수레에 실었다. 카심도 물건의 양이 맞는지 꼼꼼하게 챙겼다. 그리고 이어진 두 사람의 사담 찬양 인터뷰. 이렇게 국민을 챙기는 대통령은 세계에서 사담이 유일하다 등등.

카심은 물건을 실은 수레를 끌고 집으로 돌아왔다. 정보 요원들은 촬영이 잘 끝났다고 생각했는지 이때부터 감시에 조금씩 허술해지기 시작했다. 그들이 카심과 소파에 앉아 잡담을 나누는 사이, 무스타파 엄마 사라가 배급받은 물건들을 가지고 2층으로 올라가는 모습이 보였다. 직감적으로 2층에 창고가 있다고 느꼈다. 혹시 그곳에 전쟁 대비 식량들이 쌓여 있을지도 모른다는 생각이 퍼뜩 들어 나는 무스타파 엄마를 따라 올라갔다.

정보 요원들은 물건들을 챙기는 등 어수선했고 이슬람 국가이다 보니 여자 둘이 있는 공간에 굳이 따라 올라오려고 하지 않는 눈치였다. 계단을 올라가는 나에게 "통역 필요하면 불러요" 라고 말하기에 나는 속으로 쾌재를 불렀다.

사라는 2층으로 올라가 어느 방문을 열었다. 조심스레 따라가 본 그 작은 방에는 식량이 가득했다. 밀가루와 소금, 설탕 등 각종 식재료뿐만 아니라 담요, 비누, 물과 석유통까지 온갖 생필품이 산더미처럼 쌓여 있었다. 방 한쪽에 있는 냉동고에는 얼린 토마토와 치즈 등이 가득했다. 4인 가족이 6개월 정도는 먹을 수 있을 양이었다.

나는 아랍어를 못하기도 했지만 혹시 문제가 생길까 싶어 이것들을 어디에 쓰려고 모아 둔 것인지 물어볼 수 없었다. 단지 어설픈 발음으로 '아주 많다'라는 뜻의 말을 건넸을 뿐이다. 순간 무스타파 엄마가 뭐라고 말했다. 그중 유일하게 알아들은 말은 '폭격'이라는 단어였다. 나중에 한국 와서 해석한 바로는 '전쟁이 나서 폭격이 시작되면 가게 문을 여는 곳이 없으니 사다 놓았다.'라는 내용이었다.

바로 이 한 장면을 찍기 위해 나는 하루 종일 비굴하게 저 사담의 정보 요원들 비위를 맞추며 쓸데없는 사담 찬양 인터뷰를 한 것이었다. 기다린 보람이 있었다. 물론 당시는 폭격이라는 단어 한마디만 알아들었지만 뭔가 내가 의도했던 것을 찾았다는 기분이 들었다. 다큐멘터리를 촬영하다 보면 이렇게 단 한 장면을 위해 하루 종일 혹은 며칠 동안 공을 들이기도 한다. 나에게 이 '공들이기'를 제대로 훈련시켜 준 것도 그때 사담 정권하에서 했던 취재들이었다.

- 저 옷더미 속에 식량이며 각종 생필품들이 숨겨져 있었다.
- 무스타파네 냉동고에는 얼린 토마토와 치즈 등이 가득했다.

사라와 너무 오래 있으면 안 될 것 같아 서둘러 아래층으로 내려왔다. 정보 요원들은 여전히 홍차를 마시며 노닥거리고 있었다. 이들에게 걸리면 공들여 겨우 촬영한 이 테이프도 압수되고 무스타파 가족에게도 문제가 생길 것 같아 화장실에서 새 테이프로 교환했다. 그리고 그 장면을 찍은 테이프에는 따로 알아볼 수 있게 표시를 해 두었다.

아이들 마음까지 드리운 전쟁의 그림자

그 뒤에도 나는 기회만 되면 무스타파네를 찾아갔다. 나의 촬영이 무스타파네 집에서 노닥거리는 정도라 정보 요원들도 심하게 경계하지 않는 듯했다. 오히려 무스타파네 가자고 하면 더 좋아했다. 때가 겨울이라 밖에서 떨며 나를 따라다니는 것보다 따뜻한 집 안에서 홍차 마시고 노닥거리는 것이 더 편했을 수도 있다.

무스타파네 가족도 처음처럼 얼거나 어려워하지 않았다. 몇 번 촬영을 해 보니 별거 아니라고 생각하는 듯했다. 부엌에서 음식 만드는 것이나 아이들이 공부하고 청소하는 것 정도의 촬영이었으니 말이다. 나는 수시로 무스타파네로 가서 점심도 얻어먹고 아이들도 촬영했다. 운 좋게 사전 허가 없이 라파엘네 학교도 촬영했다.

"아이들 학교가 궁금하네요. 라파엘이 공부하는 모습을 보면 좋겠어요, 사담 후세인 대통령이 아이들 공부에 아주 열심히 지원한다는 이야기를 들었는데 혹시 촬영할 수 있을까요?"

그러자 정보 요원의 입에서 순순히 대답이 나왔다.

"그럼 학교에 가 볼래요?"

나야 당연히 좋다. 그러나 사전 허가를 안 받아서 망설여졌다. 그래서 정보 요원에게 칼릴의 연락처를 건네주며, 한번 연락해 보고 허락이 나면 오늘 가고 싶다고 했다. 마음속은 '제발 가고 싶다'였지만 겉으로는 태연한 척 '만약 된다면 갈게' 하는 태도로 일관했다. 혹시 조그마한 문제라도 불거지면 그 즉시 촬영을 중단해야 했기 때문이다. 한 번의 모험도 신중해야 해서 나는 돌다리도 두드리며 가야 한다고 생각했다. 정보 요원이 칼릴과 통화하더니 대답했다.

"가도 된답니다. 칼릴 국장이 미리 연락해 놓는대요."

칼릴에게 정말 고마웠다.

무스타파와 라파엘이 다니는 학교는 걸어서 5분 거리였다. 슬슬 걸어 도착하니 선생님들이 당황해 난리법석이었다. 미안한 마음이 들었다. 그래도 지금 아니면 언제 또 이런 기회가 올까 싶어 밀어붙여야 했다. 마음속으로 '미안해요, 정말 미안해요' 라고 외치면서도 나는 얼굴에 철판을 깔고 카메라를 들었다.

맨 처음 간 곳은 라파엘의 교실이었다. 칠판 위에는 사담 후세인의 큰 사진이 걸려 있었다. 아이들이 갑자기 일어나 아랍어로 한참 외쳤다. 역시 사담 찬양이었다.

"우리들의 아버지 사담 후세인, 언제나 우리를 지켜 주시고 키워 주시네."

그동안 방송에서 북한 아이들이 저러는 것을 많이 보아서 큰 충격은 받지 않았지만 아이들이 불쌍했다. 가치관이 성립되기도 전에 독재자에 대한 찬양을 뇌 깊숙이 주입하며 사담의 아이들로 자라게 하는 것은 분명 아동 학대라고 생각했다. 외침이 끝나자 아이들은 책상에 앉아 수업을 들었다. 이번 시간은 수학이었는데 초등학교 2학년 수학치고는 너무 쉬웠다.

"2+3은 몇이지요?"

선생님이 물으면 아이들은 저마다 손가락을 동원하여 한참을 계산했다.

"5입니다."

오래 시간이 걸려 겨우 대답했다. 이 정도는 우리 아들이 다섯 살 때나 하던 계산이었다. 사담이 문맹률을 낮춘다며 글을 모르면 감옥에 보내는 법도 만들었다는데 교육의 질은 형편없었다. 10년 넘게 경제 제재를 받고 있는 나라이다 보니 물자도 부족하고 돈도 없어 교육에 투자할 여력이 없었던 것이다. 아이들 노트나 책도 온전한 것이 거의 없었다. 심지어 연필 한 자루 공책 한 권도 없이 맨 책상에 앉아 있는 아이들도 많았다. 그저 선생님 입과 아이들 몸만으로 공부를 하고 있었다.

라파엘은 열심히 공부했다. 또래 아이들보다 답을 빨리 말하는 것을 보니 아버지 닮아서 머리가 좋은 것 같았다. 그래도 공무원 집 딸이라고 비록 낡았지만 노트와 연필이 있었다. 나는 라파엘이 공부하는 모습과 아이들이 맨 책상에서 손가락만 가지고 공부하는 모습을 촬영했다.

밖에 나와 보니 무스타파의 체육 시간이었다. 운동장이랄 것도 없는 학교 마당에 모여 체육이라고 하는 게 겨우 맨손 체조였다. 하나 둘 하

- 무스타파의 체육 시간. 운동장이랄 것도 없는 학교 마당에 모여 겨우 맨손 체조를 하는 정도였다.
- 교실에는 연필 한 자루, 공책 한 권도 없이 책상에 앉아 공부하는 아이들도 많았다.

나 둘 구령에 맞춰 허리 굽히기, 다리 운동을 하는 정도였다. 무스타파도 아이들 사이에 섞여 열심히 구령에 맞춰 체조를 하고 있었다.

체육 시간이 끝날 무렵, 선생님들이 아이들이 그린 그림을 보여 준다고 나를 교무실로 데려갔다. 그들이 내민 그림들엔 온통 이라크군이 미국을 무찌르는 내용이 그려져 있었다. 탱크와 전투기, 총이 그림마다 등장했다. 한국 아이들도 남자아이들은 이런 그림을 종종 그리지만 이라크 아이들 그림은 더 사실적이었다. 일상적으로 전쟁에 노출된 분쟁 지역 아이들이 그린 그림들이라 그런 것 같았다.

우리가 영화나 드라마로 본 전쟁과 전쟁을 겪어 본 아이들 눈에 비친 진짜 전쟁은 많이 달랐다. 우선 그림 속 사람들이 개미처럼 작았다. 반면 무기나 탱크는 사람들에 비해 과장되게 컸다. 내가 그림 전문가 수준의 안목은 아니나, 무기가 사람을 죽일 만큼 어마어마한 화력을 내뿜는다는 것이 아이들 머릿속에 각인되어 있고, 그런 무시무시한 무기 앞에서 인간이란 한없이 나약한 존재라고 생각하는 것 같았다.

하늘과 바다 그리고 나무와 꽃 같은 아름다운 것을 그려야 할 동심이 전쟁으로 물든 것 같아 안쓰러웠다. 아이들이 무슨 죄가 있다고 나라와 어른들 잘못 만나 어린 시절부터 이렇게 생과 사를 가르는 전쟁에 노출되었나 싶었다.

이런 아이들의 모습을 보니 전쟁을 일으킨다고 위협하는 미국이나 독재를 휘둘러 국민을 탄압하여 전쟁 구실을 만들어 준 사담 둘 다에게 미운 마음이 들었다. 양국이 합의하여 아이들만이라도 이라크에서 다 내보내고 전쟁을 하든가. 전쟁이 다가오는 것을 확신할수록 나는 안타까운 마음이 더해갔다.

평온한 일상 속에서 은밀히 전쟁에 대비하는 사람들

:

취재가 막바지에 이를 때까지 나는 자주 무스타파네에 갔다. 갈 때마다 식량 창고의 식량은 늘어 갔다. 기름통도 쌓여 갔다. 아마 바그다드 시민들이 기름 사재기를 하는 것 같았다. 거기에 힌트를 얻어 나는 시내 주유소를 촬영하자고 했다. 명분은 '기름의 나라, 부자 나라 이라크'를 보여 주고 싶다고 했다. 설득에 성공해 주유소 촬영 허가를 받았다. 정말 가지가지 머리를 써야 했다.

정보 요원들이 데려간 주유소는 바그다드 시내에서도 제법 큰 주유소였다. 사람들이 석유통을 바리바리 들고 줄을 서 있었다. 어떤 사람은 일가족을 동원해 20개가 넘는 석유통을 들고 서 있었다. 큰길가에도 차가 즐비하게 서서 다들 기름을 사느라 북새통이었다. 분명 평상시 모습은 아닌 듯했다. 뿐만 아니라 주유소 한편에 가정용 연료로 쓰이는 가스를 파는 곳에도 사람들이 북적였다. 이내 가스통이 동나자 사람들은 아우성이었다. 주유소 직원이 나와 내일 오라고 소리치자 사람들은 아쉬워하며 돌아갔다.

분명 바그다드 시민들은 전쟁에 대비하고 있었다. 이전에는 그렇게 평온해 보이던 이라크가 이제는 달라 보였다. 사실 처음 이라크에 들어왔을 때 나는 '전쟁이 나기 일보 직전인 나라라기에는 너무 평온하다.'

- 기름을 사재기하는 사람들. 전쟁 직전 바그다드 시내의 주유소는 매일 북새통이었다.

는 인상을 받았다. 시내에는 건축 공사도 하고 있었고 유명 식당에 가 보면 사람들이 행복하게 음식을 먹고 있었다. '어? 내가 잘못 알고 온 건가?'라는 착각이 들 정도였다.

하지만 그것은 이라크의 겉모습이었다. 사담 정부가 나와 시민 사이를 차단해 놓고 그런 겉모습만 보여 준 것이다. 바그다드에 오래 있을수록 그리고 일반 시민을 만날수록 나는 그들의 진짜 모습을 서서히 보게 되었다. 그때 바그다드는 전쟁을 두려워하는 시민들이 전쟁에 대비하고 있는 일촉즉발의 순간이었다.

어느 날, 무스타파 엄마 사라가 나와 단둘이 있을 때 조그만 상자 하나를 보여 주었다. 노란 금이 상자 속 가득 들어 있었다. 나는 '이 엄마가 자기 결혼 패물을 보여 주나' 생각했는데, 그러기에는 일단 생김새가 패물 모양이 아니었고 양도 너무 많았다. 갑자기 그녀가 작은 목소리로 속삭였다.

"아메리카… 폭격… 머니 제로… 골드 오케이…."

이거 영어와 아랍어를 골고루 섞어 말하니 무슨 말인지 알 수가 없었다. 그렇다고 정보 요원인 통역을 부를 수도 없었다. 서둘러 상자를 옷장 안에 숨기는 무스타파 엄마를 보고 나는 그녀가 뭔가 말하면 안 되는 내용을 말했다고 확신했다.

그날 나는 숙소로 돌아와서도 이 암호를 풀기 위해 한참을 끙끙거렸다. 그러다 불현듯 '혹시 사람들이 금을 사재기하는 것 아닐까?' 하는 생각이 들었다. 무스타파 엄마 말은 '미국이 전쟁을 일으키면 이라크 돈이 휴지가 되니 금을 사 놓아야 한다.'라는 말 같았다.

다음 날 나는 금은방을 가고 싶다고 프레스 센터에 촬영 허가를 요청했다. 이번에는 이라크 사람들이 금을 사는 부유한 모습을 촬영하고 싶다는 논리로 설득했다. 그래서 가게 된 바그다드 알 사드르의 금은방 가게 역시 인산인해였다. 금이 없어서 못 팔 정도였다. 금값도 많이 뛰었다고 상인들이 말했다. 금을 사려고 아우성인 사람들을 보니 진짜 전쟁이 실감 났다. 마치 예고된 종말을 기다리는 사람들의 얼굴처럼 어두운 바그다드 시민들의 얼굴이 이제는 내 눈에도 확연히 보였다.

때아닌 결혼식 붐

또 내가 묵고 있던 숙소에서는 매일 하루에도 몇 건씩 결혼식이 열렸다. 내가 결혼 시즌이냐고 물어보면 "아니다."라고들 대답하는데, 이렇게 결혼식이 많이 거행되는 것이 이상했다. 나의 숙소뿐만 아니라 다른 호텔 어디나 다 결혼식이 많이 열렸다.

내 숙소의 룸서비스를 담당한 청년의 이름은 하킴이었는데, 아주 성실하고 영어도 잘했다. 가끔 내가 개인적으로 심부름을 부탁하면서 팁을 좀 많이 주면 반은 덜어 놓고 가는 순둥이였다. 어느 날, 룸서비스를 하러 온 하킴에게 정말 별 기대 없이 말을 걸었다.

"호텔에서 매일 저렇게 시끄럽게 결혼식을 해서 괴로워요."

"전쟁 나기 전에 모두들 결혼식을 하려는 거예요."

하킴의 말에 나는 깜짝 놀랐다. 이제껏 이렇게 말하는 사람은 아무

- 전쟁이 나기 전에 결혼하려는 사람들로 호텔마다 하루에도 몇 건씩 결혼식이 열렸다.

도 없었다.

"정말요? 전쟁이 날 거라는 것을 다들 알고 있나요?"

그러자 하킴이 나에게 가까이 와서 조그만 목소리로 말했다.

"우리가 바보예요? 모두가 미국이 곧 전쟁을 일으킬 것이라고 알고 있어요. 다만 서로 말하지 못할 뿐입니다. 사담 때문에 우리 국민 모두 죽을 것이라고 소문이 파다해요. 미국의 무기가 엄청나서 한번 폭격 맞으면 모두 죽는다고 난리예요."

그러고는 자기가 한 말을 아무에게도 하지 말아 달라고 신신당부를 하고 서둘러 방을 나갔다. 나는 그 뒤로도 일부러 룸서비스를 많이 시켰다. 대부분 하킴이 오는데 그때마다 바그다드 시민들의 이야기를 조금씩 들려주었다. 전쟁을 피해 해외로 도망가는 사람도 많고, 군부대나 정부 청사와 멀리 떨어진 곳으로 이주하는 사람도 늘고 있다고 했다. 전쟁이 나면 전기와 수도가 끊길 것을 대비해 소형 발전기와 우물을 파는 펌프를 집집마다 들여놓고 있다고도 했다.

그렇게 하킴은 정보 요원들의 눈을 피해 여러 가지 소식을 전해 주었고 촬영에 많은 도움을 주었다. 그런데 훗날 전쟁으로 사담 정권이 무너지고 나서 하킴을 다시 만났는데 놀랍게도 그 역시 정보 요원이었다. 나는 어이가 없었다.

"그때 왜 내게 그런 정보를 준 거예요?"

"어차피 이라크가 미국에 의해 곧 망할 것이라는 사실은 대부분 알고 있었어요. 우리 정보 요원들은 미군이 바그다드로 들어오면 그들 손에 죽거나 정보를 팔아 목숨을 부지하거나 할 운명이라고 생각했어요.

하지만 나는 그리 높은 계급이 아니라서 호텔에 투숙한 취재진 동향을 살피는 게 고작이었습니다. 그래서 딱히 고급 정보도 없었고요. 외국 기자인 당신에게 정보를 주면 내게 무슨 기회가 오지 않을까 싶었던 겁니다.”

배신감이 들었다. 그저 순진무구한 청년인 줄 알았는데, 나도 조심한다고 했는데, 하킴이 정보 요원이었을 줄이야. 하지만 그때 도움 받은 일이 고마워 그가 의도한 대로 정식으로 섭외나 자료 조사 같은 일을 그에게 맡겼다. 지금도 하킴은 나의 이라크 취재를 돕고 있다. 내가 한국에 있든 미국에 있든 부탁만 하면 무엇이든 알아내 정보를 보내 준다. 그는 공식적으로는 정부 관리로 일하고 있지만 나의 취재 스태프 중 한 명이기도 하다. 순진무구한 줄 알았던 하킴, 사실은 무척 똑똑했던 것이다.

생사의 갈림길에 선 사람들

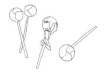

나의 바그다드, 전쟁의 소용돌이 속으로

　　시간이 흘러 어느덧 무스타파 가족과도 작별할 시간이 다가왔다. 바그다드를 떠나기 전날, 나는 무스타파네 집에 갔다. 라파엘은 부엌에서 엄마를 도와 식탁을 차리고 있었고, 무스타파는 아빠와 함께 소형 발전기를 고치고 있었다. 그 부자의 모습이 보기 좋아 또 열심히 촬영했다.

　　무스타파는 아버지를 많이 좋아했다. 발전기를 고치면서 부자는 눈을 맞추며 도란도란 이야기를 했다. 무슨 말인지 자세히는 모르지만 발전기 고치는 방법을 아들에게 전수해 주는 것 같았다. 무스타파는 아빠의 말 한 마디 한 마디를 귀를 기울이며 듣고 있었다. 만약 전쟁이 나서

이 집 가족 중에 누가 전쟁 중 죽는다면 저렇게 아름다운 부자의 모습도 다시 볼 수 없을 것 같아 안타까운 마음이 들었다. 내 카메라에라도 이 아름다운 기록을 남기고 싶었다.

엄마를 돕고 있는 라파엘의 모습도 카메라에 비쳤다. 저 어린 것이 폭격에서 살아남을 수 있을까? 이런 생각들을 하며 무스타파 가족과 마지막 식사를 했다. 마치 최후의 만찬 같았다. 식사를 마치고 이별의 시간이 다가오자 나는 가방 속에서 남은 초콜릿 맛 막대 사탕을 모두 꺼내 라파엘에게 주며 마음속으로 말했다.

'만약 미군이 폭격할 때 무서워 방에 숨어들면 이 사탕을 먹어. 그러면서 내 생각도 하고 사탕의 달콤한 맛에 위로도 받으렴. 이 사탕이 폭격의 무서움을 조금은 달래 주기를.'

대문 밖으로 나오면서 라파엘과 무스타파를 꼭 껴안아 주었다. 우리 살아서 만나자. 죽지 말고 살아서 이 한국 아줌마를 기다려 줄래? 한국에서 방송하고 꼭 다시 올게. 마음속으로 아이들에게 말을 하는데, 왜 그렇게 눈물이 나던지…. 정보 요원들도 마치 내가 마음속으로 하는 말들을 모두 알아들은 듯 눈시울을 붉히고 있었다.

그때 나는 처음 신에게 기도했다. 이들이 죽지 않게만 도와준다면 신을 믿겠다. 난 힘없고 나약한 한 인간이기에 이들을 살릴 수 있는 방법도 전쟁을 멈출 수 있는 방법도 모른다. 만약 신이 있다면 그 신이 이들을 살려 준다면 나도 신을 믿는 사람이 되겠다고 기도했다. 그렇게 마음껏 울지도 못하고 무스타파 가족과 이별했다. 나의 바그다드는 전쟁 전야로 숨죽이고 있었다. 그렇게 역사의 소용돌이 속으로 빨려 들어가

- 카심과 무스타파가 함께 발전기를 고치는 모습. 전쟁을 대비해 집집마다 소형
  발전기와 우물 파는 펌프를 들여 놓았다.
- 바그다드를 떠나기 전, 문 앞까지 나와 손을 흔들어 주던 무스타파네 식구들.

고 있었다.

⋮

한국으로 온 나는 이라크의 전쟁 직전 모습을 담아 〈일촉즉발, 이라크를 가다〉라는 다큐멘터리를 방송했다. 편집하면서 그리운 사람들의 얼굴을 보는 것이 무척 힘들었다. 그저 빨리 방송하고 다시 이라크로 갈 생각밖에 없었다. 방송을 해야 다시 바그다드 갈 취재비를 마련할 수 있었기에 어쩔 수 없이 방송을 먼저 해야 했다.

정신없이 방송을 마친 후 내가 다시 바그다드로 들어갔을 때는 이미 미군이 바그다드를 점령한 후였다. 바그다드를 떠나 온 지 두 달 반 만이었다. 나는 새로 구한 일반인 통역과 무스타파네 집을 찾으러 나섰다. 사실 지난번에 이라크를 취재할 때 머릿속에 바그다드 지도를 담아 두려 부단히 애썼다. 매일 숙소로 돌아오면 수첩에 어느 표지판에서 직진, 사거리 지나 높은 타워 바로 앞 어디 하면서 메모를 해 놓았다. 전쟁이 나서 길이 다 망가져도 전에 취재한 취재원들을 찾아갈 수 있게 날마다 바그다드 지리를 외웠다. 덕분에 지금도 눈 감으면 시뮬레이션처럼 바그다드 길거리가 훤하게 떠오른다. 바그다드가 그리울 때면 구글 어스에서 내 머릿속에 들어 있는 길과 건물을 보곤 한다. 바그다드 지리를 외워 둔 덕분에 무스타파의 집을 쉽게 찾을 수 있었다. 그 집에 가까워지면서 폭격 맞은 건물들을 볼 때마다 왜 그렇게 떨리던지…. 집이 없어져 버렸으면 어떡하지? 만약을 위해 외워 둔 무스타파 시골 외갓집 주소나 삼촌 집 주소를 떠올리며 나는 무스타파 집에 도착했다. 다행히 그대로였다. 대문을 열고 안으로 들어가니 사라가 마당에서 나를 보고 깜짝 놀라 뛰어왔다.

"우리 살아 있어, 다 살아 있어."

그녀의 첫마디였다. 엄마의 소리를 듣고 식구들이 모두 뛰어나왔다. 라파엘도 무스타파도 아버지도 모두 무사했다. 우리는 서로 부둥커안았다. 라파엘과 무스타파를 안으며 정말 감사의 기도가 절로 나왔다. 신이 나의 기도를 들어주셨다. 이들을 지켜 주셔서 얼마나 기뻤는지 모른다. 이제는 정보 요원도 없으니 마음 놓고 우리 하고 싶은 말 다 해도 된다. 거실에 들어서자 이 가족의 '폭풍 수다'가 시작되었다. 그전에 정보 요원이 있을 때는 이렇게 말을 잘하는 가족인지 몰랐다.

"폭격이 정신없이 쏟아졌어요. 우리는 집에서 나오지 않고 열심히 기도했습니다."

카심이 말했다. 그들은 전쟁이 시작된 이후 모두 한방에서 먹고 자고 했다고 한다. 미군이 바그다드로 들어왔지만 아직 간간이 폭격이 있을 때였다. 이어 카심이 말했다.

"죽더라도 같이 죽고 살아도 같이 살자고 한방에서 지내고 있습니다."

나는 라파엘에게 무서웠냐고 물었다.

"그냥 참았어요."

"사탕은 다 먹었어?"

"다른 식구들은 손도 못 대게 하고 제가 다 먹었어요."

사랑스러운 라파엘이 살아 있고, 가족이 모두 무사해서 정말 다행이란 생각이 들었다. 하지만 무스타파의 삼촌 집은 폭격을 맞아 완전히 무너져 버렸다고 했다. 그 일로 삼촌 일가족이 모두 죽었다는데 아직 그 사고 현장에 가보지도 못했다며 카심이 울먹였다.

동생이 바로 옆 동네에서 죽어도 가 보지도 못하는 것이 전쟁이었다. 그런 슬픈 비극이 벌어져도 한 가족의 가장은 자기 가족이 혹시 어떻게 될까 봐 곁을 한시도 못 떠나는 것이다. 그리고 더 큰일은 이 가족이 먹고살 일이다. 정부가 무너졌으니 공무원은 하루아침에 실업자가 되었다. 무스타파 아버지도 마찬가지였다.

"정부가 없는데 월급을 어디에서 받겠어요? 미국이 우리 월급까지 주지는 않을 테고, 이제 큰일입니다."

카심이 깊게 한숨을 쉬었다. 그러고 보니 나를 그렇게 괴롭히던 정보 요원도 모두 실업자가 되었다. 뿐만 아니라 학교도 모두 문을 닫았고 가게도 열리지 않았다. 바그다드의 진짜 재앙은 그때부터였다.

전쟁이 평범한 일상에 남긴 재앙

며칠 후 카심이 동생 집에 가 보고 싶다고 했다. 미군 폭격도 덜해진 것 같고 나랑 같이 가면 외국 취재진이니까 미군이 자기 가족을 죽이지 않을 것 같다고 했다. 그길로 나와 무스타파 가족은 동생 집을 찾아 나섰다. 무너진 집터는 처참했다. 미국의 가공할 만한 폭격으로 집 세 채

가 흔적도 없이 사라졌다. 무스타파 아버지는 차에서 내리자마자 땅에 풀썩 주저앉았다. 라파엘은 차에서 내리지도 못하고 떨고 있었다. 가족들은 눈물도 흘리지 않았다. 얼이 빠진 것처럼 보였다.

동네 사람들은 무스타파네 삼촌 가족의 시신도 수습하지 못했다고 했다. 워낙 폭격이 세어 집이 산산조각이 난 바람에 시신조차 온전히 수습하지 못한 것이다. 상황을 듣고 무스타파네 가족은 서둘러 집으로 돌아가려 했다.

"내가 할 수 있는 일이 아무것도 없고 이 자리에 계속 있는 것이 너무 힘듭니다. 그냥 가고 싶어요."

떠나는 가족을 보며 그래도 저들이라도 살아 있어 얼마나 다행인가 생각했다. 살아 있어 줘서 고마웠다.

그 뒤로는 다른 취재가 급해 무스타파네 집에 전처럼 자주 가지는 못했다. 그러다 시내에서 우연히 카심을 보았다. 그는 차를 세워 놓고 외국 기자들이 많이 묵던 한 호텔 앞을 서성이고 있었다. 나는 반가운 마음에 차를 멈추고 알은체를 했다. 카심이 아주 쑥스러운 표정을 지으며 말했다.

"혹시 차가 필요한 외국인이 있나 싶어 이렇게 나와 봤어요."

전쟁 전에는 공무원으로 그럭저럭 먹고살 만했는데 이제는 실업자가 되었으니 어떻게든 먹고살아야 하는 것이다. 그런데도 이상하게 나에게는 부탁을 하지 않았다. 아마도 창피해서인 것 같았다. 나는 카심이 한참을 서성이는 것을 멀리서 촬영했다.

그 뒤로 장거리를 가야 하는 일이 있으면 반드시 카심에게 연락해 도와 달라고 했다. 빌릴 수 있는 차야 얼마든지 있고 나 혼자 움직이면 큰 차가 필요 없지만 나는 그에게 부탁했다. 그것도 내가 오히려 무척 미안해하며 도와 달라고 했다. "차를 못 구해 이렇게 무스타파 아버지에게 신세를 지게 되네요. 도와주세요. 차가 필요해요."라고 말했다. 그래야 그가 덜 창피할 것이라고 생각했다. 그는 마지못해 도와주는 척 나랑 일을 같이 했다. 그 수입이 적지는 않았다. 나는 그의 가족을 도와주는 것이라 마음이 좋았다. 다행히 몇 달 후 카심은 친척 인맥을 통해 이라크 정부 석유부에 취직했다. 비록 높은 자리는 아니었지만 다시 공무원으로 돌아가니 무스타파네로서는 다행이었다. 그 소식을 듣고 나는 마치 내 가족이 취직한 것처럼 기뻤다.

무스타파네는 운이 좋은 편에 속한다. 아직도 많은 이라크 가장들이 일이 없어 힘들어한다. 취업난은 전 세계적인 문제이지만, 전쟁으로 엉망이 된 이라크 형편은 더욱 좋지 않다. 전쟁은 가장을 제일 힘들게 하는 것 같다. 가족을 먹여 살리고 아이들 교육시키며 살림을 꾸려 나가고 싶은 소박한 가장들의 꿈을 단박에 깨어 버리는 것이 전쟁이다. 모든 아버지들이 실업자가 된 바그다드의 현장에서 나는 영화보다 더 영화 같은 전쟁과 마주하고 있었다.

나는 아직도 가끔 무스타파의 아버지와 연락을 한다. 물론 대부분 취재 때문에 연락하는 거지만 그때마다 그는 나를 가족으로 여기며 열심히 도와준다. 지금은 무스타파도 장성해 잘생긴 청년이 되었고 라파엘도 예쁜 아가씨가 되었다. 내년에는 무스타파를 장가보내야 하는데 목돈이 들어야 해서 걱정이라고 카심이 말했다. 아마 나는 무스타파 결혼식에 부조를 좀 많이 해야 할 듯하다.

나의 '인간 내비게이션', 알리

2003년, 나는 미국이 일으킨 전쟁의 여파로 한창 혼란을 겪고 있던 이라크 바그다드에 있었다. 전쟁 전 보았던 그 아름답던 바그다드는 공포와 총소리에 묻혀 있었다. 나는 미군이 바그다드를 점령하자마자 세상이 개벽한다는 것이 무엇인지 똑똑히 보았다. 한 나라의 법과 규칙이 무너지고 무정부 상태로 들어선다는 것이 얼마나 무서운 것인지 내 눈으로 볼 수 있었다. 이라크 사람들은 부모 잃은 자식들처럼 어찌할 줄 몰라서 우왕좌왕했다. 은행에는 총 든 사람들이 들이닥쳐 돈을 마구 꺼내 갔다. 누가 사람을 죽이든 돈을 빼앗든 아무도 신경 쓰지 않았다. 그저 모두들 쥐 죽은 듯이 목숨 부지하는 것만이 최선이었다.

취재는 더 힘들었다. 도대체 누가 적인지 동지인지 구분이 안 가는 상황이어서 길거리를 나서는 것 자체가 위험했기 때문이다. 차라리 전투가 붙는 상황이라면 바로 적과 동지가 구분되지만 이렇게 누구 편인지 모르는 총 든 사람들이 몰려다니는 내전 상황은 더욱 위험하다.

그 당시 나는 알리라는 운전기사와 취재를 다녔다. 알리는 정말 귀엽고 잘생긴 청년이었다. 나는 원래 그의 아버지를 알고 있었는데 아들이 운전도 잘하고 착하다고 나에게 소개했다. 처음 그를 본 인상은 너무 앳되어 보이는 동안이라는 것이었다. 혹시 미성년자가 아닌가 의심이 들었다.

나는 알리 아버지에게 아무리 전쟁터라도 미성년자하고는 일할 수 없다고 미리 신신당부했었다. 그것은 나만의 룰이었다. 한 아이의 엄마이기도 한 나는 아이들은 노동에 동원되면 안 된다고 생각해서 만 18세 이하의 미성년자와는 일을 하지 않는다. 제3세계나 분쟁 지역처럼 아이들이 일하는 것에 대해 감수성이 무딘 사회에서 일을 하려면 나 나름대로 그런 원칙이 필요했다. 그래서 나는 몇 번이고 알리의 나이를 물어봤다. 알리 아버지나 알리는 스물한 살이 맞고 자기 집 사람들이 많이 어려 보인다고 했다. 주민등록증이 없으니 확인할 수 있는 방법도 없고 족보를 뒤져 볼 수도 없어서 그들의 말을 믿기로 했다. 문제는 알리가 영어를 전혀 못한다는 것이었다. 간단한 인사말조차 영어로 할 수 없는 운전기사를 데리고 다니려니 부담스러웠다. 이라크는 아랍어를 쓰는 나라이지만 그때는 미군이 사방에 진을 치고 있었다. 위험한 상황에서 미군에게 언제 어디서 검문을 받을지 모르는데 알리가 영어를 못하니 미군의 갑작스러운 지시를 알아듣지 못할 수 있어 걱정이 앞섰다. 하지만 이 전쟁 통에 어디 가서 믿을 만한 운전기사를 구한단 말인가. 또 당장 내일부터 차가 필요한 상황이었다. 일단 통역이 옆에 있고 나도 있으니 급한 대로 알리와 함께 다니기로 했다.

취재를 다니다 보면 운전기사가 매우 중요하다. 나쁜 기사를 만나면 돈은 돈대로 뜯기고 차와 함께 사라지기도 한다. 허구한 날 차가 고장 났다고 수리비를 요구하기도 하고 원래 약속한 돈보다 더 내놓으라고 난동을 피우기도 한다. 내 기억 속에 최악의 운전기사 중에는 차 안에 두었던 내 소지품과 돈을 들고 날라 버리거나 나를 납치해서 돈 받고 풀어 주려는 계획을 세운 나쁜 사람들도 있었다. 더군다나 나는 여자 몸으로 혼자 취재를 다녀서 어떨 땐 만만하게 보일 수도 있다.

여러 번의 시행착오 끝에 나는 운전기사나 통역을 구할 때는 반드시 같이 일하는 현지인들이나 외신 기자와 일해 본 경험이 있는 스태프에게 아는 사람을 소개받는다. 그리고 약속한 돈 이상은 주지 않는다는 보증도 세운다. 알리 아버지는 믿을 만한 사람이었다. 그는 세계 유수의 언론과 일하는 취재 전문 운전기사였다. 그래서 알리에게도 많은 노하우를 전수했다며 괜찮을 것이라고 했다. 내심 마음에 걸리는 것이 있었지만 나는 알리를 믿어 보기로 했다. 알리의 선하게 생긴 인상과 그의 아버지를 믿고 싶었다.

알리는 운전도 잘했지만 마음도 착했다. 내가 취재하느라 바빠 점심을 못 먹으면 이라크식 양고기 샌드위치인 샤르마를 사 놓고 이동 중에 먹으라고 했다. 무엇보다 바그다드뿐만 아니라 이라크 전역의 지리를 잘 알았다. 아마도 어린 시절부터 아버지와 여기저기 다녀서인가 보다. 길 찾느라고 하루를 다 보내는 기사들도 있었기에 알리 같은 '인간 내비게이션'을 만난 것은 정말로 행운이었다.

나는 알리의 해맑은 웃음이 좋았다. 나의 더듬더듬한 아랍어를 못 알아듣더라도 그는 환하게 웃었다. 그의 얼굴에는 항상 따뜻한 봄 햇살 같은 웃음이 있었고, 그 웃음은 나의 피곤을 씻어 주었다. 힘든 전쟁터를 취재하면서 나는 그의 웃음으로 기운을 냈다. 그렇게 알리와 정이 들어갈 무렵, 평생 잊을 수 없는 사건이 일어났다.

당시 이라크를 점령한 미군은 바그다드 시내 곳곳에 길을 막고 검문소를 설치했다. 무기를 가진 저항 세력을 검문하기 위해서였다. 미군은 검문소에서 이라크 시민을 살벌하게 단속했다. 나도 검문소를 지날 때마다 상당한 스트레스를 받았다. 길게 줄을 서서 기다려야 하는 데다가 차는 물론이고 가방까지 뒤지느라 시간이 많이 걸리는 것이다. 미군은 내 가방에서 여성용 소지품을 죄다 꺼내 뜯어보는가 하면 심지어 선크림 같은 화장품도 직접 짜 본다. 가뜩이나 더운데 미군이 그러고 있으면 정말 화가 치밀 때가 많았다.

그날도 미군의 검문소를 지나가야 했다. 바그다드 시내를 열심히 다녀서 대충 어디어디에 검문소가 있는지 알지만 그날 그 검문소는 평상시 없던 자리에 생긴 새로운 검문소였다. 하긴 그때 별다른 시설이나 안내 표지가 없더라도 미군이 길을 막고 서 있으면 그것이 검문소였다. 미군이 곧 법이나 마찬가지였다. 그때도 우리는 미처 검문소인지도 모르고 막 지나치려 할 때였다.

"스톱Stop!"

미군이 영어로 소리쳤다. 그런데 이 간단한 영어 단어마저 모르는 알리가 검문소를 그냥 지나치려 하는 것이었다. 나는 미군 병사가 바로 총을 들고 우리 차를 조준하는 모습을 보았다. 영화에서는 차 안에 숨어 있으면 총알을 피할 수 있는 것처럼 총격전을 벌이지만 실제는 그렇지 않다. 미군의 M4 소총은 차 안에 있는 사람 두 명의 몸을 뚫고 지나갈 정도로 위력이 대단하다. 나는 순간 머릿속이 하얘졌다. '알리 저 녀석이 영어를 못 알아들어 우리는 이제 다 죽는구나!' 하는 생각이 들었다. 워낙 순식간에 벌어진 일이었다. 나는 급하게 창문 밖으로 소리를 질렀다.

"포린 프레스Foreign press! 저널리스트!"

내가 결사적으로 외치자 우리 차를 조준하던 그 병사가 총을 내려놓는 모습이 보였다. 통역은 알리 뒤통수를 치면서 차를 세우게 했다. 미군 병사는 우리 모두 차에서 내리라고 했다. 이윽고 차에서 내린 알리와 통역의 얼굴도 하얗게 질려 있었다. 나는 그들에게 진정하라고 하고 내가 먼저 두 팔을 들고 미군 병사에게 다가갔다. 미군은 나한테 무기가 없음을 확인하기 위해 차를 뒤지고 몸수색까지 했다. 사실 여성인 내가 남자 병사에게 몸수색을 당하는 것은 상당히 불쾌한 일이다. 그러나 그때는 그런 감정을 느낄 겨를이 없었다. 그저 우리가 죽지 않은 것만도 다행이었다.

모든 수색이 끝나고 나는 미군들의 질문을 받았다.

"왜 우리 지시를 듣지 않고 도망가려 했습니까?"

"원래 이곳은 검문소가 없는 자리라서 영어를 못하는 우리 운전기사가 당신들의 지시를 알아듣지 못했어요. 우리 중 그 누구도 당신들의 지시를 어길 생각은 없었습니다. 단지 기사가 못 알아들은 것뿐이에요."

그러자 갑자기 미군 병사가 가슴에 십자가를 그렸다.

"당신들을 모두 죽일 뻔했잖습니까? CNN 뉴스에 기자 죽인 군인으로 내 이름이 나올 뻔했습니다. 당신이 0.1초만 늦게 소리쳤어두 바로 사격했을 겁니다. 아아, 하느님 감사합니다."

미군 병사는 안도의 한숨을 쉬었다. 나도 등에서 식은땀이 나고 두 다리가 후들거렸다. 미군이 건네준 생수를 마시며 가슴을 쓸어내렸다.

사실 이 모든 사달이 일어난 이 땅은 영어를 사용하는 미국이 아니라 아랍어를 사용하는 이라크이다. 아무리 이라크를 점령하러 온 미국이지만 간단한 것은 아랍어로 지시해야 했다. 그런 검문소에서 급박하게 지시할 수 있는 간단한 아랍어 한두 마디는 해야 하지 않았을까? 점령군의 오만이 아랍어를 사용하는 이라크에서 영어를 사용해야만 죽지 않을 수 있게 만들었다. 검문소 사고는 우리뿐 아니라 다른 이라크 사람들에게도 많이 벌어졌다. 영어를 모르는 이라크 사람들이 무고하게 죽는 사고가 연일 벌어졌다.

알리는 모든 내막을 듣고 그제서야 안도를 했다. "처음에는 무슨 일이 벌어졌는지 몰랐는데 알고 나서 많이 놀랐어요. 알라가 나와 당신을 구해 주었나 봐요. 알라에게 감사드려요."

알리는 엄청 미안해했다. 나는 그런 알리가 안쓰러웠다.

"알리야, 지금의 이라크에서는 모르면 죄가 아니라 죽는단다."

이것이 당시 이라크였다.

간단한 영어 '스톱'이 목숨을 살리다

이 사건 이후 나는 알리에게 간단한 영어를 배우라고 했다.

"너의 교양을 위해서가 아니라 우리 모두 살아야 하니 영어를 배워라. 제발."

알리에게 이러고 애원했다. 취재 나갈 때마다 차 안에서 영어 회화 시간을 가졌다. 통역도 열심히 서바이벌 영어를 가르쳤다. 덕분에 알리는 하루에 한두 마디씩 더듬더듬 영어를 배워 갔다. 그렇게라도 노력하는 알리가 기특했다. 제법 나에게 영어로 물어보기도 했다.

그 후 한 달쯤 지났을까? 나는 아주 중요한 저녁 약속이 생겼다. 그 장소는 처음 가 보는 곳이었다. 취재 시간 이후라 통역이 같이 가지 못해서 나와 알리 둘이서 길을 찾아 가기로 했다. 워낙 길을 잘 아는 알리인 데다 이제 영어도 제법 하니 괜찮을 것이라고 생각했다.

원래 나는 취재할 때 항상 지나치리만큼 조심한다. 방심은 금물이라고 생각하고 남들이 한 번 확인할 때 나는 두 번 세 번 확인한다. 취재원에게 취재 내용을 설명할 때에도 몇 번을 되풀이해서 한다. 그들이 내가 했던 말 또 한다고 지겨워할 때까지 한다. 그래야 나의 취재 의도를 그들이 완벽하게 이해하기 때문이다. 내가 아무리 제대로 설명해도 서로 다른 언어와 생각으로 다르게 알아듣는 일이 생기기도 하는 것이다. 그래서 더 자세하게, 한 번 더 확인하며 취재한다. 나도 여러 번 되풀이하는 게 잔소리 같고 지겹지만 기왕 주어진 시간과 공간에서 비용을 들여가며 취재하는데 실패하지 않으려면 할 수 없었다.

특히 안전에 대해서는 더 세심하게 주의를 기울인다. 취재 갈 지역이나 지나가야 할 길에 대해 지나칠 정도로 안전에 대한 확인을 한다. 매일 가는 길이라도 미리 운전기사나 통역에게 안전 점검을 하게 한다. 그리고 절대 방심하지 않는다. 그런데 그날은 왜 그랬는지 나는 '괜찮겠지.'라고 생각했다.

알리와 나는 약속 장소인 식당을 찾기 위해 바그다드 시내의 한 낯선 골목을 찾아갔다. 이상하게 그날따라 알리가 그 식당을 찾지 못했다. 워낙 지리를 잘 아는 알리여서 아무 걱정하지 않고 있다가 길을 찾지 못하니 나는 점점 조바심이 났다. 한참을 찾았지만 우리는 계속 같은 자리를 빙빙 돌고 있었다. 알리도 나도 도무지 찾을 수 없었다. 같은 골목과 길을 반복해서 대여섯 바퀴를 돌았다.

그때 갑자기 험비(미국에서 개발한 고성능 사륜구동 장갑 수송 차량)와 중무장한 미군이 우리 차 앞에 나타났다. 미군이 "스톱!"이라고 외쳤다. 이번에는 알리가 제대로 알아들었다. 사실 나는 그 소리를 듣지 못했는데 알리가 급브레이크를 밟으며 "아메리키 세이 스톱!"이라고 나에게 외쳤다. 알리가 영어를 익힌 보람이 있었다.

나는 총으로 우리를 조준하고 있는 미군들의 지시대로 두 팔을 들고 차에서 내렸다. 나와 알리는 공포의 도가니에 빠졌다. 미군의 복장도 지금껏 내가 본 복장이 아니었다. 한눈에 특수 부대 대원들임을 알수 있었다. 저들에게 단 한 발만 맞아도 우리는 세상과 작별을 해야 한다. 이미 몇몇 유수의 언론사 기자들이 이러다 목숨을 잃은지라 저들이 나를 죽인들 크게 문제가 안 되었다. 차에서 내린 내가 동양 여성이고 나의 목에 걸고 있는 취재진 신분증을 보자 그들은 비로소 조준한 총을 내려놓았다.

"왜 같은 장소를 계속 돌고 있는 겁니까?"

나는 길을 못 찾아서라고 설명했다. 미군은 우리 차량을 뒤지고 내게 동행할 것을 요구했다. 기대했던 저녁 약속은 물 건너가고 알리와 나는 미군에게 조사를 받아야 했다. 운 나쁘게 우리가 돌던 그 골목 끝에 미군 특수 부대 기지가 있었다. 우리가 미군 기지 주변을 계속 돌고 있으니 하늘에서 이를 보던 무인 순찰기가 경고를 했다는 것이다. 당시 바그다드에서는 차량을 이용한 자살 폭탄 테러가 자주 일어났다. 미군은 우리 차량을 테러 차량이라고 확신했다고 했다. 한창 전쟁 중이라 이럴 경우 미군은 우선 사격을 하고 본다. 다행히 알리가 영어를 알아듣고 즉시 차를 멈추어서 총알 세례를 면한 것이다.

한 시간에 걸친 미군의 조사 끝에 나도 알리도 무혐의로 끝났다. 나는 조사에 적극 협조했다. 그들의 조사가 친절하지만은 않았다. 질문에 욕설이 섞이기도 하고 했던 질문 또 하며 나를 지치게 했다. 하지만 기분 나쁘다고 항의할 상황이 아니었다. 적어도 그들은 총을 들고 있고 나는 알리를 보호해야 했다. '설마 미군이 기자를 죽이겠어?' 하고 생각한다면 오산이다. 이미 이라크 전쟁 개전 초기부터 몇 명의 기자들이 미군 손에 목숨을 잃었고 테러리스트로 몰려 재판도 없이 관타나모 수용소(미국이 테러범들을 구금하기 위해 쿠바의 관타나모에 건설한 수용소)로 가기도 했다. 조심 또 조심해야 목숨을 부지할 수 있는 것이다.

지금 생각해도 그 순간은 정말 아찔했다. 저녁 약속을 포기하고 숙소로 돌아와서 알리의 얼굴을 보니 하얗게 질려 넋이 빠져 있었다. 나는 알리에게 "봐라, 영어를 할 줄 아니까 목숨을 구하지 않니? 더 열심히 공부하자." 라고 농담도 해 가며 아무렇지 않은 듯 달래서 집으로 돌려보냈다. 하지만 정작 나는 그날 밤 식은땀을 비 오듯이 흘리며 달달 떨었다. 한여름인데도 몹시 추웠다. 나는 호텔 직원에게 히터를 가져오라고 해서 방 안에 틀어 놓고도 한참을 떨었다. 아마도 그 일로 내 몸이 너무 놀랐던가 보다. 몸은 내 의사와 상관없이 진정이 안 되고 저절로 떨렸다.

알리의 뒤늦은 '고백'

:

나는 이라크에서 취재할 때 항상 알리와 함께 했다. 나는 알리를 많이 아꼈다. 그의 집에도 자주 놀러 가고 지방으로 취재도 다니며 즐겁고 행복했다. 알리는 내게 아주 조잡한 장미 조화를 가져다주면서 내 방에 장식해 놓으라며 해맑게 웃었다. 집에서 맛있는 음식을 하면 들고 와 먹으라고 권하기도 했다. 인정 많고 착한 알리는 마치 나의 가족처럼 느껴졌다.

지금 알리는 독일 뉘른베르크에 살고 있다. 사담 후세인 시절에 독일로 이민을 간 큰형을 따라 2008년에 식구 모두가 이주한 것이다. 이제는 이라크에서 알리와 함께 일하지 못하게 되어 아쉽지만 알리 가족이 이라크의 위험한 상황을 더는 겪지 않아도 되니 다행이라는 생각이든다.

2009년 초, 나는 취재차 독일에 갔다가 그곳에서 알리의 가족을 만났다. 모두 표정이 밝았다. 독일로 이민 온 후 가족들이 힘든 노동으로 생계를 꾸려가기는 하지만 적어도 안전한 곳으로 식구들 모두 나왔다는 안도감이 든다고 했다. 알리는 벌써 결혼도 하여 아들 둘을 낳았고, 관광객을 상대로 택시 운전을 하고 있었다. 자신은 운전하는 것이 좋다면서 택시 운전이 적성에 맞는다고 했다.

알리 아버지와 알리는 독일에 이민 와서 겪은 여러 가지 에피소드를 열심히 토해 냈고, 나는 그들의 이야기 삼매경에 푹 빠져 있었다. 그러다가 갑자기 알리 아버지의 표정이 어두워지더니 고백할 것이 있다고 했다. 뭘까? 나는 웃으며 말해 보라고 했다.

그들이 내게 털어놓은 얘기는 "알리가 나와 일을 시작했을 때 고등학교도 못 끝낸 열일곱 살이었다."라는 것이다. 그들은 분명 알리가 스물한 살이라고 했었다. 무려 네 살이나 속인 것이다. 결국 나는 본의 아니게 내가 그렇게 혐오하던 아동 노동 착취범이 되고 말았다. 알리 아버지는 당시 집 형편이 어려워 알리가 일을 해야 했다고 설명했다. 그리고 그때 이미 독일로 올 계획을 세웠었고, 바짝 벌어서 어서 이라크를 뜨자고 온 식구가 단합했다고 했다. 나는 아무 말도 못하고 그들의 뒤늦은 고백을 듣고 있었다. 이제 와서 어쩌란 말인가. 이미 지나간 일인걸. 나는 괜찮다고 했다.

"그래도 가족 모두 이렇게 무사히 독일로 나왔잖아요. 내가 나쁜 사람이 되긴 했지만 알리 가족이 무사하니 괜찮아요."

지금도 독일에 가면 가끔 알리가 운전하는 차를 타곤 한다. 독일은 선진국이라 차량을 렌트해서 직접 운전하기도 하지만 취재가 급하면 알리를 부른다. 그럴 때마다 만사를 제치고 아우토반을 달려 내게 와 주는 알리가 항상 고맙다. 알리는 나를 '빅 시스터 big sister'라고 부른다. 그러면서 자기는 이제 독일 말 엄청 잘한다고 내게 가르쳐 준다고 한다. 그 옛날처럼 천진난만한 귀여운 미소를 지으면서 말이다.

미쳐 버린 사람들의 도시, 바그다드

전쟁, 그 참혹한 현실
:

이라크에서 전쟁이 나던 날, 나는 정말 망연자실했다. 사담 후세인 정부 시절 취재하면서 당한 것이 하도 분해 나도 '사담 정부가 무너졌으면 좋겠다.'라는 악담을 했었다. 그런데 막상 전쟁이 나니 내 악담 때문인 것 같아 마음이 무거웠다. 바그다드에 폭격이 시작되었고, 나는 그 모습을 매일 뉴스 영상으로 지켜보며 그 엄청난 현실을 실감했다.

바로 몇 달 전만 해도 별빛을 바라보며 밤 산책을 하던 티그리스 강변, 순진한 얼굴을 한 바그다드 시민들을 만나던 시장 골목, 나의 다큐멘터리에 등장했던 무스타파 가족과 라파엘, 바그다드의 아침밥… 이

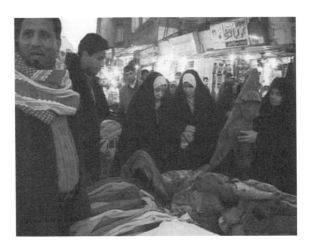

- 시장에서 옷을 고르는 바그다드 사람들.
- 바그다드 시내의 야경.

아름다웠던 기억의 한 자락이 미군의 폭격으로 무너지고 있다고 생각하니 잠이 오지 않았다.

당시 나는 요르단 암만에서 전쟁 소식을 들었다. 미군이 예상보다 일찍 바그다드로 들어가서 전쟁은 20여 일 만에 정리되는 듯했다. 그때 바그다드로 들어간 나는 무너지고 불타는 도시를 마주해야 했다. 수천 년의 메소포타미아 문명의 영혼을 가진 바그다드가 스러져 가고 있었다. 길거리에서 만난 이리크 사람들은 부모 잃은 자식같이 갈피를 못 잡았다. 두려움에 떨며 어찌할 바를 몰라서 우왕좌왕했다. 시내의 가게 문은 모두 닫혀 있었고 누가 쏘는지 알 수 없는 총소리만이 들려왔다.

"저기 불이 나서 타고 있는 건물을 봐요. 바그다드가 이렇게 무너지다니, 너무 슬퍼요. 바그다드가 어떤 곳인데…."

길거리에서 만난 한 아주머니는 불타는 건물을 가리키며 눈물을 뚝뚝 흘렸다. 그녀의 눈물이 나의 가슴을 더욱 쓰리게 했다. 대부분의 시민이 그야말로 패닉에 빠져 있었다. 전기도 끊기고 뉴스도 못 보니 세상이 어찌 돌아가는지 몰라서 그저 두려워 우왕좌왕하고만 있었다. 그때 본 바그다드 사람들은, 살아 있지만 산 사람들이 아니었다. 언제 시체로 변할지 모르는 사형수들 같았다. 그들의 두려운 눈빛과 애절한 절규가 지금도 잊히지 않는다.

전쟁이 났으니 당연히 사람들이 불행할 거라고 생각했지만 이 정도인지 몰랐다. 갑자기 이런 현실을 보니 나도 무서워졌다. 이 사람들을 다큐멘터리에 담는 것을 과연 나는 감당할 수 있을까.

머릿속에서 상상하거나 영화로 보던 전쟁이 아니었다. 현실은 더 무섭고 잔인했다.

미치지 않고서는 견딜수 없는…

바그다드로 들어온 지 20여 일이 지난 어느 날 아침, 차를 타고 가다가 우연히 차창 밖으로 미사일 폭격이 일어나는 장면을 목격했다. 순식간에 벌어져서 그 장면은 촬영조차 하지 못했다. 제법 거리가 되어 보이는데도 지축을 흔드는 커다란 굉음으로 달리는 우리 일행 차까지 흔들렸다. 만약 미사일 폭격이 일어날 때 이는 그 번쩍거림을 보지 못했다면 아마 나는 우리 차가 폭격을 맞은 줄 알았을 것이다. 그 정도로 폭격 소리가 컸다.

미사일은 바그다드 외곽의 알 도라에 있는 민가 세 채를 산산조각 내었다. 미군이 그 근처에 있는 이라크 공화국수비대를 쏘려다 잘못 쏜 것인지, 아니면 사담 정부의 주요 인사가 그곳에 숨어 있어서 폭격을 했는지 알 수는 없다. 미사일은 세 집 가운데 있던 공터에 떨어지며 엄청난 크기의 구덩이를 파 놓았다. 그곳에서는 연기가 피어오르고 있었다. 매캐한 화약 냄새와 피가 흩뿌려 나는 비린내로 현장은 아수라장이었다.

이 폭격으로 모두 20여 명의 가족이 아침밥을 먹다가 현장에서 즉사했다. 폭격 맞은 한 집의 어느 아버지만 살아남았다. 전파사 주인인 그는 아침에 아이들 먹을 계란을 사러 집에서 50미터 떨어진 동네 구멍가게를 갔던 것이다. 맨발로 길가에 맥없이 앉아 있던 그는 울지도 않고, 아무 말도 하지 않고, 눈에는 초점이 없었다. 그의 손은 깨진 계란으로 범벅이 되어 있었다.

폭격 현장 취재를 거의 마치고 나는 조심스럽게 그에게 다가갔다. 통역과 함께 물 한 병을 주며 괜찮으냐고 물었다. 그런데 갑자기 그가 빙그레 웃으며 말했다.

"미안해요. 맡긴 라디오는 아직 다 고치지 못했어요. 오늘 오후에 다시 들러요. 제가 말끔하게 고쳐 놓을 테니. 지금은 우리 애들 학교 보내야 해서 바빠서요."

아랍어를 띄엄띄엄 알아듣는 나는 '이게 무슨 말이지?' 하고 갸우뚱하는데, 통역 제난이 갑자기 그를 와락 안으며 말했다.

"앗살라마 앗살라마(진정하세요)."

제난은 눈물을 글썽거렸고, 나는 어리둥절했다. 제난이 그를 안고 한참을 있을 동안 나는 그저 기다렸다. 나중에 안 사실이지만 이 아버지는 자신의 눈앞에서 벌어진 충격적인 상황에 그만 정신 줄을 놓아 버린 것이다. 아버지는 아무렇지도 않게 내게 "어디서 오셨어요?" "우리 집에 한번 방문하세요."라고 진지하게 말을 붙이기도 했다.

모든 가족을 잃고 혼자 살아남은 아버지… 폭격 현장에는 아이들의 베개와 그릇 등 가재도구가 먼지를 뒤집어쓰고 굴러다녔다. 그는 그날 폭격으로 어머니와 아내, 그리고 눈에 넣어도 안 아픈 딸 둘과 아들 한 명을 전부 잃었다. 나는 훗날 한국의 정신과 전문의에게 이 아버지의 사례를 물어보았다. 의사의 설명은 충격적이었다.

"순간적으로 감당할 수 없을 만큼 정신적인 충격이 가해지면 그 사람은 즉시 미칩니다. 눈앞에 벌어진 광경이 꿈이길 바라거나 부정하게 되어 뇌가 자동적으로 피난을 가는 것입니다."

사람이 저렇게도 미치는구나. 나는 전쟁을 너무 피상적으로 생각했던 것이다. 내가 상상하지 못했던 전쟁의 참상이 눈앞에 펼쳐지자 나도 감당이 안 되었다. 이것을 보지 못한 사람들에게, 어떻게 내가 이 모든 것을 설명할 수 있을까.

미치고… 중독되고…

⋮

그 아버지를 다시 만난 곳은 바그다드 알 만수르 종합병원이다. 병원 복도의 낡아 빠진 의자에 앉아 있던 그는 나를 보고 알은척을 했다. 신기하게 나와 제난을 기억하고 있었다.

"괜찮으세요?"

내가 다가가 물었다.

"괜찮아요. 아침에 일어나기가 힘든 것 빼고는 별로 문제는 없습니다."

그렇게 몇 마디 주고받고 있는데 갑자기 이 아버지가 괴성을 질렀다. 땀까지 흘리며 발버둥을 쳤다. 제난과 그를 데리고 온 친척 등 주변에 있는 사람들이 그를 제압하려 했다. 하지만 어디서 그런 힘이 나오는지 건장한 사람 대여섯 명이 달라붙어도 그를 말리지 못했다.

의자가 부서지고 옷이 찢겼다. 병원 바닥에 나뒹구는 그를 간신히 제압하자 그의 입술에 피가 흐르고 있었다. 아마도 입술을 깨물었나 보다. 의사가 나타나 서둘러 그의 입에 재갈을 물리고 몸을 묶었다. 그제야 그는 "휴우." 하고 한숨을 내쉰 뒤 눈을 감고 가쁜 숨을 몰아쉬었다.

"거의 한 시간에 한 번씩 저렇게 발작을 합니다. 갑자기 아이들 이름을 부르고 데리고 오라며 떼를 쓰기도 하고요."

그의 친척이 설명했다.

전쟁 후 바그다드에는 이런 미친 사람들이 속속 나타났다. 가족이 죽은 것을 보고 충격을 받은 사람, 폭격에 놀라 정신 줄을 놓은 사람, 암울한 미래에 희망을 잃어버린 사람들이 거리에서 방황하고 있었다.

이라크는 이슬람 국가인데도 술이 통용되었다. 전쟁이 끝난 후 사람들은 술을 더 많이 마셨다. 술에 취해 술주정하는 사람들이 길거리에 늘어 갔다. 알코올 중독도 급격히 늘었다는 이야기를 이라크 의사들에게 들었다.

정신 병원에서 만난 제이나의 '미친 절규'

바그다드 시내 북쪽 지역에는 사담 후세인 때부터 유명한 정신 병원이 있었다. 내가 그곳을 취재하려고 결심한 것은 이라크 전쟁으로 눈에 보이는 사상자뿐 아니라 보이지 않는 부상을 입은 사람도 있다는 것을 다큐멘터리에서 보여 주고 싶어서였다.

스산한 모래바람이 부는 병원 입구를 들어서자 이 병원을 운영하는 정신과 의사 하산 오베이디가 나를 반갑게 맞았다. 병원 건물이라야 그냥 맨 시멘트 건물로 밖에서 언뜻 보면 무슨 공장같이 생겼다.

"우리 병원에는 약품이 하나도 없습니다. 전쟁 후 급격히 늘어 버린 환자들 때문에 수용 환자 수는 이미 한계를 넘었어요. 약품은 커녕 환자들을 먹일 음식도 모자랍니다."

하산의 말이었다.

그의 안내로 병원 내부에 들어섰다. 그는 조심스럽게 철창의 자물쇠를 따고 안으로 나를 들여보냈다. 건물 내부에는 두 개의 공간이 있었다. 남자들과 여자들이 각각 하나의 공간을 가지고 있었다. 내가 '공간'이라고 표현하는 이유는 이곳 풍경 때문이다. 시멘트로 된 바닥이 마당처럼 있었고 위로는 하늘이 보였다. 가장자리에는 방으로 보이는 공간들이 빼곡히 있었나. 수십 명의 환자들은 온갖 악취가 나는 시멘트 바닥에 짐승처럼 웅크리고 있거나 쓰러져 잠을 자고 있었다. 마치 짐승 우리를 떠올리게 했다. 그들은 바닥에 그대로 용변을 보고 짐승 같은 소리를 냈다. 이곳은 시설이라기보다 그냥 공간이었다.

촬영을 하기 위해 먼저 남자들의 공간으로 들어갔다. 하산은 이들이 공격할 수도 있다며 카메라 화면에 걸리지 않는 철창 밖에서 비상 대기를 했다. 어차피 이들은 인터뷰를 할 수도 없을 것이고 위험하기도 해서 제난도 데리고 가지 않았다. 나는 그들을 자극하지 않으려고 최대한 조심스럽게 촬영했다. 어떤 사람은 그런 나를 보고 웃기도 하고, 어떤 사람은 맥없이 바라보기만 했다. 연령층도 10대에서 60대까지 다양했다. 내 눈에 비친 그들은 사람이 아니라 흡사 짐승의 모습이었다. 여자들의 공간도 마찬가지였다. 찢긴 치맛자락에 머리를 산발한 그들은 남자들과 비슷한 모습으로 시멘트 바닥을 뒹굴고 있었다.

비록 낭자하게 피를 흘리지도 않고 팔다리가 멀쩡해도 이들 또한 전쟁으로 인한 부상자였다. 그들이 언제 나를 공격할지도 모르니 오래 있을 수가 없어 최대한 빨리 촬영하려고 애를 썼다. 동물원 사자 굴에 혼자 카메라를 들고 들어간 기분이었다. 그러다 카메라에 잡힌 한 여성이 있었다. 제법 예쁜 얼굴에 다른 사람들보다 옷도 깨끗해 보였다. 나는 그녀에게 서투른 아랍 말로 물었다.

"이름이 뭐예요? 어디 살았어요?"

그러자 그녀는 화사하게 웃으며 대답했다.

"나의 이름은 제이나입니다. 나는 바그다드 알아다미아에 살다가 여기 왔어요. 우리 남편과 아이들이 전쟁 중에 죽었어요. 나는 내 아이들 시체를 이 두 손으로 들고 있었어요."

여기까지 말을 잘하다가 갑자기 표정이 돌변했다. 불과 10초도 안 되는 시간에 밝고 예쁜 모습에서 화가 난 무서운 얼굴로 변했다. 하산이 철창 밖에서 빨리 나오라고 소리를 질렀다. 아니나 다를까, 그녀는 내게 달려들어 목을 조르기 시작했다. 캑캑거리며 카메라를 떨어뜨리지 않으려고 바둥거렸다. 하산이 달려와 그녀를 나에게서 떼어 놓고 나를 데리고 출입구 쪽으로 냅다 달렸다.

간신히 그곳에서 벗어나 철창 밖으로 나오자 그녀가 따라와 철창을 마구 흔들었다. 그러더니 일순간 그녀의 얼굴은 다시 조금 전의 그 화사한 얼굴로 되돌아갔다. 그리고 나직이 말했다.

"우리 아이들 좀 데려다주세요. 집에 가고 싶어요."

전쟁 지역을 취재하며 폭격과 총만 피해 가면 될 줄 알았는데 미친 여자에게 목 졸려 죽을 뻔했다. 안도의 한숨을 쉬고 있는 내게 하산이 하소연했다.

"여기 있는 사람들 모두 아주 심각합니다. 가족이 오밤중에 버리다시피 이들을 병원에 놔두고 갑니다. 앞으로 이들을 나 혼자 어떻게 치료하고 보살필지 걱정이 많습니다. 정부도 없어지고 원조받을 길도 없이 감당하기가 힘듭니다. 혹시 한국에 돌아가면 아는 의사들에게 부탁해서 진정제 좀 보내 주세요. 사람들이 저렇게 과격한 행동을 보이는 것은 그때의 끔찍한 기억이 떠올랐기 때문입니다. 그럴 땐 진정제라도 줘야 고통을 덜어 줄 수 있습니다. 하지만 우리 병원에는 모든 약품이 동이 난 상황입니다."

정신병원 경험은 충격적이었다. 사람들이 이렇게 전쟁으로 망가져 가도 그들에게 신경 써 줄 사람이 아무도 없었다. 이 환자들은 지금도 정상으로 돌아오지 못했을 것이다. 이라크에는 아직도 정신병을 치료할 만한 약품이 모자라 제대로 된 치료를 받을 수 없을 테니 말이다. 살아도 산 사람이 아니었다. 그 목숨은 이미 육체를 떠나 있는 것처럼 보였다. 전쟁이 남긴 상처는 예상보다 컸다.

흔히 전쟁이 나면 죽고 다친 사람에 대해서만 통계를 낸다. 하지만 이 환자들처럼 살아도 산 것이 아닌 사람들의 통계는 없다. 부상자에도 들어가지 않는다. 하지만 현실에서는 그들도 엄청난 부상을 입은 전쟁 피해자이다.

저항 세력의 본거지로 뛰어들다

점점 깊어가는 감정의 골

이라크 전쟁에서 전사한 미군은 모두 4,483명이다. 그 숫자는 당초 미국이 예상한 것을 훌쩍 넘는 대규모이다. 그만큼 이라크 전쟁이 치열했다는 뜻이다. 개전하자마자 미군이 승리를 선언하고 사담 후세인의 군대도 모두 사라졌는데 왜 그렇게 많은 미군이 이라크에서 죽어 갔을까. 그들을 죽인 사람들은 누구일까.

미군이 처음 바그다드로 진입했을 때 이라크 사람들은 사담 후세인의 몰락을 기뻐했다. 오랜 독재로 국민의 눈과 귀를 막고 있었던 독재자 후세인의 몰락은 곧 이라크 사람들의 자유를 의미했다. 남녀노소 할 것 없이 거리로 나와 이를 축하했다. 사람들은 후세인 동상을 끌어 내려 발로 짓밟았다. 이 모습이 미국 방송과 외신들에서 연일 나오고, 이제는 이라크에서 전쟁이 끝난 것으로 모두들 이른 결론을 내렸다.

처음에는 미군도 이라크 사람들의 호기심과 기대를 받았다. 바그다드 시내에서 미군이 자유롭게 걸어 다녀도 전혀 위험하지 않았다. 그들은 바그다드 시장에서 물건을 사기도 하고 이라크인 상점에서 얼음을 사서 군용 트럭에 싣고 가기도 했다. 미군이 거리에 나타나면 사람들은 호기심 어린 눈으로 바라보며 "준디 아메리키(미군)!"라며 소리를 지르며 그들에게 호의를 보냈다.

이상기류가 감지된 것은 미군이 이라크에 들어오고 한 달쯤 지나서였다. 미군은 사담의 추종자를 찾는다는 이유로 거리에 검문소를 만들었다. 도로에서 갑자기 달리는 차를 세우고 차 안을 수색했다. 차 안에 있던 이라크 사람은 총 들고 검문하는 미군을 두려워했다. 차에서 총기가 발견되면 모두 차에서 끌고 나와 길거리에 엎드리게 했다. 마치 범죄자인 양 취급했다.

이라크에서 총기는 가정집마다 있는 생활용품이다. 오랜 부족 국가 사회에다 방범을 이유로 총기를 가지고 다닌다. 선진국처럼 범죄용으로만 총을 가지고 다니는 것이 아니다. 가족과 부족을 지키기 위해 어릴 때부터 총기를 가까이하고 산다. 결혼식을 하면 사람들은 기쁨의 표시로 하늘에 대고 총을 마구 쏜다.

이라크에서 총은 하나의 문화이다. 그러나 미군의 눈에는 그렇지 않았다. 집이나 차에 총기를 가지고 있다는 것은 미군 입장에서 판단할 때 사담의 추종 세력이라는 것을 의미했다. 서로의 문화 차이였다. 하지만 미군은 그 문화 차이를 전혀 고려하지 않고 미국식으로 밀어붙였다. 총만 발견되면 사람들을 마구잡이로 잡아들였다. 당시 그들을 지켜 줄 정부가 무너진 상황에서 이라크 사람들은 반항 한번 못해 보고 속수무책으로 잡혀 들어갔다.

미군과 이라크 사람들의 문화 차이는 그뿐만이 아니었다. 미군은 이슬람 국가인 이라크에서 수색을 한다며 군홧발로 이 집 저 집 마구 들어갔다. 이슬람 사회인 이라크에서 외간 남자, 그것도 외국 남자인 미군이 여자들 몸수색도 했다. 집 안 살림을 뒤지다가 코란도 내동댕이쳤다. 코란을 신성시하는 이슬람교도들에게는 모욕을 당했다고 여길 법한 일이다.

미군에 의해 이라크 시민이 목숨을 잃는 일도 생겨나기 시작했다. 영어를 모르는 어느 가족이 검문소에서 미군 총에 맞아 사망하는 사건도 벌어졌다. 미군의 검문에 걸린 가족이 영어를 알아듣지 못하자 미군 병사가 "어루자(뒤)!"라고 어설픈 아랍어로 말했다. 이 가족의 운전자는 차를 뒤로 후진했다. 미군의 말은 "뒤의 트렁크를 열라."라는 뜻이었다. 하지만 아랍어로 '뒤'만 들은 이 사람은 차를 후진했다. 미군은 이들 가족이 도주하려는 것으로 알고 사격한 것이다. 아이 둘을 포함해 차에 타고 있던 일가족 다섯 명이 전원 사망했다. 미군이 하는 어설픈 아랍어를 이해하지 못해 생긴 사건이다.

오해로 발생한 일이지만, 이미 상황은 벌어졌고 죽은 사람들을 되돌릴 수 없었다. 이런 사건들이 계속 벌어지며 호기심으로 미군을 바라보

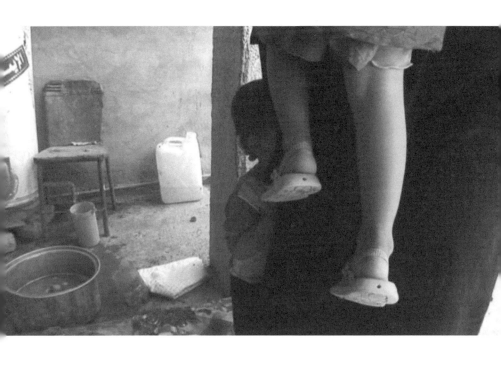

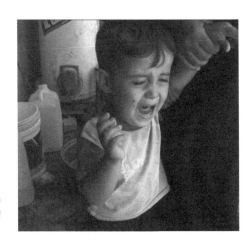

- 엄마의 옷자락 뒤로 숨는 아이. 미군
의 수색으로 놀란 아이는 낯선 사람만
보면 자지러지게 울어 댄다고 했다.

던 이라크 사람들이 점점 미군을 증오하기 시작했다.

이라크 저항 세력의 탄생

미군이 이라크로 들어온 지 한 달쯤 지났을 때 바그다드 서쪽 팔루자라는 곳에서 결국 일이 터졌다. 당시 팔루자에서 유명한 이슬람 지도자를 미군이 체포한 것이다. 미군은 이 이슬람 지도자가 사담의 추종자라고 판단했다. 이라크 사람들에게는 워낙 신망이 높은 이슬람 지도자라 충격적으로 받아들여졌다. 사람들은 미군 기지로 몰려가 이 이슬람 지도자의 석방을 요구했다. 이라크 사람들의 집단행동이 시작되었다. 그때 미군은 공포탄을 쏘면서 사람들을 강제 해산하려고 했다. 그동안 불만이 쌓였던지라 시위하는 시민의 수는 더욱 불어났다. 하지만 미군은 끝까지 그들을 강제 해산했다.

나는 그때부터 이라크 사람들과 미군이 돌아올 수 없는 강을 건넜다고 생각한다. 그 사건이후 미군에 대해 불만을 가진 사람들이 조금씩 모이기 시작했다. 전쟁 초기에 사담 후세인이 제대로 대항 한번 못해 보고 무너진 것은 군대가 제 기능을 하지 못했기 때문이다. 사전에 미국에 의해 매수된 이라크군 수장들이 군대를 가동하지 않았다. 병사도 무기도 어디론가 사라졌다.

나도 이것이 의문이었다. 전쟁 전 내가 직접 본 그 많던 이라크 병사와 무기가 어디로 사라진 것일까. 훗날 나는 두바이나 미국에서 당시 장군급이던 전직 이라크군 인사들을 만나면서 그 의문이 풀렸다. 그들의 말에 의하면, 미국이 전쟁을 일으키자마자 지휘관들은 병사들을 각자의 집으로 돌려보냈다. 병사들은 다들 군복을 벗고 집으로 돌아갔으며 상당량의 무기들은 시골의 한적한 창고나 부족장들의 집으로 옮겨졌다고 한다.

이런 이야기를 들려주는 전직 이라크 장성들이 군인 본연의 책임을 저버린 대가로 외국에서 잘사는 모습을 보고 나는 마음이 불편했다. 그들은 미국으로부터 받은 돈으로 선진국에서 편하게 먹고 살지만 그들을 믿고 따르던 병사들은 지금도 이라크에서 힘겨운 생활을 하고 있기 때문이다. 이미 전세가 기운 조국 이라크를 끝까지 안고 있을 수는 없었겠지만 최소한 미국에게서 대가를 받고 이라크 국적을 버린다는 것은 잘못된 일이라고 생각한다.

그런데 문제는 지휘관들이 집으로 돌려보낸 병사들이었다. 비록 지휘관들은 외국으로 달아나 호화롭게 살고 있지만 그들이 버린 병사들은 군복 대신 이라크 고유 의상을 입고 사람들 사이에 섞여 버렸다. 없어진 듯했던 군대이지만 군대에 속해 있던 장병들은 여전히 존재했다. 그들은 엄연히 정식 군사 훈련을 받은 이라크 정규군이었다. 전쟁 초기에는 앞날을 알 수 없으므로 군복을 벗고 조용히 사태를 지켜보던 그들이 이라크 사람들의 미군에 대한 불만이 커져 가자 조금씩 모이기 시작했다. 군복만 안 입었을 뿐이지 이들 가운데에서도 장교와 병사가 있어서 지휘 체계도 존재했다. 이들이 숨겨 놓았던 사담 후세인 군대의 무기를 들고 미군을 공격하기 시작했다.

처음에는 어쩌다 한 번씩 발생하던 미군 검문소에 대한 폭탄 공격이 하루가 다르게 늘어 갔다. 미군 차량이 자주 다니는 길에 폭탄을 설치한 뒤 휴대 전화나 TV 리모컨으로 주파수를 맞춰 놓고 미군이 지나가면 버튼을 눌러 터뜨렸다. 이것을 도로매설폭탄(IED)이라고 부른다. 이 폭탄이 바로 미군 전사자를 대량으로 만든 주범이다. 이라크에서 전사한 미군은 전투가 아니라 주로 군용 차량으로 이동하다가 갑자기 터진 도로매설폭탄으로 희생되었다.

전직 이라크군뿐만 아니라 일반 시민도 이 미군 공격에 동조했다. 목동이 양들 사이에 있다가 버튼을 누르기도 하고, 동네 어르신도 삽 들고 길거리에 서 있다가 폭탄을 묻기도 했다. 이라크 시민이 동참하면서 전직 군인들의 미군 공격은 더욱 거세졌다. 이들은 점차 이라크 저항 세력 혹은 아랍어로 무자헤딘(무장 전사)이라고 불리게 되었다. IS(이슬람 국가)나 알 카에다로 불리는 외국계 무장 전사들과 달리 이들은 이라크 토종 저항 세력들이다.

저항 세력의 본거지로 겁 없이 뛰어들다

내가 이라크 저항 세력을 취재한 것은 2003년 가을이었다. 이들과 접촉하기 위해 한 달 가까이 취재망을 가동했지만 실패했다. 결국 "호랑이를 잡으려면 호랑이 굴로 가야 한다."라는 생각으로 팔루자 저항 세력의 본거지로 뛰어들기로 했다. 전쟁 전부터 알고 지낸 남동생처럼 아끼던 이라크 기자 이브라힘과 그의 사촌 여동생 제이납이 나와 동행했다. 이브라힘이 나에게 팔루자에서 활동하고 있는 저항 세력을 소개해 주면서 나의 취재가 시작되었다.

이브라힘이 나에게 소개해 주려던 무자헤딘은 아부 압달라였다. '아부'는 이라크에서 '아버지'라는 뜻이다. 즉, 아부 압달라는 '압달라라는 아들을 둔 아버지'를 의미한다. 우리말로 하면 '압달라 아버지'다. 나는 아직도 그의 진짜 이름을 모른다. 그는 사담 후세인 시절 대위로 고향 팔루자에서 조용히 칩거하다가 저항 세력이 미군을 공격하기 시작하자 자기 휘하에 있던 병사들을 모아 독자적인 저항 세력을 만들었다.

아부 압달라를 만나기란 쉽지 않았다. 이라크 기자인 이브라힘이 같이 갔는데도 그는 나를 만나고 싶지 않다고 했다. 거절했을 뿐만 아니라 나를 마치 미군의 스파이 취급을 하며 빨리 팔루자를 나가라고 협박까지 했다. 나는 꼭 그를 만나고 싶었다. 사실 그때 나는 취재 연차가 얼마 안 되어 이 저항 세력이 얼마나 위험한지 제대로 감지를 못했는지도 모른다. 단지 이라크 사람들에 대한 미군의 무례함이 계속되는 모습을 지켜보던 나는 이라크 국민의 불만이 얼마나 극에 달했는지를 이 저항 세력을 통해 보여주고 싶었다.

내가 고집을 꺾지 않고 계속 만나기를 요청하자 어느 날 아부 압달라가 집으로 오라고 했다. 이브라힘이 이렇게 말해 주었다.

"아부 압달라와 나는 막역한 사이인데 당신이 외국인이라서 경계를 많이 하는 것 같아요. 나는 아부 압달라를 믿지만 만약에 당신을 납치하거나 해칠 수도 있으니 지금 그의 집으로 갈지 말지 결정해야 합니다."

무식하면 용감하다고, 나는 조금도 망설이지 않고 가겠다고 했다. 지금이야 이런 위험한 취재를 할 때는 더 확실한 안전장치를 마련하겠지만 그때는 마음 가는 대로 저지르고 보는 식이었다. 누군가는 그런 내가 용감하다고 하는데, 사실은 그냥 무식하게 밀어붙이며 취재하던 햇병아리였을 뿐이다.

그 무식한 용감함 덕분에 나는 아부 압달라를 팔루자에 있는 그의 집에서 만날 수 있었다. 그런데 막상 만나자 갑자기 극심한 공포가 밀려왔다. 아마도 이브라힘이 언급한 납치라는 단어와 함께 저항 세력이라는 선입견 때문인 것 같았다.

저항 세력과의 담판
⋮

서른여덟 살의 아부 압달라는 키가 작았지만 다부진 얼굴에 제법 미남이었다. 그는 웃는 얼굴로 내게 많은 질문을 했다. 아마도 미군 스파이가 아닌지 의심이 많았던 모양이다. 이브라힘이 옆에서 나를 보증해 주는데도 그는 의심을 풀지 않았다. 나도 그가 저항 세력이 맞는지 아닌지 알 수가 없었다. 이브라힘 말만 믿고 아무 근거도 없이 미리 판단할 수는 없었다. 그렇게 서로 신경전을 벌이며 시간만 흘려보냈다. '이거 이러다 바로 납치되는 거 아닌가?' 하는 불안감이 계속 들었다. 그럴수록 나의 공포심은 더욱 커졌다. 이브라힘과 제이납도 마찬가지였다. 아부 압달라는 내가 두려워하고 있다는 것을 눈치챘는지 내게 홍차를 권했다. 공포에 떠는 나를 안심시키기 위해 그의 아내와 아이들을 일부러 데리고 와서 내 옆에 있게 했다. 당시는 무서웠으나 지금 생각해 보면 아부 압달라는 의외로 착하고 침착한 사람이었다. 마침내 그가 입을 열었다.

"인터뷰는 응할 수 있는데 조건이 있소. 한국에서 방송이 나가면 테이프를 내게도 보내겠다고 약속하시오. 또 한 가지, 미군에게 우리 존재를 비밀로 한다는 약속도 해 주시오. 여기 이브라힘이 증인이요. 그러면 인터뷰도 하고 나의 부하도 공개하겠소."

"물론 한국에서 방송이 나가면 테이프를 드리겠습니다. 그리고 당신의 신원이 알려지지 않도록 취재원 보호는 확실히 하겠습니다. 하지만 당신이 진짜 저항 세력이라는 증거를 내게도 보여 주세요."

이 정도 합의가 되자 우리는 다음 날 아침 9시에 인터뷰를 하기로 결정했다. 나는 바그다드로 돌아가는 대신 팔루자 시내 허름한 호텔에서 하룻밤을 자기로 했다. 오가는 데 시간이 걸리기도 하고 아침 9시까지 바그다드에서 차로 한 시간이나 걸리는 팔루자까지 오려면 전쟁 중에 무슨 변수가 생길지 모를 일이었다. 그리고 혹시 아부 압달라가 마음이 변해서 인터뷰를 안 하겠다고 할 수도 있어 우리는 그냥 팔루자에서 하루를 묵기로 했다.

팔루자의 작은 호텔은 말이 호텔이지 거의 폐가 수준이었다. 나무로 만든 침대에는 언제 빨았는지 모르는 더러운 담요와 냄새나는 매트리스가 놓여 있었다. 바닥은 먼지가 잔뜩 쌓여 걸을 때마다 뿌옇게 일었다. 세면도구조차 없었다. 나도 이렇게 밖에서 잘 줄은 예상하지 못했기 때문에 가방에는 촬영 장비만 들어 있었다.

나와 제이납은 한방을 쓰기로 했다. 방값을 아끼기 위해서라기보다 낯선 곳에서 여자들끼리라도 같이 자는 것이 안전하다고 생각해서였다. 이브라힘이 인근 가게에서 사 온 코브즈(이라크 빵)에 양고기를 끼운 샤르망(이라크식 샌드위치)을 먹고 나니 잠이 쏟아졌다. 하루 종일 아부 압달라와 벌인 신경선과 공포가 나를 극도로 피곤하게 했었나 보다.

"오늘 푹 자요. 내일 인터뷰 끝내고 바로 바그다드로 가요. 여기는 시설이 정말 안 좋아 나도 빨리 가고 싶어요."

이브라힘이 자기 방으로 돌아가며 말했다. 나와 제이납은 입은 옷 그대로 침대 위에 누웠다. 호텔 담요 대신 내가 가지고 있던 긴 스카프로 두 사람 몸을 덮었다. 나는 수면제를 먹은 사람처럼 빠르게 잠에 빨려 들어갔다.

그들은 왜 다시 총을 들었나?

저항 세력과의 살벌한 인터뷰

이라크 저항 세력 아부 압달라와 인터뷰하기로 한 날 아침 나는 이브라힘, 제이납과 함께 그의 집으로 갔다. 혹시 늦으면 인터뷰 안 한다고 할까 봐 약속 시간인 9시 정각에 도착했다. 문을 열어 주던 아부 압달라는 잠이 덜 깬 듯했다. 그의 안내로 어제 신경전을 벌였던 거실에 들어서자 아이들이 보였다. 아부 압달라는 아이 네 명을 둔 아버지였다. 그들 중 누가 압달라인 줄은 몰라도 모두 귀엽게 생겼었다.

이윽고 머리에 히잡을 쓴 그의 예쁜 아내가 아이들을 서둘러 방에서 내보냈다. 겉으로 보면 아부 압달라는 미군을 죽이는 무서운 저항 세력이 아니라 평범한 가족의 가장이었다. 그의 아내는 이름과 나이는 모르지만 20대 초반이었고, 특히 눈이 크고 예뻤다.

"안녕하세요."

내가 먼저 인사를 건네자 그녀도 대답했다.

"안녕하세요."

그러고는 어제처럼 홍차를 대접해 주었다. 그러는 사이에 시간이 30여 분가량 흘렀다.

"당신 부하들은 언제 와요?"

내가 아부 압달라에게 물었다.

"어젯밤 다들 과로해서 늦게 일어나나 봅니다."

간밤에 그들은 모두 과로를 했다고 했다. 아마 또 어느 미군 부대를 공격했거니 싶었다. 그렇게 시간이 하염없이 지나가면서 나는 다시 불안해지기 시작했다. 한참을 기다리는데 한 청년이 들어섰다. 자기들끼리 인사하더니 거실에 있는 나무 의자에 앉았다. 오늘 내가 인터뷰한다는 사실을 알고 온 부하인 듯했다. 나는 더 기다릴 수 없으니 일단 두 사람만이라도 인터뷰를 하자고 했다.

아부 압달라와 청년은 두건으로 얼굴을 감싸기 시작했다. 신원을 숨기기 위해서였다. 나도 그들의 맨얼굴은 촬영하지 않았다. 만약 테이프 원본이 유출되면 이들이 위험에 빠질 수도 있기 때문이었다. 미군과 저항 세력 둘 다 내게는 중요한 취재원이다. 내가 그들을 서로에게 위험하게 할 수는 없었다. 나는 취재하는 사람이고 취재에 협조하는 모든 취재원을 보호해야 한다. 이라크라는 특수 상황이 본능적으로 취재원 보호의 중요성을 깨닫게 해 주었다. 그들은 두건으로 눈만 내놓고 얼굴 전체를 감싸더니 AK 소총을 들고 인터뷰를 시작했다.

"전쟁 이후 왜 저항 세력이 되었습니까?"

나의 질문에 아부 압달라가 이렇게 대답했다.

"미군에게 빼앗긴 이라크를 되찾기 위해서이고 우리 국민을 미군으로부터 지키기 위해서이다. 미군을 몰아내고 이라크 사람이 중심이 되어 이라크를 되찾겠다. 미군을 포함해서 어떤 나라 군인도 이라크에 오면 반드시 죽이겠다."

그는 수시로 핏발을 세우며 말했고, 총을 흔들어 보이기도 했으며, 분노한 목소리로 "미군을 죽이겠다."라고 강조했다. 그렇게 한참 인터뷰를 하는데, 부하 한 명이 또 나타났다. 그는 수류탄과 RPG(로켓 추진포)까지 들고 왔다. 세 사람이 나란히 앉으니 진짜 무서운 저항 세력의 모습 그대로였다.

"우리는 독립군이다."

저항 세력 셋이 모이니 그럴듯한 화면이 만들어지는 듯했다. 하지만 편집을 고민하지 않을 수 없었다. 두 명을 놓고 촬영하다가 갑자기 세 명이 되었으니, 이걸 어떻게 편집하나 싶었다. 그러나 편집이야 한국 가서 어떻게 되겠지 하는 생각으로 일단 인터뷰를 계속해야 했다. 그런데 이후에도 나의 편집 고민은 아랑곳 하지 않고 부하들이 뒤늦게 계속 도착했다. 나는 '앞으로 저항 세력의 인터뷰 일정을 아침에 잡지 말아야지.' 하고 속으로 생각하며 세 명만 인터뷰하고 나머지 부하들은 그냥 구경하라고 했다. 어느새 저항 세력에 대한 두려움은 사라지고 이제는 편집을 고려하며 인터뷰를 하고 있었던 것이다.

아부 압달라는 정말 솔직하게 자기 생각을 잘 말했다. 어제보다는 더 친근한 생각이 들다가도 그가 RPG를 흔들며 '죽여 버리겠다'고 말하면 섬뜩해졌다. 미군에게 저항하여 앞으로도 전쟁을 계속하겠다는 의지는 결연해 보였다. 미군이 이 이라크 사람들의 저항을 멈추게 할 수 있을 것 같지 않았다.

미군에게 빼앗긴 나라를 다시 찾겠다며 의지를 불태우는 이들은 말하자면 독립군인 셈이었다. 일제 강점기에 우리 독립군들이 만주 벌판에서 일본군을 상대로 싸우는 모습이 떠올랐다. 테러리스트냐 독립군이냐는 시대와 관점에 따라 달라진다. 우리의 독립군도 일본 입장에서는 테러리스트이다. 이라크 저항 세력도 미군 입장에서는 테러리스트이다. 하지만 우리의 독립군과 마찬가지로 이라크 사람들에게 그들은 독립군이다. 역사의 평가는 후대에서 한다지만 내가 그때 그들에게서 받은 인상은 애국심에 불타는 독립군이었다.

인터뷰가 끝날 때까지 모인 아부 압달라의 부하는 다섯 명이 넘어갔다. 지난밤 그들은 거사를 치렀다고 했다. 그 증거로 어젯밤 자신들이 공격한 미군 기지의 위치와 공격 시간, 그들이 날린 로켓 추진포가 총 여섯 발이라는 사실을 말해 주었다. 굳이 증거를 대지 않아도 나는 지금껏 보고 들은 것만으로도 그들이 저항 세력이라는 것을 알 수 있었다.

나중에 그들이 공격했다는 미군 부대에 확인을 해 보니, 그들이 말한 대로였다. 오히려 미군 측에서 어떻게 알았느냐고 되물었다. 당시 공격당한 부대가 미 해병대의 중요한 부대여서 언론에 알리지 않은 것이다. 이로써 그들은 나와 한 약속을 지켰다. 그들은 언젠가 미군 기지를 공격할 때 나를 초대하겠다고 농담까지 했다. 자기들끼리는 밤에 미군 기지를 공격하는 것을 '파티'라고 불렀다. 그 파티를 밤마다 하는 것이다. 이들 모두 불과 몇 달 전까지만 해도 이라크 정규군이었기 때문에 작전을 세우고 실행하는 데 무리가 없어 보였다. 그저 사복을 입었을 뿐 아직도 이들은 이라크군이었다. 비록 믿고 의지하던 지휘관들은 도망가고 없지만 이들은 남아서 이라크군으로서 전쟁을 계속하고 있었다.

지구 반대편 한국과 일본 시청자와 만나다

⋮

"한국 가서 방송하고, 꼭 다시 와서 방송한 내용을 보여 드리겠습니다."

인터뷰를 마치고 나는 아부 압달라에게 약속을 꼭 지키겠노라고 말했다. 그리고 인터뷰 출연료를 줘야 되나 말아야 되나 고민하다가 영수증을 꺼내 들었다. 미군을 죽이러 다니는 저항 세력이기 이전에 이렇게 어렵게 인터뷰에 응해 준 출연자에 대한 배려로 많지는 않지만 출연료를 주고 싶었다. 그러자 아부 압달라는 바로 거절했다.

"비록 사복을 입고 있지만 나는 이라크의 명예로운 군인입니다. 군인은 돈 받고 기자를 만나지 않습니다."

나는 마음속으로 '아이들 과자라도 사 올걸, 너무 미안하네.' 하는 아쉬움이 들었다. 아부 압달라는 대신 이렇게 당부했다.

"그 대신 우리의 메시지를 한국에 잘 전달해 주세요. 우리는 테러리스트가 아니라 조국 이라크를 찾고 싶어 하는 순수한 이라크 국민입니다. 그리고 이 땅에 들어오려는 그 어떤 외국 군대도 막겠다고 전해 주세요."

아부 압달라와의 인터뷰는 그렇게 끝났다. 그 후 나는 한국과 일본에서 이들을 취재한 내용을 방송했다. 혹자는 왜 테러리스트인 이라크 저항 세력 편에서 방송을 했느냐고 비판할 수도 있다. 하지만 나는 피디로서 이라크에서 보고 느낀 나의 생각과 증거를 가지고 방송을 했을 뿐 그 누구의 편도 아니다. 미군이든 저항 세력이든 그들 모두에게 나는 인간으로 접근했다. 그들이 생각하고 있는 것과 현실을 그대로 다큐멘터리에 담고 싶었을 뿐이다. 어느 한쪽도 편들거나 할 생각은 없었다.

먼 훗날 내 나이 예순이 넘어도 이 생각은 변하지 않을 것 같다. 이라크는 취재진으로서 내가 서 있어야 할 위치를 가르쳐 준 나라이다. 좌충우돌하며 의기 하나로 겁 없이 돌아다니며 취재하던 나에게 그들의 생각과 진실을 들여다볼 수 있는 소중한 기회도 주었다.

2003년 11월 말, 한국과 일본에서 방송을 하자마자 나는 아부 압달라와 약속한 대로 방송이 담긴 DVD와 노트북을 들고 팔루자를 다시 방문했다. 그는 지난밤에도 그들만의 '파티'를 하느라 과로했는지 여전히 피곤한 얼굴로 나를 맞았다. 이번에는 나도 아이들에게 줄 과자를 잔뜩 사 들고 가서 지난번 출연료를 주지 못한 미안함을 대신했다.

아부 압달라는 자기 부하들을 긴급 소집했다. 그러고는 다 함께 나의 노트북 앞에 둘러앉아 한국에서 한 방송을 보았다. 방송 중에 "미군을 죽이겠다!"라며 결연히 외치는 장면이 나오면 그들은 환호했다. 누가 잘 나왔느니 안 나왔느니 흥분하며 의견을 주고받았다.

그때 아부 압달라의 자랑스러운 표정을 보았다. 자신들의 메시지가 한 번도 가 본 적 없는, 아니 지구 어디쯤에 붙어 있는지도 모르는 한국에서 방송으로 나갔다는 사실이 그를 흡족하게 했나 보다. 나에게 약속을 지켜 줘서 고맙다는 인사도 잊지 않았다. 나는 DVD를 여러 개 복사해서 그들에게 주었다. 그들에게는 좋은 기념이 될 것 같았다.

신념과 운명의 사이에서

이라크판 〈태극기 휘날리며〉

처음 아부 압달라를 취재한 이후 우리 둘 사이의 신뢰는 점점 깊어져 갔다. 저항 세력들은 지역별로 자기들만의 네트워크를 가지고 있었다. 아부 압달라는 나에게 다른 지역의 저항 세력도 소개해 주었다. 그 덕분에 나는 이라크에서 저항 세력 취재를 제대로 시작할 수 있었다.

다른 지역의 저항 세력을 만날 때는 주로 그들의 차를 타고 갔다. 이라크 북부 키르쿠크의 저항 세력을 만나러 갈 때도 마찬가지였다. 키르쿠크 시내에서 차로 30여 분 걸리는 하위자라는 곳에서 아부 압달라가 소개한 아부 마지드라는 저항 세력을 만나러 갈 때도 마찬가지였다. 그들은 키르쿠크로 차를 보냈고 나는 그 차로 이동해서 그들을 만날 수 있었다.

여느 이라크 시골 마을과 비슷하게 생긴 하위자의 작은 마을로 들어서자 색다른 것이 눈에 띄었다. 집집마다 문 앞에 주황색 리본이 걸려 있었다. 미군이 수색을 하고 갔다는 표시라고 했다. 그가 사는 마을도 미군의 수색 대상이었다. 늘어 가는 저항 세력의 공격에 많은 미군이 죽자 미군은 저항 세력을 잡아내기 위해 수색을 더욱 강화하던 시기였다.

아마도 아부 압달라가 나를 좋게 소개한 모양인지 아부 마지드는 나를 무척이나 반갑게 맞아 주었다. 그는 키르쿠크 인근에서 가장 큰 저항 세력의 지도자였다. 전직 이라크 혁명수비대 대대장이었던 그는 최근 바그다드까지 원정 전투를 다닐 정도로 거물급이었다. 들리는 말로는 미군이 작성한 이라크 전범 수배자 1번인 이자트 알두리와도 관계를 맺고 있다고도 했다. 사담의 장남 우다이의 장인인 이자트 알두리는 이라크 혁명평의회의 부의장이자 이라크 혁명수비대 부사령관이기도 했으니 전혀 일리가 없는 말은 아닐 것이다.

아부 마지드는 아부 압달라와 달리 나이가 지긋해 보였다. 집도 조금 더 크고 그의 말투에서 배운 사람의 티가 역력히 났다.

"우리는 미군과 그 동맹국의 군인들과만 싸웁니다. 민간인까지 죽이는 비겁한 짓은 하지 않습니다. 하지만 미군은 비겁하게 우리나라의 민간인까지 죽입니다. 물론 힘없는 나라와 정부를 가진 우리 국민의 운명을 탓할 수 있습니다. 하지만 우리는 그 비겁함을 눈감고 그저 지켜볼 수는 없습니다. 그래서 우리는 무기를 들고 미군에게 저항하는 것입니다."

- 미군에 대한 불만이 높아진 이라크에서는 반미 시위가 끊이지 않았다.
- 키르쿠르 인근에서 가장 큰 저항 세력 그룹의 지도자인 아부 마지드.

아부 마지드는 인터뷰를 하는 내내 진지했다. 그의 가족인 세 딸과 아내도 그의 인터뷰를 열심히 들으며 그런 아버지와 남편을 자랑스러워했다.

그렇게 한창 인터뷰를 하고 있는데 거실로 이라크 보안군(당시 미군이 새로 편성한 이라크 정규군) 복장을 한 낯선 남자가 불쑥 들어왔다. 당시 이라크 보안군은 미군 작전에도 참여하며 미군의 지시에 따라 저항 세력을 소탕하는 데 앞장섰다. 그 이라크 보안군이 저항 세력을 인터뷰하는 현장에 나타난 것이다.

나는 순간 너무 놀란 건 둘째치고 여기 있는 사람들이 다 죽는구나 하는 생각에 소름이 끼쳤다. 하지만 더 놀란 것은 그다음이었다. 인터뷰하던 아부 마지드와 그 보안군 남자가 서로 뺨에 키스를 하며 "쉴로낙(잘 있었어요)?"이라고 인사를 나누는 것이 아닌가. 얼떨떨해하는 나를 보고 그의 아내는 웃으며 "브라더, 브라더."라고 말했다. 둘은 형제였다.

"우리는 주로 이메일로 연락합니다. 그리고 바그다드에 가서는 휴대 전화를 이용합니다. 우리는 군대에 있을 때 암호를 사용하는 것이 익숙해져 있어서 완벽하게 작전을 수행합니다. 물론 이라크 보안군인 동생과 그 밖의 친척도 내가 하는 활동을 도와줍니다. 우리는 다 같이 이라크를 미군에게서 되찾기 위해 싸우고 있기 때문입니다."

형은 저항 세력 지도자로, 동생은 이라크 보안군으로 일하며 서로 협조하는 것이다. 이라크판 〈태극기 휘날리며〉를 보는 듯했다. 아부 마지드의 동생은 형을 존경하며 사담 후세인 시절 정복 차림을 한 형이 참 멋있게 보였다고 회상했다. 비록 보안군으로 있지만 자신도 저항 세력의 일원이라고 말했다.

"이라크가 이렇게 된 것은 다 미국 때문입니다. 이라크는 이제 회생이 불가능할 정도가 되었습니다."

동생은 이렇게 한탄하며 절망스러워했다.

"지금은 역사가 진행되는 단계"

⠇

나는 자살 폭탄 공격에 대해 그들의 의견을 물었다.

"아무리 애국심이 높아도 사람의 목숨은 무엇보다 소중한 것 아닌가요? 자살 폭탄 공격이란 한 사람의 생명의 대가로 저항하는 것인데 잘못된 일이라고 생각하지 않나요?"

아부 마지드는 한참을 생각하다가 입을 열었다.

"한국도 자살 폭탄 공격을 하지 않았나요? 일본이 한국을 지배할 때 한국의 저항 세력들도 폭탄을 터뜨리며 일본군 장수를 죽이려 했습니다."

아마도 윤봉길 의사를 가리키는 듯했다. 그가 이어 말했다.

"한국전쟁이 났을 때도 소련군 탱크에 저항하기 위해 한국인이 기름통을 들고 뛰어들지 않았나요? 왜 당신들이 자살 폭탄 공격을 하면 역사의 위대한 일이라고 하고 우리가 하면 생명을 경시하는 일로 취급합니까?"

예상외의 대답이었다. 아부 마지드의 탁월한 식견에 감탄하면서도 나는 계속 질문했다.

"그래도 생명을 중요하게 생각해야 하지 않을까요?"

그러자 그는 이런 현답을 했다.

"50여 년 전 일본군 가미가제를 기억하세요? 그때 일본 사람들 중 아무도 가미가제가 잘못이라고 하는 사람은 없었습니다. 하지만 지금 일본 사람 중에는 가미가제로 나설 사람이 없을 것입니다. 생명을 소중히 여기지 않는 것이 잘못된 일이라는 것을 알고 있기 때문입니다. 아마도 이라크도 50년쯤 지나면 자살 폭탄 공격을 좋게 생각하지 않을 것입니다. 그리고 그때는 이라크 사람 그 누구도 자살 폭탄 공격을 하지 않을 것입니다. 지금은 역사가 진행되는 단계인 것입니다."

나는 아부 마지드가 말한, '역사가 진행되는 단계'라는 말에 마치 도를 깨친 느낌이었다. 이라크의 현 상황에서는 이것이 최선인가 보구나 하는 생각이 들었다. 독재 시대가 가면 마치 성장통 같은 혼란의 시대가 오는 것이 순리인가 보다.

당시 미군이 만든 이라크의 새 정부는 무기력하기만 했다. 혼란을 수습하기 위해 동분서주했지만 모래성에 지나지 않는 정부의 권위가 땅에 떨어져 있으니 법과 제도가 힘을 발휘하지 못했다. 오히려 이를 수습하겠다고 미군이 이라크에 개입할 구실만 제공할 뿐이었다.

아부 마지드는 지난 독재 정부의 한물간 인사에 불과하지만 학식과 인격은 뛰어난 사람으로 보였다. 이런 사람들이 시골로 물러나 미군을 공격하는 저항 세력이 되었고, 미군에 협조하며 한자리 차지하려는 얄팍한 인사들이 이라크 정부로 참여하던 시절이었다. 아부 마지드가 선택한 길이 과연 옳았는지 훗날 역사가 판단할 일이지만 그가 결코 쉽지 않고 위험한 저항 세력의 길을 간 것은 그의 신념이었다.

인터뷰 내내 듣고 있던 아부 마지드의 세 딸 중에 막내딸 아미라는 열한 살이었다. 그 어린 소녀가 뭘 안다고 귀를 쫑긋하고 인터뷰를 듣고 있는 것이 신기했다.

"아버지가 무슨 말씀을 하시는지 다 알아듣니?"

나는 아미라에게 물어보았다.

"다는 못 알아들이요. 하지만 아버지는 훌륭한 분이시니까 옳은 말씀만 하신다는 것은 알지요."

아미라는 수줍게 웃으며 대답했다. 다시 아미라에게 질문했다.

"아버지가 위험한 일을 하시는데 걱정되지 않니?"

"아버지가 새벽이 지나도 안 돌아오시면 정말 걱정이 돼요. 학교 다녀와서도 집에 계시지 않으면 가슴이 두근거려요. 아버지가 혹시 돌아가실까 봐 매일 걱정돼요. 한번은 미군이 우리 집에 들어왔는데 집 구석구석 마구 뒤졌어요. 그들이 아버지를 잡아갈까 봐 너무 무서웠어요."

아미라가 울먹이며 대답했다. 저항 세력인 아버지를 둔 딸의 힘든 생활이다. 그 어린것이 아버지가 잘못될까 봐 얼마나 가슴을 졸였을까 생각하니 안쓰러웠다.

"너는 신을 믿지? 신에게 간절하게 아버지를 위해 기도해 봐. 아마 아버지는 훌륭한 분이시니까 신께서 잘 보살펴 주실 거야."

나는 아미라를 꼭 안으면서 위로했다.

이후로도 나는 다시 아부 마지드의 도움으로 모술과 티그리트의 저항 세력들도 만날 수 있었다. 그들을 만나면서 때로는 위험하기도 했지만 나 스스로 만족할 만한 취재를 할 수 있었다. 아부 압달라가 연결해 준 선이 오래도록 나의 취재를 도와준 덕분이다.

나는 그 후 아주 끔찍한 소식을 들었다. 아부 압달라가 이미 이 세상 사람이 아니라는 소식이었다. 미군이 팔루자에서 벌인 대대적인 공습으로 그의 집이 파괴됐고, 그의 아내는 물론 아이들 네 명까지 모두 사망했다는 비보였다. 이브라힘은 나에게 충격받지 말라고 신신당부를 한 후에야 아부 압달라의 죽음을 전했다. 그렇게 나와 아부 압달라는 작별 인사조차 못하고 영원히 이별했다. 그의 죽음도 슬펐지만 죄 없는 그의 아내와 아이들이 더욱 가여웠다. 나는 이브라힘에게 그들의 무덤이 있는지 물었다. 이 가족의 시신이라도 수습되었는지 궁금했고, 작별 인사도 못 했으니 무덤이라도 가 보고 싶었다. 그러자 이브라힘이 만류했다. “그냥 잊으세요. 아부 압달라도 그 가족도 원래 그렇게 될 운명이었는지도 몰라요. 이라크 국민 모두가 아부 압달라의 운명처럼 언제 죽을지 모르는걸요. 미군이 이 땅에 있는 한 이 운명으로부터 자유로운 사람은 없을 겁니다. 지금 팔루자는 많이 위험합니다. 괜히 감상에 젖어 그곳에 갔다가 미군 폭격에 당신도 같은 신세가 될지도 몰라요.”

당시 각종 인권 유린 시비에 휘말리던 미군은 합법적으로 저항 세력을 색출하기 위해 그들의 본거지인 팔루자 공격을 멈추지 않았고, 팔루자 시민들은 속절없이 죽어 나갔다. 그렇게 이라크는 피비린내 나는 죽음의 땅으로 변하고 있었다. 나는 아부 압달라와 그의 가족이 잠든 무덤에 시든 꽃 한 송이도 바치지 못한 채 그들을 보내야 했다.

가끔 그가 보고 싶으면 팔루자에서 촬영한 영상을 본다. 그 영상에서 아부 압달라는 여전히 목에 핏대를 세우고 "미군을 죽이겠다!"라고 의기양양하게 외친다. 나의 기억 속 아부 압달라는 이라크 장교로서 당당했다. 훗날 이라크가 안정되고 전쟁의 상처에서 벗어나면, 이때의 영상을 이라크 국민에게 기증하고 싶다. 마치 우리가 만주 벌판을 달리던 독립군의 모습을 상상하듯이 이라크 다음 세대가 아부 압달라나 다른 저항 세력의 모습을 제대로 볼 수 있게 하기 위해서 말이다.

그들은 왜 이라크에 왔나

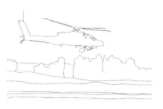

미군 종군 기자가 되다

2008년 여름 미군 종군 기자 프로그램에 참여한 나는 이라크 바그다드 중심부 그린 존에 있었다. 그린 존은 외신 기자들의 프레스 센터뿐 아니라 미군 사령부가 있던 미군의 심장부 같은 곳으로, 이라크 내에서 가장 안전하다고 알려진 공간이기도 했다. 이미 남부의 다른 부대를 취재하고 돌아온 나는 다음 부대 배정을 기다리는 중이었다.

미군 프레스 센터는 내게 어느 부대로 가기를 원하는지 물어 왔다. 미군의 종군 기자 프로그램에선 취재진이 가고 싶은 부대를 우선적으로 고려해서 배정한다. 이것이 나를 조금 헷갈리게 했다. 미군이 이렇게 많이 협조해 주는데 내가 그들에게 유리한 취재를 해야 하는 것은 아닌 지 혹은 미군에게 불리한 취재를 한다고 쫓아내는 것은 아닌지 불안했 다. 종군 기자 프로그램이 가지고 있는 딜레마였다.

매일 기사를 써야 하는 기자가 아니라 사람 사는 이야기를 해야 하 는 다큐멘터리 피디인 나는 미군이 어떠어떠한 취재를 하라고 강요하지 만 않는다면, 몇 달이 걸리더라도 한 군데에서 사람 사는 스토리를 만들 어야겠다고 생각하며 이 종군 기자 프로그램에 참여했다. 만약 그들이 나의 취재를 방해하는 행위를 한다면 그때는 취재를 그만둘 각오를 했 었다.

그때 나는 겉으로 보이는 미군이 아니라 그들이 겪고 있는 진짜 모 습을 보고 싶었다. 전쟁 주동자, 침략자로만 규정되던 미군을 다른 시각 으로 보고 싶었다. 미군을 미화하려는 것이 아니라, 그들의 진짜 모습을 알고 싶었다. 그들도 인간인데, 전쟁터에서 갖는 고뇌도 있을 것이고 이 라크를 바라보는 그들 나름의 시각도 있을 것 같았다. 그동안 이라크 사 람들의 이야기만 방송한 나는 미군의 이야기도 궁금해진 것이다. 양쪽 을 모두 봐야 이라크 전쟁의 큰 그림을 볼 수 있을 것 같았다. 그들은 왜 이라크로 왔는지, 이라크 전쟁이 이라크 사람들을 힘들게 하는 모습을 보고 무엇을 느끼는지도 궁금했다.

그런데 정작 미군 프레스 센터에서 "어느 부대를 원하십니까?"라고 물었을 때 나는 많이 혼란스러웠다. 군대도 안 다녀온 나는 이라크에 있 는 이 많은 미군 부대 중에 어느 부대로 가야 할지 도무지 감이 안 왔다. 어느 부대를 가야 미군들의 일상을 잘 담은 다큐멘터리를 만들 수 있을

- '미군의 일상 이야기'를 카메라에 담기 위해 이라크 종군 기자가 되다
- 미군이 자랑하는 스트라이커 장갑차. 뛰어난 기동력을 자랑한다.

까? 이것이 중요했지만 많은 부대들을 일일이 방문해 볼 수도 없고, 인터넷이나 미군이 제공한 자료만 봐서는 도무지 알 수 없어서 답답할 노릇이었다.

"제 요구가 막연하게 들리실 수도 있는데, 미군의 일상 이야기를 카메라에 담고 싶습니다."

나는 나를 면담하는 미군 공보 장교에게 이렇게 요청했다. "당신은 민간인이니 우리에 대해 잘 모르고 또 궁금한 게 당연합니다. 도와드릴 테니 함께 고민해 보시죠."

그는 친절하게도 나의 기획 의도를 들어주었다. 그는 나의 요구 사항을 꼼꼼하게 메모해서 돌아갔다. 이틀 후에 그는 다시 나타나 몇 군데 부대를 제안했다.

"당신에게 정말 미군의 핵심 전력을 보여 드리겠습니다."

솔깃한 제안이었다. 그가 추천한 부대 중 하나는 생전 한 번도 본 적 없는 스트라이커 장갑차 연대였다. 이 부대는 조만간 알 카에다 수색 작전의 핵심 부대가 된다고 했다. 뉴스로도 무척 당기는 것이지만 나는 그런 극한 상황의 미군 병사들의 생활은 어떨까 하는 생각이 들었다. 그래서 나는 그가 제안한 제2 스트라이커 기갑연대2nd Stryker Cavalry Regiment를 선택했다. 그러자 공보 장교가 말했다.

"후회하지 않을 정도로 괜찮은 영상을 얻을 수 있는 부대입니다. 다른 기자들도 가고 싶어 하는 부대이지요. 만약 당신이 생각한 만큼 영상과 스토리가 나오지 않으면 다른 부대를 가면 됩니다. 행운을 빕니다."

민간인인 내가 머릿속으로 모든 것을 다 생각하고 취재할 수는 없는 노릇. '만약 이게 아니면 다시 다른 부대도 보내 준다잖아.' 다시 한 번 머릿속으로 되뇌었다. 미군의 종군 기자 프로그램은 취재진에 대한 배려가 상당했다. 그 점은 정말 높이 살 만했다.

바쿠바로 가는 길, 총격을 받고 불시착하다

이라크 북부 디얄라 주 바쿠바에 있는 제2 스트라이커 기갑연대로 가는 길은 쉽지 않았다. 우선 바그다드 그린 존에서 그 부대가 있는 디얄라 주 바쿠바이 캠프 워호스War Horse로 가야 했다. 당시 미군은 이라크의 육로가 많이 위험해서 되도록 헬리콥터나 수송기를 타고 다녔다. 특히 취재진은 절대 육로를 이용하지 않았다.

내가 바쿠바로 가는 헬리콥터를 예약하자마자 바그다드에 몰아닥친 모래 폭풍으로 헬기가 뜨지 못했다. 그래서 며칠간 발이 묶여 있었다. 모래 폭풍이 가시고 난 후에도 그린 존 안 헬기장에서 나의 짐들과 함께 병사들 사이에 널브러져 한참을 기다렸다. 헬기에 빈자리가 나면 바로 타고 가기 위해서였다. 이런 빈자리를 '스페이스 에이Space A'라고 하는데, 이는 '스페이스 어베일러블Space Available'의 약자이다.

물론 예약을 하고 기다릴 수도 있지만 그러면 나의 순서는 일주일이나 뒤였다. 나는 하루라도 빨리 가고 싶어 이 스페이스 에이를 기다리고 있었다. 오후 무렵부터 짐 들고 기다렸으나 밤 12시가 되어도 그 한 자리가 나지 않았다. 헬멧과 방탄조끼도 무겁고 밤인데도 날씨가 더워

땀이 흘렀다. 내 옆에는 촬영 장비 가방이며 소지품 가방까지 짐이 많았다. 이걸 한 번에 다 들고 헬기를 타야 하는데 과연 가능할지 엄두가 안 났다. 새벽 1시가 다 되었을 무렵 흑인 병사 한 명이 내게 뛰어오더니 외쳤다.

"한 자리 났어요. 빨리 짐 들고 뛰어요!"

흑인 병사는 내 짐까지 들어 주며 나를 재촉했다. 무조건 타자, 이 헬기를 놓치면 또 무한정 여기서 밤을 새워야 하지 않나. 나는 열심히 헬기로 달려갔다. 뜨거운 열기가 헬기의 프로펠러가 내는 광풍과 함께 세게 몰아쳐 앞으로 한 발짝도 나갈 수 없었다. 그래도 나는 이 헬기를 타야 한다. 고개를 숙이고 겨우겨우 걸음을 옮겨 헬기를 탔다. 자리를 잡고 앉으니 조종사와 그의 뒤에 있는 저격수, 그리고 미군 병사 세 명이 보였다. 헬기는 두 대가 한 조로 다녔다. 아마 한 대는 엄호용인 것 같았다. 그렇게 나는 간신히 바그다드를 떠나 바쿠바로 향할 수 있었다.

바그다드에서 바쿠바까지 헬기로 한 시간가량 걸린다고 했다. 그런데 이륙한 지 한 30분쯤 되었을까 갑자기 저격수가 사격을 하기 시작했다. 헬기 소리가 얼마나 크던지 처음에는 그 병사들이 사격하는지도 몰랐다. 눈을 돌리는 순간 그들 총구에서 불이 나오는 것이 보였고, 그제야 그들이 사격한다는 걸 알았다. 가슴이 엄청나게 뛰었다. 이러다 죽는 것 아닌가 하며 조마조마했다. 헬기에 앉아 있으니 위험을 피해 어디로 갈 수도 없는 독 안에 든 생쥐 꼴이었다. 그저 달달 떨고만 있는데 다행히 사격이 멈췄다. 하지만 우리가 탄 헬기는 목적지가 아닌 어느 미군 부대에 불시착해야 했다.

불시착하고 나서 조종사는 우리에게 짐은 그대로 두고 모두 내리라고 했다. 일행 중 유일한 민간인이었던 나는 우리가 무슨 이유로 여기 불시착했는지 잘 몰랐다. 난 지금도 그날 밤 내렸던 부대가 어딘지도, 왜 공격을 받았는지도 모른다. 물어봐도 그들은 대답해 주지 않았고, 그 궁금증보다는 안전하게 바쿠바까지 가는 것만 머릿속에 있었다. 헬기 옆에서 침낭을 덮고 하염없이 기다리며 오로지 바쿠바만 생각했다.

미군들은 공구를 들고 와 헬기의 고장 난 부분을 고치는 듯했다. 공격을 받아 손상을 입었는지 아니면 기계적인 결함인지 모르지만 그렇게 세 시간가량 지났을 때, 이제 출발하니 타라고 했다. 다행이었다. 다시 헬기를 타고 이륙하여 한 30분쯤 지나서 나는 새벽 5시가 넘어서 바쿠바의 캠프 워호스에 도착했다.

전방 부대 '캠프 워호스'에 도착하다

⋮

캠프 워호스에 도착하니 사방이 캄캄한 암흑이었다. 헬기장에 대합실 같은 공간이 있었는데 내 짐을 체크하는 병사가 나에게 다가와 무기가 있는지 물었다.

"취재진이라 무기가 없습니다. 규정상 무기를 휴대할 수 없어요."

나는 짧게 대답하고 구석에 침낭을 폈다. 그리고 나를 데리고 갈 공보 장교를 기다렸다. 그는 새벽에 내가 도착한다는 사실을 바그다드에서 통보받았지만 헬기 불시착으로 늦어지자 마중을 나오지 못했다.

나는 부대 상황실에 연락하고 잠깐 눈을 붙이려고 누웠다. 정말 많은 생각이 스쳐 지나갔다. 헬기를 타고 오다 벌어진 사건으로 긴장이 많이 되었나 보다. 온몸의 힘이 다 빠져나간 듯했고 그제야 모든 것이 실감났다. '그래도 죽지 않고 여기까지 왔으니 다행이다. 정말 다행이다.' 나는 가슴을 쓸어내렸다. 잠시 후 미군 중사가 나타나서 내 이름을 불렀다.

"나는 올브라이트 중사입니다. 오느라 수고 많으셨지요? 피곤하실 텐데 우선 쉬고 내일 오후에 우리 상관들과 미팅을 합시다."

그는 자신의 SUV 차량에 내 짐들을 싣고 나를 숙소에 데려다주었다. 숙소는 CHU(Container House Unit)라고 불리는 간이 막사였다. 에어컨이 달려 있었고 침대 세 개가 놓인 컨테이너였다. 중사는 내게 샤워 시설과 식당이 있는 위치를 표시한 지도를 주고 돌아갔다.

숙소 바로 옆에 있는 샤워 시설에서 샤워부터 했다. 머리카락 사이에서 모래가 마구 흘러나왔다. 샤워를 하고 나니 무척 개운했다. 기분 좋게 샤워를 하고 숙소로 돌아와 짐도 풀지 않고 잠자리에 들었다. 그래, 바쿠바에 왔으니 이제 열심히 촬영하자. 여기까지 아무 일 없이 온 것을 보니 일이 잘 풀리려나 보다. 나는 곧 깊은 잠에 빠졌다.

한참 잠들어 있는데 휴대 전화 벨이 울려 잠에서 깼다. 정신을 차리니 낯선 컨테이너 안이다. 그제야 바쿠바에 도착한 것이 생각났다. 전화를 건 사람은 새벽에 마중 나왔던 올브라이트 중사였다.

"12시에 우리 상관이 미팅 겸 밥을 같이 먹자고 하니 준비하고 기다리세요. 제가 데리러 갈게요."

시계를 보니 벌써 11시 반이 넘었다. 허둥지둥 일어나 세수를 하고

옷을 갈아입었다. 바그다드에서 받은 서류와 취재 계획서, 그리고 신분
증을 챙겨 중사를 기다렸다. 잠시 후 도착한 중사는 나를 태우고 식당으
로 데리고 갔다.

가는 도중 처음으로 환할 때 캠프 위호스를 보게 되었다. 험비와 스
트라이커, 그리고 MRAP^{Mine Resistant Ambush Protected Vehicle}(지뢰방지트럭)라
불리는 군용 트럭이 중무장하고 지나갔다. 병사들의 얼굴을 보니 고생
을 많이 한 표정이었다. 바그다드는 에어컨 잘 나오는 사무실에서 일하
는 미군이 많았는데 이곳은 역시 전투 현장이라 다른 것 같았다.

취재 부대 선정을 위한 군 공보팀과의 기 싸움

중사의 안내를 받고 들어간 식당은 정말 넓었다. 여기서 모든 장병
이 밥을 먹는 것 같았다. 음식 냄새와 땀 냄새가 섞여 악취가 났다. 이 부
대의 공보 팀은 여덟 명 정도이고, 그중 소령이 제일 위인 것 같았다. 그
들은 취재진을 잘 다루는 베테랑처럼 보였다. 말투나 행동이 아주 노련
했다.

전쟁터에서 취재진을 상대하는 것은 어지간한 내공 없이는 힘들다.
나 나름대로 열심히 전쟁터 다닌 사람이라고 생각하지만 이들에 비하
면 어수룩해서 걱정이 앞섰다. 기 싸움이랄까? 이렇게 예의 바르게 취
재진을 대하는 대신 자기들이 원하는 방향으로 미디어에 노출시키겠다
는 것이 그들의 전략이었다. 나는 이미 이 부대 이전에도 여러 부대를

겪으면서 그들의 노련함에 혀를 내두를 때가 한두 번이 아니었다. 다른 나라 군대처럼 아예 취재를 원천 봉쇄하는 것이 아니라 미국 헌법이 보장하는 표현의 자유가 잘 지켜지는 군대라는 점을 보여 주며 취재진을 친구처럼 동화시키는 그들이 여러모로 한 수 위였다.

취재가 되고 안 되고는 운에 따르기도 하지만 이 공보 장교들과 벌이는 보이지 않는 기 싸움에서도 지지 않아야 한다. 그날 점심을 먹으며 뭘 먹었는지 기억이 안 날 정도로 서로 기 싸움을 하고 있었다. 그러다 소령이 물었다.

"당신이 보낸 취재 계획서 미리 보았습니다. 어느 부대를 원하는지 제게 말해 주세요."

나는 캠프 워호스는 큰 부대라 여기 있는 병사 모두를 촬영할 수 없으니 중대나 소대 규모를 원한다고 했다. 문제는 또 어느 부대를 가느냐 하는 것이었다. 나는 후보 부대를 다섯 개만 추천해 달라고 했다. 미리 답사를 하고 어느 부대에서 장기간 있을 것인지 정하겠다고 했다.

그날 밤, 올브라이트 중사는 더도 말고 덜도 말고 딱 다섯 개의 부대 이름을 들고 왔다. 포병 중대, 수색 중대, 스트라이커 중대, 헌병 부대, 의무 부대였다. 나는 모두 가 보고 결정하고 싶다고 했다.

다큐멘터리는 등장하는 사람들이 중요하다. 단지 멋진 군대가 아니라 이라크에서 전투를 하고 있는 미군 병사의 진짜 모습을 카메라에 담아야 하기 때문이다. 밤새 이 부대들에 관한 기본 자료를 들여다보며 '이렇게 종이 위에 쓰인 형식적인 정보를 들여다본다고 답이 나오나. 내일부터 열심히 돌아다녀 보자. 제발 운이 따라서 좋은 곳을 만나길…'

하고 생각했다.

다음 날, 처음 가기로 한 부대는 스트라이커 부대였다. 이 부대는 제2 스트라이커 기갑연대가 자랑하는 스트라이커 장갑차가 있는 중대 규모의 부대였다. 아침에 중대장 월레트 대위가 내 숙소에 찾아와 나를 중대 본부가 있는 막사로 데려가 브리핑을 해 주었다.

이 중대가 작전을 펼치는 바쿠바라는 도시는 내가 사담 후세인 시절에도 취재를 왔던 곳이다. 사담의 공화국수비대 본부가 있던 곳으로, 말하자면 군사 기지였다. 그래서 사담의 추종자도 많고 '알 카에다의 이라크 수도'로 불리게 되었다. 지금 미군은 바로 그 바쿠바에서 알 카에나를 몰아내는 거대한 군사 작전을 하고 있었다.

"우리 중대는 이번 주부터 알 카에다 수색 작전을 개시합니다. 스트라이커는 우리 미군이 주력하는 보병 부대의 새로운 전술입니다. 우리 중대에는 아주 뛰어난 병사들이 많습니다. 원하시는 모든 것을 제공하겠습니다."

'원하는 모든 것을 제공하겠다고?'

월레트 대위의 말이 내 귀에 쏙 들어왔다. 이 중대는 중대 본부만 이 캠프 워호스 안에 있고 중대 인원들은 바쿠바 시내에서 COP라 부르는 전초 기지에 주둔한다. 그만큼 더 위험 부담이 있었지만 알 카에다 수색 작전을 한다니 구미가 당겼다.

"우리 중대에는 여군이 한 명도 없으나 당신을 위해 따로 숙소와 화장실, 그리고 샤워 시설을 마련하겠습니다. 언제든 캠프 워호스로 와야 하면 우리가 에스코트해 줄 것입니다. 다른 불편한 사항이 있으면 언제

든 제게 바로 연락 주세요."

그 친절한 제안에 혹했지만 아직 결정을 내릴 수는 없었다. 나는 묵묵히 브리핑을 듣고 말했다.

"감사합니다. 일단 다른 부대 브리핑도 들어 보고 결정할게요." 나는 다른 부대의 막사도 돌아다니며 브리핑을 들었다. 모두 비슷한 조건을 내세웠지만 나는 월레트 대위의 부대가 마음에 들었다. 이들이 자꾸 주력 부대라고 추켜세우는 스트라이커에 호기심이 생겼고 필요한 것은 모두 제공한다고 한 말이 마음에 들었다. 그래도 다섯 개 부대 모두 답사한 후 최종적으로 취재할 곳을 정하기로 했다.

미군 최정예 부대 스트라이커 중대에 가다

이라크의 미군들 2

미군 최정예 스트라이커 부대

:

다음 날 새벽 3시에 월레트 대위의 부대로 갔다. 캄캄한 밤, 정말 아무것도 안 보이는 어둠 속에서 찾아간 중대 막사 앞에 스트라이커가 여러 대 있었다. 마치 탱크처럼 생겼는데 무한궤도(차바퀴의 둘레에 강판으로 만든 벨트를 걸어 놓은 장치, 지면과의 접촉면이 커서 험한 길, 비탈길도 갈 수 있다. 탱크, 장갑차 등에 이용된다)가 아닌 자동차형 바퀴들이 달려 있었다. 스트라이커 안에는 중무장한 병사들이 가득 앉아 있었다. 내가 안으로 들어가자 병사들이 신기한 듯 나를 쳐다보았다. 헬멧 쓰고 정말 작은 방탄조끼를 입은 키 작은 동양 여자 혼자 큰 방송용 카메라를 들고 있으니 신기하게 보이는 것은 당연했다.

캠프 워호스에서 중대 전초 기지가 있는 바쿠바 시내까지는 40여 분이 걸렸다. 시끄럽고 육중한 소리를 내던 스트라이커가 중대 막사에 도착했다. 총을 챙겨 내리는 병사들을 따라 나가 보니 무슨 공장 같은 건물에 전초 기지가 있었다. 캠프 워호스는 그래도 시설이 잘되어 있으나 이곳은 전에 밀가루 공장이었던 2층 시멘트 건물을 임시로 사용하고 있었다. 대충 칸막이를 쳐 놓고 100여 명의 병사들이 주둔하고 있었다. 편의 시설도 제대로 없었고 병사들의 땀 냄새와 건물에서 나는 곰팡이 냄새에 머리가 아플 정도였다.

아침 6시쯤 작전을 나가야 해서 그동안 쉬고 싶었다. 내가 쉴 수 있는 공간은 의무실이었다. 의무실 한쪽에 매트리스가 놓인 침대가 있었다. 이곳에서 다른 병사들은 대부분 간이침대에서 자는데 나를 위해 특별히 매트리스를 준비했다고 월레트 대위가 말했다. 이 전쟁터에 그래도 여자 취재진이라고 많이 신경을 써 준 것이 고마웠다. 따뜻한 커피 한잔 마시면서 대위가 오늘 작전 내용을 설명하는 것을 들으며 취재 내용을 정리했다.

'드디어 첫 작전 취재다.'

사실 이번 작전 취재는 사전 답사 형태로 이 부대에 있을 것인가 말 것인가를 가늠해 보는 정도로 하려고 했다. 하지만 작전 내용이 진지해서 아예 취재를 하기로 했다.

새벽 6시, 무장한 병사들이 하나둘 건물 안으로 모여들었다. 소대별로 작전 내용을 지시받고 질문을 하며 작전 전 모임을 가졌다. 시끄러운

- 40도가 넘는 이라크는 새벽에도 후텁지근해 얼음이 필수이다.

발전기 소리 때문에 모든 내용을 다 알아듣기는 힘들었지만 사전 브리핑을 미리 받는지라 어떤 작전을 하는지 대충은 알 수 있었다. 바쿠바 시내의 한 병원에 알 카에다 조직원들이 앰뷸런스로 무기를 실어 날라 병원 지하에 숨겨 놓았다는 제보를 받았는데, 병원과 그 안에 있는 사람들을 수색한다는 내용이었다.

스트라이커에 올라 중대의 작전 상황을 들을 수 있는 미군의 헤드셋을 지급받은 나는 드디어 바쿠바에서 처음 작전을 나가게 되었다. 그러나 그 설렘도 잠시, 스트라이커가 전초 기지를 벗어나자마자 10분도 안 되어 굉음이 들렸다. 운도 나쁘게 스트라이커와 처음 나가는 작전부터 상황이 벌어진 것이다. 카메라를 들기도 전에 순식간에 벌어진 일이었다. 나는 촬영은커녕 그 무서운 소리에 정신을 차릴 수 없었다. 헤드셋에서 들려오는 다급한 소리는 무슨 말인지 도통 모르겠고 밖에서 무슨 일이 벌어지는지 감도 잡을 수 없었다. 겨우 정신 차린 나는 옆에 있는 병사에게 어떻게 돼 가는 것이냐고 물었다. 그러자 그 병사는 태연한 표정으로 무심하게 대답했다.

"별거 아닙니다. 누가 RPG 두세 발을 우리에게 쏘았나 봐요. 스트라이커는 괜찮고 상황은 종료되었습니다."

아마도 이런 상황이 한두 번이 아닌가 보다. 다른 병사가 덧붙였다.

"이런 것은 무섭지 않아요. 만약에 도로에서 폭탄이 터져 우리 스트라이커가 날아가면 그게 문제지요."

나는 안심을 하면서도 한편으로 간담이 서늘해졌다. '아무 일도 아니라잖아. 괜찮을 거야.'

이렇게 나를 진정시키며 다시 작전에 집중했다.

스트라이커 장갑차의 성능은 놀라웠다. 엄청 무거워 보이는 덩치를 가진 이 스트라이커 장갑차가 무려 시속 100킬로미터가 넘는 빠른 속도로 달렸다. 기존의 다른 탱크나 MRAP와는 다르게 스트라이커는 더 튼튼한 장갑 능력을 가졌고 무엇보다도 빠르니 신속하게 작전을 수행할 수 있었다.

얼마쯤 달렸을까. 이윽고 병원 근처에 도착하니 모두 내리라고 했다. 나는 조심스럽게 병사들 뒤를 따라갔다. 그들은 병원으로 바로 들어가는 것이 아니라 병원 인근을 먼저 순찰했다. 해가 뜨기 시작하면서 너무 너웠나. 40도가 넘는 이리그는 새벽에도 후덥지근했다. 땀이 비 오듯 흘렀고 방탄조끼 때문에 너무 더워 미칠 것 같았다. 카메라와 방탄조끼 무게에 몸이 짓눌리는데도 병사들과 순찰하며 쉬지 않고 걷는 바람에 계속 헉헉대며 촬영해야 했다.

인정사정없는 알 카에다 수색 작전

그렇게 한 시간가량 순찰하고 병원으로 들어갔다. 병사 여럿이 건물 안으로 총을 들고 뛰어 들어가 이라크 사람 두 명을 잡아끌고 나왔다. 병원 앰뷸런스 기사들이었다. 그리고 건물 안에서는 무기 수색이 벌어졌다. 나는 규정상 일단 밖에서 촬영해야 했다. 건물 안에 폭탄이 설치되어 있을 수도 있고 건물 안에 숨어 있는 적의 기습 공격을 받을 수 있어서 안전을 보장할 수 없기에 취재진을 보호한다는 명목이었다. 하지만 정작 더 위험한 곳은 건물 밖이었다. 개방된 공간이라 언제 어디서 로켓이나 총알이 날아올지 모르는 상황이었다.

잡혀 온 병원 직원은 구석에서 미군들에게 심문을 당하고 있었다. 미군 이야기로는 그들이 알 카에다 조직원으로 추정되며 무기를 이 병원으로 옮겼다는 것이다. 겉으로는 순진한 사람들로 보였다. 알 카에다라고 하기에는 너무 어려 보이는 인상이었다. 그들을 바라보는 미군 병사들의 눈빛은 경멸에 차 있었다. 내 옆에서 나를 엄호하던 마이크 일병이 말했다.

"우리를 죽이려는 자들이에요. 아주 나쁜 사람들이죠."

"아직 조사 중이고 결론이 난 것은 아니잖아요. 저 사람들은 계속 부인하고 있는데 증거를 가지고 재판을 하고 판결이 나야 알 카에다 조직원인지 아닌지 밝혀지는 것 아니에요?"

내가 슬며시 반론을 제기하자 마이크가 강하게 말했다.

"여긴 이라크라구요. 한국도 미국도 아니에요. 사실 이들에게는 재판도 낭비입니다. 내 총으로 단 1초 안에 끝내고 싶다구요."

이제 열여덟 살밖에 안 되었다는 마이크는 여리게 생긴 얼굴과 다르게 섬뜩한 말로 나를 놀라게 했다.

수색을 하던 병사들이 의료 기구를 보관하는 창고에서 많은 무기들을 발견했다. 병원에 이런 무기가 필요할 리 만무했다. 두 병원 직원은 무기를 옮긴 것은 시인했으나 엠뷸런스를 운전하기만 했고, 그저 병원 일인 줄 알았다고 했다. 설사 이들이 알 카에다라고 한들 피라미에 불과

해 보였다. 운반하다가 누군가의 제보로 들통이 난 듯했다. 그들 눈에서는 두려움이 보였다. 진짜 모르고 했는지 알 수는 없지만 그들은 미군을 심하게 두려워했다.

하지만 곧 그들이 미군보다 더 두려워하는 사람들이 나타났다. 이라크 경찰과 군인이 병원으로 출동했다. 이 작전의 마무리는 이라크 군경들이 했다. 무기를 압수하고 두 병원 직원들을 정말 개처럼 때리며 차 안에 구겨 넣어 데리고 가 버렸다. 그 순간 나는 미군과 이라크 사람들 가운데 어디에도 치우치지 않고 이 상황을 바라보고 싶었다. 그러면서도 끌려가는 두 사람이 제발 죽지 않기를 간절하게 바랐다. 그들이 설사 알 카에다 조직원이더라도 정식 재판을 받기를 바랐다

하지만 나는 알고 있었다. 그들은 이라크 경찰에 끌려가 모진 고문을 당할 거고, 즉결처분을 당할 수도 있다는 것을. 차라리 거물급이라면 미군이 정보를 캐내기 위해 관타나모 수용소에라도 끌고 가 재판을 받고 목숨이라도 부지하겠지만, 저렇게 무기나 나르다 걸린 하급 조직원은 정보 가치가 없어서 쥐도 새도 모르게 처리되곤 했다. 알 카에다라는 무서운 조직의 조직원일지라도 사람인데, 당시 이라크는 사람이 사람 취급 받는 것이 불가능한 혼란스런 전쟁터였다.

먹는 것마저 사치인 전쟁터

스트라이커 부대와 답사 겸 나간 첫 작전은 그렇게 끝났다. 몸도 마

음도 힘들었다. 작전을 마치고 돌아온 시간은 아침 10시였다. 병사들도 나도 아침을 못 먹어서 중대 전초 기지로 돌아오자마자 아침을 먹었다. 전투를 하는 병사들이나 촬영을 하는 나도 밥은 먹고 해야지, 굶고 일을 하다 보니 현기증이 났다.

막상 아침 식사를 하려니 음식이 영 아니었다. 달걀가루를 물에 개어 만든 에그 스크램블과 언제 만들었는지 한약처럼 달여져 있는 커피, 그리고 감자와 빵이 다였다. 지금까지 몇 년 동안 미군 부대를 취재했지만 이곳 식사는 최악이었다. 하지만 이거라도 먹어 두어야 하기에 꾸역꾸역 먹었다. 나는 먹고 있는데 몸이 거부하는지 자꾸 구역질이 올라왔다. 계란 한 입 커피 한 모금 하면서 먹고 있는데 한 병사가 와서 말을 걸었다.

"먹기 힘들죠? 그래도 먹어 두세요. 우리는 매일 이런 음식을 먹고 있어서 아주 질려 버렸습니다. 그래도 먹고 힘을 내야 해요."

병사는 나를 측은하게 바라보았다.

'그래 먹자 먹어. 또 언제 음식을 먹을 수 있는지 모르니 먹어 두자.'

마치 자기 최면을 걸듯이 되풀이하면서 겨우 먹었다. 먹고 나자 잠이 쏟아졌다. 의무실 한편에 놓인 매트리스에 침낭을 깔고 몸을 누이니 살 것 같았다. 한 두 시간 정도 잠을 잤나? 월레트 대위가 나를 깨웠다.

"캠프 워호스로 돌아가야 할 시간입니다. 스트라이커 대기시켰으니 빨리 짐 싸세요."

잠도 덜 깬 채 짐을 들고 스트라이커로 갔다. 아침에 RPG 공격을 받은 것이 떠올라 부대 밖을 나가는 것도 겁났다. 병사들도 그런지 모르겠지만 민간인인 나는 이런 두려움이 상당히 피곤했다. 캠프 워호스로 이동하는 40여 분간 나는 초긴장 상태로 헤드셋으로 들리는 상황실 무전 내용에 귀를 기울였다. 아마 본능적으로 위험을 감지하려는 나의 센서가 작동했나 보다. 다행히 아무 일 없이 캠프로 복귀했다.

그날 저녁, 나는 캠프 워호스 식당에서 제대로 된 식사를 하며 행복했다. 꿀맛이었다. 장기간 해외 취재를 하다 보면 한국 음식이 많이 그리울 때가 있다. 하지만 이런 전쟁터는 한국 음식이 아니라 제대로 된 음식이 그립다. 한국으로 돌아갈 시간은 아직 멀었는데 이 전쟁터에서 한국 음식을 상상하는 것은 사치였다. 굶지 않는 것만도 다행이었다.

＊

다시 스트라이커 중대로

:

캠프 워호스로 돌아온 뒤 나는 나머지 네 개 부대도 답사했다. 상황은 거의 비슷했다.

포병 부대에서는 엄청난 포 소리에 질겁했다. 귀마개를 하고 취재하려니 위험하고 빼고 하자니 귀에 문제가 생길 것 같았다. (이런 전쟁 지역에서 인간은 작은 소리에도 민감하게 반응하게 된다.) 인간은 위험을 감지하는 데 오감을 동원하지만 우선 청각과 시각이 가장 앞서는 것 같다. 그래서 귀마개를 하면 왠지 더 겁이 났다. 마치 위험을 감지할 수 있는 기관 하나를 차단당한 듯한 두려움이었다. 그렇다고 빼자니 포 소리가 장난이 아니었다. 나처럼 영상과 관련된 일을 하는 사람은 오디오에도 신경을 많이 써야 하는데 천지를 울리는 포 소리는 카메라를 망가뜨릴 것 같이 컸다. 그래서 포병 부대는 포기해야 했다.

의무 부대는 정말 끔찍한 부상자들이 몰려왔다. 대부분 전투하다가 다친 병사들이었다. 비록 전쟁 지역을 취재하는 다큐멘터리지만 나는 가능하면 피가 많이 보이거나 끔찍한 장면을 피한다. 아이들이 부모와 같이 보고 의견을 나눌 수 있는 다큐멘터리를 만들고 싶어서다. 의무 부대는 충격적인 장면이 많았고 그야 말로 피가 낭자해 도저히 내 다큐멘터리의 콘셉트에 맞지 않았다.

나머지 부대들도 별로 나의 시선을 끌지 못했다. 결국 나는 처음 갔던 스트라이커 중대로 가기로 마음먹었다. 스트라이커에도 호기심이 생겼고, 그들이 지내는 전초 기지가 캠프 워호스에서 떨어져 있어서 촬영하기 편할 것 같았다. 그리고 무엇보다 겨우 하룻밤을 그들과 보냈지만 그들 중에 나의 눈에 들어오는 사람이 많았다. 나는 공보 장교에게 스트라이커 중대로 가겠다고 했다. 그렇게 나와 스트라이커 중대의 인연이 시작되었다.

본격적으로 취재하기 위해 다시 숙소를 옮겨야 했다. 일주일에 한 번은 캠프 워호스로 들어올 수 있기 때문에 중요한 짐만 챙기고 나머지는 컨테이너 숙소에 놔두었다. 그 컨테이너 숙소에는 AP의 여성 사진 기자와 LA 타임스 여성 기자가 같이 묵었다. 그들 모두 여러 부대를 답사하고 있는 중이라 나처럼 다른 부대로 이동해야 했다. 내가 스트라이커 중대로 가기 위해 짐을 싸자 AP 사진 기자인 마야가 물었다.

"어느 부대로 가요?"

"바쿠바 시내의 중대로 가요."

"거기 시설 정말 안 좋아요. 나도 이틀 있다가 힘들어 다른 부대로 간다고 했어요."

마야의 말을 들어 보니 그곳 시설이 안 좋긴 안 좋은가 보다.

"다큐멘터리 피디한테는 그런 곳이 오히려 매력적이에요. 정 힘들면 그때 다시 생각해 보죠."

짐을 다 싼 나는 스트라이커 중대로 향했다. 내 숙소는 여전히 의무실이었다. 샤워는 중대 건물 밖의 컨테이너로 된 간이 시설에서 할 수 있었다. 다만, 모든 병사가 함께 사용하는 것이어서 나는 시간을 따로 정해서 사용하기로 했다. 특히, 화장실이 가관이었다. 나무로 대충 칸막이를 만들고 드럼통 위에 나무로 만든 변기를 올려놓은 게 다였다. 대여섯 개의 화장실 중 하나의 문에 'Female only(여성 전용)' 라고 써 놓았는데, 그게 나의 전용 화장실이었다. 악취도 심했고 가뜩이나 좁은 공간에 찌는 듯한 더위까지 더해 오래 있을 수도 없었다. 무엇보다 여자가 사용하기에는 불편함이 이루 말할 수 없었다.

생사를 넘나드는 종군 취재기

40대 피디의 링거 투혼

나는 중대 일과를 체크하고 매일 다른 소대를 하나씩 돌아가며 그들과 함께 순찰을 나갔다. '알 카에다의 이라크 수도'로 불리는 바쿠바는 상당히 위험해 순찰이 쉽지 않았다. 스트라이커를 타고 임무를 받은 지역으로 가서 평균 세 시간가량을 쉬지 않고 걸어야 했다. 카메라 무게도 무게지만 더운 날씨에 나는 체력의 한계를 느꼈다.

둘째 날에는 어느 마을을 순찰 나갔는데 숨이 막힐 정도로 힘들었다. 하늘이 노랗게 보이고 어지러웠다. 그날 촬영한 영상을 보면 정말 많이 흔들리고 나의 헉헉대는 소리가 더 많이 녹음되어 있다. 체력이 바닥난 듯 비틀거리며 쓰러지지 않으려고 이를 악물었다. 병사들은 계속 걸었다. 나는 그들에게서 뒤처질 수 없었다. 나 때문에 병사들의 순찰 속도가 늦춰지면 위험하다. 매복된 적에게 표적이 되기 더 쉽기 때문이다. 나는 정말 죽어라 걸었다. 그렇게 세 시간 정도 걷고 또 걸어 정말 간신히 순찰을 마치고 부대로 복귀했다.

오자마자 나는 방탄조끼고 뭐고 벗어 던지고 침대에 그냥 쓰러졌다. 그나마 침대까지 가서 쓰러진 것은 나의 자존심이었다. 중대장이 달려왔다. 그리고 의무병이 나의 팔에 링거를 꽂았다. 사람들의 목소리가 웅웅 울리기만 하고 무슨 말인지 알아듣지도 못하고 점점 정신을 잃어 갔다. 그 상황에 나는 오로지 다시 깨어나기 위해 사력을 다했다. 비몽사몽간에 나는 '정신 차리자. 이대로 여기서 쓰러지면 무슨 창피냐. 다시 일어나 걸어야지.'라고 생각했다.

그리고 아이가 생각났다. 우리 아들이 보고 싶다는 생각과 아이 얼굴이 떠오르며 나는 조금씩 의식을 찾았다. 깨어나면서조차 내가 지금 순찰 중인지 중대로 돌아왔는지 헷갈렸다. 여기가 한국인지 미국인지도 분간이 안 되었다. 간신히 눈을 떠서 주위를 보니 걱정에 가득 찬 의무병이 나를 지켜보고 있었다.

"괜찮아요? 당신에게 탈수 증세가 왔어요."

물을 많이 먹었는데도 불구하고 땀을 너무 많이 흘려서 탈수가 왔나 보다. 심호흡을 하며 나는 어떻게든 정신을 차려 보려고 애를 썼다. 내가 눈을 뜬 것을 확인하고 의무병은 중대장을 다시 불렀다. 중대장 월레트 대위가 달려왔다. 그는 내 상태를 살피더니 심각한 표정으로 말했다.

"이제 좀 정신이 드세요? 이렇게 체력이 모자라면 종군 기자 프로그램을 계속 진행하기가 어렵습니다. 당신도 병사들도 위험해질 수 있고 사고가 나면 위험 대처 능력도 떨어지기 때문입니다. 여기서 계속 촬영을 할 것인지 다시 한 번 생각해 봅시다."

그 순간 정신이 번쩍 들었다.

'이대로 여기서 촬영을 중단할 수는 없다. 여기까지 오는데 얼마나 힘들고 오래 걸렸는데 포기할 수는 없어.'

나는 중대장에게 얘기했다.

"나는 괜찮아요. 적응하느라 좀 힘들었을 뿐입니다. 이런 일은 다시 없을 것이고 촬영은 중단하지 않을 겁니다."

"조금 더 지켜보겠습니다. 당신이 많이 힘들면 모두를 위해서 포기하는 것이 낫다고 생각합니다."

'안 되지. 이대로 포기할 수는 없지. 어떻게든 여기서 결판을 내자.' 라는 각오를 했다. 나이는 어쩔 수 없나 보다. 나도 이제 사십 줄에 들어섰으니 체력에 한계가 오고 있나 보다 싶었다.

초대받지 않은 손님, 미군의 가택 수색

다음 날부터 나는 아침 일찍 에너지 드링크 두 개를 마셨다. 평상시에 나는 카페인에 약해 이런 음료는 전혀 마시지 못한다. 하지만 그때는 어쩔 수 없는 비상사태이므로 그렇게 해서라도 버티고 싶었다. 카페인이 몰려와 기분이 붕 뜬 느낌이었다. 카페인으로라도 버티고 싶었다.

아침 순찰은 새벽 6시부터 시작되었다. 나는 병사들과 다시 이동하여 바쿠바 시장으로 갔다. 간밤에 이 시장에서 총격전이 있었다고 했다. 시장 입구에 들어서자 피가 낭자한 시신이 보였다. 이라크 경찰도 와 있었다. 지난밤의 총격전은 이라크 경찰과 시신이 된 이 남자와 벌어진 것이다. 이라크 경찰 말로는 이 남자가 길거리에 폭탄을 설치하려고 해서 저지하다가 총격전이 발생했다고 했다. 그들은 미군에게 시신을 보여주고 능숙하게 시신을 경찰차 트렁크에 집어넣었다.

사고 경위를 보고받은 미군들은 시장 주변을 순찰했다. 시장 주변은 주택기였는데 병사들이 일일이 집을 모두 수색했다. 미군은 수색을 위해 어느 집에 들어갈 때면 문 앞에 오렌지색 리본을 달았다. 그리고 집 안으로 우르르 들어가 집 구석구석을 모두 뒤졌다. 여자들은 놀라 구석으로 피하고 아이들은 울고불고 난리가 났다. 이런 모습을 보는 이라크 남자들의 얼굴에 불쾌한 기색이 역력했다. 아침 댓바람에 중무장을 하고 총을 들고 쳐들어온 미군들을 환영할 수 없는 것이다.

더군다나 이라크는 이슬람 국가이다. 이슬람 문화권에서 허락받지 않은 외간 남자들이 집 안으로 들어와 여자들과 얼굴을 마주하는 것은 익숙한 일이 아니다. 미군이 방을 수색할 때마다 얼굴을 가린 여자들은 계속 구석을 찾아 아이들과 도망을 다녔다. 여자들의 얼굴에는 공포와 불안함이 서려 있었다. 미군의 총이 너무 무섭게 생긴 데다 군홧발로 집 구석구석을 다니니 그들을 더 불안하게 하는 듯했다.

옥상은 물론 화장실까지 뒤지고 나서 미군은 식구들 모두를 거실에

- 미군은 수색을 위해 어느 집에 들어갈 때면 문 앞에 오렌지색 리본을 달았다.
- 이침부터 중무장을 하고 수색하는 미군들은 환영받지 못한다.

모이라고 했다. 갓난아이는 연신 울어 댔다. 미군은 이라크 통역과 같이 다닌다. 이 통역이 식구들 호구 조사를 해서 미군에게 보고했다. 나이, 성별, 직업, 모두를 조사하고 이름까지 다 적고 미군은 그 집에서 나왔다. 나보다 키가 엄청 큰 병사들이 많았는데 특히 베리 상병은 키가 무척 커서 그의 허리가 나의 팔뚝에 닿는다. 나는 베리 상병에게 물었다.

"여자들이 무서워하는 것 봤어요?"

그러자 베리 상병이 이렇게 대답했다.

"매일 벌어지는 일입니다. 처음에는 여자들이 무서워하는 것이 안쓰러웠으나 지금은 아무 느낌이 없습니다. 그저 빨리 수색하고 집을 나가 주는 것이 최선이지요. 나는 내게 주어진 임무를 수행할 뿐입니다 군인인 내가 이 임무를 무시할 수는 없지 않습니까? 그들이 두려움을 느끼는 시간을 줄이는 것이 내가 그들에게 할 수 있는 최대의 배려입니다."

미군들도 가택 수색이 즐겁지 않아 보였다. 병사들은 마치 로봇처럼 시키는 대로 가택 수색을 했다. 사실 미군이 이라크 가정집을 수색하는 방식이 너무 무례해서 문제가 되기도 한다. 군화발로 대문을 차고 들어가 이라크 사람들에게 총을 들이대고 용의자를 수색하는 장면이 뉴스에 많이 보도되었기 때문이다. 지금은 나와 카메라가 있어서 어쩌면 점잖게 수색을 하는지 모르지만 이라크 사람들에게 가택 수색은 공포 그 자체이다. 미군들도 남의 집을 아침 댓바람부터 이렇게 쳐들어가는 것이 기분 좋지 않다고 했다.

소대원 중 가장 나이 어린 마이크 일병은 이렇게 이야기했다.

"만약 미국의 우리 집을 다른 나라 군인들이 들어와 이렇게 난장판을 만들면 나도 반감이 생길 것입니다. 이 사람들 기분은 이해하지만 나는 여기 군인으로 왔기 때문에 어쩔 수 없습니다."

가택 수색은 두어 시간에 걸쳐 계속되었다. 아침 식사를 하던 이라크 사람들은 갑자기 들이닥친 미군들 때문에 혼비백산했다. 나는 그 사이에 있으면서 그저 촬영을 하는 힘없는 취재진에 불과했다. 이라크 사람들이 불쌍했고 미군들이 불쌍했다. 양쪽 다 이런 상황을 만나고 싶어 하지 않았다. 전쟁은 이렇게 사람들을 달갑지 않은 상황에 처하게 만들었다.

눈앞으로 날아온 총알도 촬영을 막지는 못한다

⋮

스트라이커 중대를 따라 거의 일상처럼 수색과 순찰을 나가다 보니 이제 내 몸도 어느 정도 그 일에 익숙해졌는지 처음보다는 많이 나아졌다. 그렇게 한 2주가 흘렀다.

그러던 어느 날 나는 바쿠바 시내 어느 골목을 병사들과 오후 순찰을 하고 있었다. 민가가 빽빽하게 들어선 그 골목은 유독 좁았다. 우리는 한 줄로 길게 서서 순찰을 하고 있었다. 그러다 갑자기 앞의 병사들이 주먹을 들어 올렸다. 무언가 위험이 감지되었다는 뜻이다. 멈춰서 무슨 일인지 상황을 파악하니 골목 바닥에 전선이 있었다. 이라크에서 길바닥에 전선이 보이면 폭탄이 설치되어 있을 가능성이 높다. 병사들은 급하게 무전을 치며 골목에서 빠져나가려 황급히 대열을 바꿨다.

솔직하게 말하면 나는 그때 그렇게 실감이 나지 않았다. 그저 전선 하나를 본 것뿐이었다. 당시 나는 그저 촬영하기 바빴고, '아, 풀샷을 안 찍었는데, 얘네 그냥 돌아가네.' 따위의 고민을 하고 있었다. 하지만 그 순간 좁은 골목에서 만에 하나라도 폭발이 일어나면 거기 있던 우리 모두 불귀의 객이 되는 것이었다. 그 작은 전선은 우리 생명을 앗아갈 수 있는 위험한 징조였던 것이다.

다행히 우리는 골목을 거의 빠져나왔고, 소대장인 슈미츠 소위가 사격 자세를 하라고 병사들에게 지시했다. 모두 한쪽 무릎을 꿇고 사격 자세를 취했다. 여기까지도 나는 전혀 심각하다는 느낌이 없었다. 이 정도는 이라크에서 취재하면서 몇 번 있었던 일이고 별일 없이 잘 지나갔기 때문이다. 그러나 다음 순간, 나는 심장이 얼어붙는 것 같은 경험을 했다. 내 옆에서 사격 자세를 취하던 병사의 헬멧 바로 한 뼘 정도 위로 빨간 불이 지나갔다. 그것의 정체가 무언지 몰랐던 나는 "네 머리 위로 뭔가 지나갔어."라고 그 병사에게 말했다. 그 말과 동시에 나는 총소리를 들었다. 총소리가 뒤늦게 총알을 따라온 것이다. 난 그 자리에서 얼어붙었다.

그다음 그렇게 크지 않은 총소리가 또 들렸다. 총소리는 영화에서처럼 크지는 않았지만, 빨간 불이 또 지나갔다. 어디서 날아오는지 모르는 총알이 계속 우리 쪽으로 날아왔다. 소대장도 병사들도 나도 순간 얼어붙어 어디로 피해야 할지 모르고 그대로 서 있었다. 영상을 보면 한 10초쯤 그러고 있었던 것 같은데, 당시 내게는 10분 정도 되는 긴 시간처럼 느껴졌다.

'어디로 가야 하지, 어디로?'

머릿속에는 한국말과 영어가 엉켜버렸고, 본능적으로 어디를 가야 안전한지만 찾고 있었다. 그때 슈미츠 소위가 바로 앞에 있는 집의 대문을 발로 찼다. 그리고 소리쳤다.

"모두 이 건물 옥상으로 올라간다! 자, 뛰어, 뛰어! 그리고 상황실에 보고해!"

아! 옥상! 그래 옥상은 안전할 거야. 나는 병사들과 함께 그 집으로 들어가 옥상으로 뛰어 올라갔다. 이런 상황에서는 미국인도 레이디 퍼스트란 건 없는 듯했다. 누가 먼저랄 것 없이 다들 열심히 뛰었다.

"상황 종료", 그러나…

⋮

옥상 위로 올라온 병사들은 구석구석 자리를 잡고 사격 자세를 취했다. 그 와중에도 총소리는 계속 들렸다. 찌는 듯한 더위에 옥상에서 중무장한 병사들과 나는 긴장된 상황에 처해 있었다. 순식간에 벌어진 일이라 나는 아무 생각이 없었다. 그저 병사들이 움직이면 같이 움직이는 정도였다. 뇌는 다른 데 가 있고, 그곳에서 내 몸을 원격 조종하는 느낌이었다. 가슴이 요동쳤고 숨을 쉴 수 없었다. 그런데 신기하게도 촬영은 계속하고 있었다. 그때는 내가 촬영하고 있는지도 몰랐다. 아마 본능이었을 것이다.

그렇게 30여 분쯤 지나자 지원 부대가 도착했다는 무전이 들렸다.

그리고 건물 밑에 이라크 군인들이 보였다. 우리는 그 뒤에도 20여 분 가량을 그 집 옥상에 있었다. 이윽고 총 쏜 사람들을 이라크 군인들이 잡았다는 무전이 들려왔다. 그제야 우리는 그 집 옥상에서 내려올 수 있었다.

옥상에서 내려오다 보니 집주인과 아이들이 하얗게 질려 있었다. 우리도 총격에 놀랐지만 갑자기 미군이 대문을 박차고 들어와 자기 집 옥상으로 우르르 몰려가는 모습을 보고 이들은 또 얼마나 놀랐을까. 그때는 내가 살려고 그 사람들이 눈에 보이지 않았었다. 나는 미안하다고 말했다. 그들은 헬멧과 방탄조끼를 입은 나를 군인인 줄 알고 경계했다. 지금도 그 사람들에게 무척 미안하다.

다행히 우리 소대 사람들 중에 다친 사람은 없었다. 스트라이커를 타고 중대 전초 기지로 돌아와서 나는 안도의 한숨을 쉬었다. 지금은 담담하게 이야기하지만 그때는 심장이 덜컥거리는 것을 느꼈었다. 실제로 나는 나중에 한국에 돌아와 심장 부정맥 판정을 받았다. 아마도 그런 경험들이 나도 모르게 심장을 힘들게 했던 것 같다. 병사들에게는 일상이지만 민간인인 내게는 쉽지 않은 경험이었다.

스트라이커 안의 의자 밑에는 향상 까만 시신 백이 비치되어 있다. 그 개수는 스트라이커에 타고 있는 인원수와 같았다. 이동 중에 어쩌다 그것을 보면 가슴이 섬뜩했다. 저기에는 내 몫도 있겠지? 그러면, 정말 무서워졌다.

"저 까만 시신 백에 들어가 수송기 타고 본국의 도버 기지에 내리는 일은 없어야겠지? 그러니까 정신 바짝 차려라."

가끔 소대장이 병사들에게 이렇게 말하면 병사들은 웃지만 나는 웃음이 안 나왔다. 그 농담도 섬뜩하긴 마찬가지였으니까.

군복 벗은 그들은 평범한 젊은이였다

아들 같던 열여덟 살 마이크 이야기

순찰을 다녀오면 병사들은 대부분 휴식 시간을 가졌다. 병사들의 나이는 열여덟 살에서 서른아홉 살까지 다양했다. 미국이 아프가니스탄과 이라크에서 전쟁을 치르면서 병사가 부족하자 대대적으로 모병을 했다. 그래서 병사들의 입대 사연도 가지각색이었다. 당시 만 서른아홉 살까지 군대를 지원할 수 있었기에 미군 중에는 마흔 살 먹은 일병도 있고 아이들이 다섯인 서른다섯 살 아줌마 상병도 있었다.

마이크 일병은 겨우 열여덟 살로 그 중대에서 가장 어렸다. 자기 엄마와 내가 같은 나이라고 나를 '엄마'라고 불렀다. 다른 병사보다 유독 체구도 작고 얼굴에는 아직 소년티가 가시지 않았다. 마이크는 고등학교를 졸업하자마자 신병 훈련소에 들어갔다. 군 입대를 반대하는 가족 몰래 지원했다고 했다.

"군대에 지원한 가장 큰 이유는 군대에 오면 대학도 공짜로 다닐 수 있어서예요. 우리 집은 가난해서 내가 중학교 때까지 트레일러에서 살았어요. 나는 가난한 것이 정말 싫었어요. 그래서 어릴 때부터 군대에 가겠다고 생각했죠."

마이크가 헬멧 쓰고 방탄조끼를 입고 있을 때는 나이를 가늠하기 어려운데 총을 내려놓고 무장을 풀면 그는 미국 어디서나 볼 수 있는 평범한 백인 소년이었다. 붙임성도 있고 성격도 밝았다. 순찰 나가지 않을 때는 간이침대에서 게임에 열중했고 음악을 들었다. 우리 아들과 나이 차가 얼마 안 나서 나도 그를 아들같이 챙겨 주었다. 캠프 워호스에 다녀오는 날이면 나는 마이크에게 과자나 DVD를 사다 주었다. 항상 웃으며 "엄마 고마워."라고 말하는 그 아이를 보며 우리 아들을 떠올렸다. 아들을 전쟁터로 보낸 마이크 엄마는 얼마나 걱정이 많을까 싶었다. 아직 어른이 되기도 전에 이런 전쟁터에서 모진 경험을 하는 마이크가 안쓰러웠다. 마이크는 내가 있는 의무실에도 가끔 놀러 와 말을 걸곤 했다. 어느 날인가는 내게 이런 말을 했다.

"우리는 이라크 사람들을 도우러 왔는데 이라크 사람들은 왜 우리를 죽이려 해요?"

내 입에서는 아무 생각 없이 이런 대답이 나왔다.

"그거야 미군이 이라크를 점령하러 온 군인이기 때문이지."

그는 순간 황당한 표정을 짓더니 단호하게 말했다.

"나는 이라크를 점령하러 온 것이 아니라 이라크의 자유를 위해 온 겁니다."

"그래서 이라크에 자유가 왔니? 사람들은 전쟁 때문에 더 힘들어하는 것처럼 보이는데?"

"미국이 사담 후세인도 몰아냈고 각종 원조금도 주는데 왜 우리가 점령군이에요?"

마이크가 따지고 들었다. 그런 마이크를 조용히 바라보다 말을 건넸다.

"마이크, 이 상황은 우리 모두에게 당황스럽단다. 니는 취재하는 사람이라 그 누구보다 이라크의 상황을 중립적으로 볼 수 있어. 내가 미군을 점령군이라고 부르는 것을 너는 인정할 수 없겠지. 그런데 네가 다니는 수색과 작전을 생각해 봐. 이라크 사람들이 미군을 얼마나 무서워하고 싫어할지, 다시 한 번 잘 생각해 봐."

마이크는 한참을 혼란스러운 얼굴을 하고 있다가 자기 숙소로 돌아갔다.

마이크는 전쟁과 정치판을 이해하기에는 아직 너무 어렸다. 이제 막 부모 품을 벗어난 10대 청소년에 불과한 그가 이 거대한 전쟁의 헤게모니를 어떻게 다 알 수 있을까. 무엇보다 그렇게 어린데 험한 전쟁터에서 때로는 사람을 죽이는 일도 서슴지 않고 해야 하는 그가 가여웠다. 어른들의 전쟁에 아이들까지 이렇게 내몰리는구나 하는 생각이 들었다. 군복만 벗으면 그저 게임 좋아하는 청소년인데, 뇌가 미처 다 성장하기도

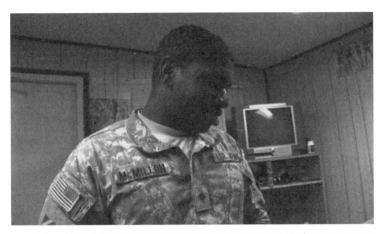

- 마이크 일병은 거우 열여덟 살로 중대에서 가장 어렸다.
- 마이크 일병은 일과가 끝나면 엄마가 보내 주신 장난감을 가지고 논다.

전에 이 끔찍한 광경을 몸소 겪고 있는 것이었다.

몇몇 특수한 경우를 빼고 병사 대부분이 열여덟 살에서 스물다섯 살가량이었다. 그들이 학교를 떠나 처음 접한 사회가 바로 전쟁터였다. 처음 직장에 다니는 사회 초년생들은 어딘지 서툴기 마련이다. 하물며 여기는 외국이고 전쟁터가 아닌가. 당연히 그들이 이라크 사람을 대하는 것이 서툴 수밖에 없다. 더구나 그들 손에는 총이 들려 있고, 모든 반응은 그 총으로 나온다. 그래서 무고한 이라크 사람을 죽이게 되고, 그런 미군에 대한 이라크 사람들의 증오심은 커진다. 그리고 그런 이라크 사람들을 미군은 또 총으로 대한다. 그렇게 악순환이 계속되었다.

어느 날, 순찰을 마치고 와서 낮잠 자는 병사들의 모습을 촬영한 적이 있다. 마이크가 총을 가슴에 안고 단잠을 자고 있었다. 새벽부터 순찰을 갔다 와서 무척 고단했던 모양이다.

"엄마, 나 집에 가고 싶어."

촬영을 하다가 나는 마이크의 잠꼬대를 들었다. 무슨 꿈을 꾸고 있는지는 모르지만 마이크는 이제 집으로 돌아가고 싶어 했다. 15개월이나 되는 이라크 파병 기간이 이 아이를 지치게 한 모양이었다. 나는 마이크가 남은 기간 동안 아무 사고 없이 몸조심해서 엄마에게 돌아갔으면 하고 바랄 뿐이었다.

'꼭 살아서 돌아가렴. 그래서 엄마가 해 준 맛있는 음식도 먹고 게임 많이 한다고 잔소리도 들으렴.'

나는 진심으로 빌었다.

알 카에다 수색 작전은 작은 중대 규모로 여러 지역에서 한꺼번에 벌어졌다. 그러다가 대대 규모로 모여 한꺼번에 한 지역을 집중 수색하기도 했다. 이런 대규모 작전은 주로 밤에 벌어지는데, 항상 이라크 군경과 함께 수행했다.

작전지에 가면 우선, 이라크 군인이 현장에 투입되었다. 미군은 상황을 지켜보다가 이라크 군인이 조금 밀린다 싶으면 스트라이커 부대를 앞세워 들어갔다. 저녁 6시쯤 시작한 작전이 새벽 4시가 되어 끝나기도 하고, 어떤 때는 밤을 꼬박 새우기도 했다. 자연히 스트라이커 안에서 병사들과 작전 명령을 기다리는 시간이 많았다. 그 지루한 시간에 전투 식량을 나눠 먹기도 하고 서로 이야기를 많이 나누었다.

병사들의 이야기는 주로 가족에 관한 것이었다. 아직 나이가 20대 초반인데도 결혼해서 아이가 있는 병사들이 많았다. 미군은 가족을 위한 복지가 잘되어 있어서 결혼도 쉽게 하는 것 같았다. 아이들의 웃는 사진을 보여 주기도 하고 결혼사진을 헬멧에 넣고 다닌다며 보여 주기도 했다.

병사들 중에는 이번 파병이 무려 네 번째인 사람도 있었다. 그들은 자기들끼리 다음과 같은 농담을 하기도 했다.

"다섯 번째 파병되면 넌 그다음엔 정신 병원행이야."

아이가 세 명 있는 밀로시 병장은 이번 파병을 끝으로 전역하려 한다고 말했다.

"더는 가족과 떨어져 있고 싶지 않아요. 추수 감사절이나 크리스마스에 가족과 함께하지 못하는 것은 좋은 직업이 아니라고 생각해요. 난 벌써 두 번의 파병으로 세 번의 크리스마스를 전쟁터에서 보냈어요. 전역해서 다른 직업을 찾고 싶습니다. 아내와 아이들이 무척이나 보고 싶어요."

나는 왜 이렇게 가족들과 떨어져 있어야 하느냐고 물었다.

"그저 직업이니까요. 우리 부대가 파병되었으니까 나는 그 명령에 따라 온 것뿐입니다."

"세계 경찰 국가로서 자유와 평화를 지키기 위해 이라크에 왔다."라는 미국 정부의 말을 그대로 하는 병사를 보기는 힘들었다. 마이크 일병은 아직 어려서 군에서 배운 대로 말하는데, 이 병사들은 그러기에는 나이가 많아서였는지도 모른다. 이들은 오로지 가족을 그리워하고 집으로 돌아갈 날만 손꼽아 기다리고 있었다.

그들도 누군가의 아들이고 남편이다

나는 그들과 한 달 보름 정도 그 중대 전초 기지에서 같이 살았다. 더 있을 수도 있었는데 나의 개인적인 사정상 한국으로 빨리 가야 했다. 방송 날짜도 급하게 잡혔고 워낙 위험한 작전을 같이 하다 보니 이라크에서 나오라는 우리 정부의 독촉이 심했다.

그동안 그들과 살며 있었던 일을 여기에 다 적을 수는 없지만 내게

- 그들은 모두 어느 부모의 아들이고 어느 아내의 남편이고 아버지, 형, 동생이었다.
- 이 목걸이가 자신을 지켜 준다는 싱글맘 병사. 뒤쪽에는 아이들 사진이 가득 붙어 있다.

는 참으로 기억에 남는 취재였다. 무엇보다도 군복을 벗은 미군 병사들의 인간적인 모습을 볼 수 있었다. 그 무서운 총을 내려놓고 무장을 푸니 그저 평범한 미국 젊은이들이었다. 그들도 모두 어느 부모의 아들이고 어느 아내의 남편이고 아버지, 형, 동생들이었다. 수많은 병사들이 이라크 전쟁에서 그들에게 돌아가지 못하고 안타깝게 전사했다. 전쟁터의 그들은 오로지 살아 돌아가 사랑하는 가족을 만나고 싶다는 일념뿐이었다. 미국과 이라크의 정치적 상황이니 국제 안보니 하는 것보다 가족이 더 중요했다.

스트라이커 중대 전초 기지에서의 마지막 날, 나는 그들과 아쉬운 직별 인사를 했다. 내가 그곳을 떠날 때 그들의 피병 기간도 다 끝나 갔다. 그들은 곧 제2 스트라이커 기갑연대의 본거지인 독일 빌섹으로 돌아갈 예정이었다. 그래서 독일에서 다시 한 번 만나자고 약속을 하며 서로 이메일 주소를 주고받았다. 아쉬워서 자기가 즐겨 듣던 음악 CD를 준 병사도 있고, 초콜릿과 과자를 준비해 준 병사도 있었다.

"바그다드에 가서 맛있는 음식 사 드세요."

심지어는 현찰로 45달러를 준 병사도 있었다. 그는 내 손에 현찰을 쥐여 주고 도망갔다. 취재하면서 처음으로 현찰을 받아 봤다. 난 고맙게 그 마음을 받았다. 몇 개월 뒤 독일에서 그 병사를 다시 만났을 때 그에게 맛있는 이탈리아 음식을 사 주었다.

스트라이커에 짐을 다 싣고 나니 마이크가 나타났다.

"엄마, 잘 가세요. 꼭 한국에 찾아갈게요. 보고 싶을 거예요."

마이크는 아무렇지도 않은 듯 쿨한 척했지만, 나는 가슴이 먹먹했다. 마치 내 아들을 이 잔인한 전쟁터에 두고 떠나는 것 같았다. 나는 그를 꼭 안아 주었다.

"꼭 살아서 엄마랑 만나자. 마이크 엄마도 한번 봐야지. 그러면 나는 마이크의 한국 엄마라고 인사해야지."

작고 가냘픈 마이크가 손을 흔들며 건물로 뛰어 들어갔다. 그렇게 스트라이커 부대와 이별하고 나는 한국으로 돌아왔다.

전쟁터에도 사람들이 살고 있다

⋮

한국으로 돌아와 방송을 위해 편집을 하다가도 영상에서 마이크나 아는 병사들이 보이면 참 많이 울컥했다. 스트라이커 중대에서 보낸 시간들이 주마등같이 지나갔다.

나는 다시 그런 기회가 오면 겁나더라도 또 그곳을 가고 싶다. 전쟁터에도 사람들이 살고 있고, 그들의 삶을 기록하고 싶기 때문이다. 어떤 기자가 왜 전쟁터만 가느냐고 물은 적이 있는데, 나는 전쟁터여서가 아니라 그곳에도 사람아 있어서 간다고 대답했다. 사람들이 사는 곳이면 어디든 나의 카메라는 갈 수 있다.

이라크는 인간이 전쟁 때문에 얼마나 많이 피폐해지는지 너무도 잘 보여 준 곳이다. 이라크 사람들도 전쟁으로 많은 희생을 치렀지만 전쟁터에 내몰린 미군 병사들도 마찬가지였다. 그래서 전쟁에는 승자가 없는 것 같다. 이렇게 많은 사람들의 목숨이 희생되고 나서 얻는 승리가 과연 무슨 의미가 있을까? 지금쯤 마이크가 집으로 돌아가 엄마와 행복한 크리스마스를 보내고 엄마가 해 준 맛있는 음식을 먹고 있기를 바란다.

루비나의 편지, 그리고

희망을 만드는 아이들

　2002년 4월, 내가 제작한 〈아프가니스탄 여성들〉이 일본 니혼 TV
에서 호평을 받은 이후 일본에서 방송 활동을 할 기회가 생겼다. 그러
다가 우연히 《소학관》이라는 아동 잡지에서 「아프가니스탄 어린이들에
게 학용품을 보낸 일본 아이들」이라는 기사를 보았다. 알아보니, 가와
사키의 안나라는 여학생이 주도하여 학교 아이들이 모아서 보낸 학용
품이 파키스탄의 아프가니스탄 난민촌으로 가고 있다는 것이었다.

　아주 평범한 이야기였다. 하지만 나는 궁금증이 밀려왔다. 학용품
을 보낸 일본 아이와 받는 아프가니스탄 아이들이 만난다면 서로 어떤
이야기를 할까? 보통 어떤 좋은 목적으로 모금을 하더라도 그 돈이 실
제로는 어떻게 전달되는지 잘 모르기 마련이다. 그래서 기부의 필요성
을 피부로 느끼기가 힘들다. 하지만 자신이 보낸 학용품을 받고 좋아
하는 아프가니스탄 아이를 본다면 아이들 입장에서는 정말 보람될 것
이다.

　이런 생각을 하며 나는 학용품을 따라가는 로드 다큐를 기획하였

다. 그리고 두 달 후인 그해 6월, 나는 파키스탄으로 갔다. 파키스탄과 아프가니스탄 국경 지역인 페샤와르에는 전쟁을 피해 아프가니스탄에서 피란 온 사람들이 사는 난민촌이 있다. 일본 아이들이 보낸 학용품은 그곳으로 보내질 예정이었다.

◇ ◇ ◇

파키스탄에 도착하자마자 나는 일본 아이들이 보낸 학용품들이 어디에 있는지 알아보았다. 수소문해서 《소학관》 관계자를 찾아가니 학용품들을 내게 보여 주었다. 엄청 많을 것이라 예상했는데 막상 보니 겨우 30개의 작은 종이 상자에 담겨 있었다. 생각보다 적은 양이라 조금 실망했지만, 아이들의 동심을 담은 학용품들을 보고 생각이 달라졌다. 상자 안에는 공책이나 연필뿐 아니라 예쁜 필통과 만화책 그리고 직접 그린 그림과 손수 쓴 편지도 있었다. 일본 아이들의 천진난만한 마음이 느껴졌다.

며칠 후 나는 학용품이 전달될 알 브와리 초등학교로 갔다. 학교는 지저분하고 악취가 심한 난민촌 한가운데 있었다. 유엔의 도움을 받아 시멘트로 번듯하게 지은 건물이었지만 페인트도 칠하지 않은 벌거숭이 상태였다. 그 안에서 300여 명의 아이들이 책상도 의자도 없이 맨바닥에서 책을 읽고 있었다.

무함마드 교장 선생님은 거의 맨발로 뛰쳐나와 연신 감사하다며 인사를 했다. 사실 이곳에 전달될 학용품은 그리 많은 양도 값비싼 것도 아니었다. 그런데도 선생님들과 아이들은 뛸 듯이 기뻐했다. 아무도 관심 갖지 않는 비참한 피란지 생활에 이런 선물이 오는 경우는 거의 없는지라 이들이 느끼는 기쁨은 배가되어 보였다.

무함마드 교장 선생님은 학교 마당에 전교생을 모이게 했다. 학생 수에 비해 가져온 학용품이 적어서 기대에 찬 아이들에게 실망을 안겨 줄까 걱정했는데, 무함마드 선생님은 정말 공평하게 나누어 주었다. 연필 한 다스에서 연필을 꺼내 한 자루씩, 24색 크레용도 한 색깔씩 나누는 것이었다.

아이들 얼굴에는 이내 함박 웃음꽃이 피었다. 하루 끼니를 걱정해야 하는 부모님을 둔 이 난민촌 아이들에게는 초등 교육을 받는 것조차 사치이다. 이런 형편에 학용품을 사 달라고 조를 수도 없다. 그저 종이 한 장이라도 학교에 들고 와서 공부할 수 있는 것만도 다행이라고 여긴다. 그런 아이들에게 알록달록한 크레용이나 길고 매끈한 연필은 큰 선물이었다. 아이들이 특히 관심을 보인 것은 일본 아이들이 그린 그림이었다. 그중에는 자신들의 가족을 그린 그림부터 당시 일본의 유명한 아이돌 가수인 모닝구 무스메를 그린 그림, 야구 선수 이치로를 그린 그림, 만화 캐릭터인 피카츄나 도라에몽을 그린 그림도 있었다.

아프가니스탄 아이들은 다른 세상 아이들이 그린 그림을 신기하게 바라봤다. 유독 피카츄 그림이 인기였다. 아이들은 "정말 귀여워요."를 연발했다. 내게 피카츄가 무슨 동물이냐고 물었다. 나는 아이들에게 "무슨 동물일까?"라고 되물었다. 아이들은 대부분 곰이라고 대답했다. 심지어는 낙타라고 하거나 새라고 하는 아이도 있었다. 기상천외

한 대답을 들으며 나도 얼마나 웃었는지 모른다.

◇ ◇ ◇

선물을 받은 아이들 중에 열 살 먹은 여자아이 루비나가 있었다. 루비나는 노란색 장갑과 도날드 덕 저금통을 받았다. 연필이나 공책은 아이들에게 정말 필요한 학용품이지만, 장갑과 저금통은 그렇지 않았다. 이곳은 1년 내내 더운 편이니 장갑이 필요 없고, 돈이 없으니 저금통은 무용지물이었다. 그런데도 루비나는 장갑을 볼에 비비며 정말 좋아했다. 예쁘고 귀여운 루비나는 다 낡아 빠진 천 조각으로 만든 가방에 마치 귀한 보물이나 되는 듯 선물을 조심조심 넣었다. 순간, 나는 루비나가 이 다큐멘터리의 주인공이라고 생각했다. 나는 루비나에게 가만히 다가가 물었다.

"연필이나 공책이 더 좋지 않니?"

"상관없어요. 태어나서 처음 받는 선물이거든요. 나도 선물을 받을 수 있다는 것이 기뻐요. 이 선물을 보내 준 일본 아이가 누구인지 궁금해요."

루비나가 '선물을 보내 준 일본 아이'라고 말할 때 나는 속으로 환호성을 질렀다. 이 다큐멘터리의 핵심 주제였다. 두 나라 어린이들을 연결해 주는 것이 프로그램의 목적이자 내가 파키스탄으로 온 이유였다.

◇ ◇ ◇

학교가 끝난 후 루비나는 선물을 담은 천 가방을 들고 집으로 갔다. 나도 루비나를 따라 갔다. 난민촌의 고불거리는 골목을 한참 돌고 돌아서 더러운 물이 흐르는 하수구 옆에 루비나의 집이 있었다. 마당에 들어서니 한눈에도 형편이 변변치 않아 보였다. 루비나의 아버지는 5년 전 병으로 돌아가셨고, 홀어머니와 오빠 두 명, 남동생, 그리고 오빠의 새언니가 있었다. 스물세 살인 큰오빠는 벌써 결혼해서 세 명의 아이를 두고 있었다. 큰오빠와 루비나 사이에는 열여덟 살 먹은 작은오빠와, 다섯 명이나 되는 시집간 언니들이 있었다.

언니들이 아직 10대인 것 같은데 다들 시집갔다고 해서 놀랐다. 실제로 아프가니스탄 여자들은 결혼을 일찍 한다. 심지어는 여섯 살짜리 어린 여자아이들도 결혼을 한다. 그 조그만 아이들이 맞는 신랑 나이가 마흔이 넘는 경우도 많다. 더구나 1부 4처제가 통용되므로 두 번째나 세 번째 아내로 가기도 하는데, 그러면 첫째 부인에게 평생 괴롭힘을 당하고 하녀 신세를 면치 못한다. 루비나의 언니들 모두 첫 번째 부인으로 결혼하지 못했다. 난민촌의 가난한 집에 태어난 아프가니스탄 여자아이들의 운명이다. 이제 열 살이 된 루비나도 2~3년 후면 시집을 가야 할 것이었다.

루비나네는 정말 가난했다. 하루에 한 끼밖에 먹지 못하는 형편인데다 큰오빠의 아내가 아이들을 세 명이나 줄줄이 낳아 식구는 계속 불어나고 있었다. 이제 일곱 살인 루비나의 남동생도 큰오빠 아이들과 뒤엉켜 싸우고 난리였다. 특히 식사 시간이 되면 이 철없는 삼촌과 드센 조카들이 먹을 것을 두고 치고받았다. 당연히 힘없는 여자아이인 루비나는 더 먹을 것이 없었다. 그래서인지 루비나는 작고 힘이 없어 보였다.

루비나 엄마는 이제 30대 후반인데도 언뜻 70대 노인처럼 보였다. 그래서 이 대식구 살림을 올케언니와 루비나 둘이 도맡아 했다. 올케언니도 겨우 열아홉 살이었다. 이 두 여자아이는 대식구 살림을 하느라 허리 펼 시간조차 없었다. 빨래며 청소며 물 길어 오기 등 집안일을 하다 보면 하루해가 짧았다. 이 판국에 루비나가 아침부터 오후 2시까지 학교에 가는 것은 이 집 입장에서는 엄청난 사치다. 다행히 큰오빠는 루비나가 학교 가는 것을 허락했다.

"루비나의 언니 다섯 명 모두 학교에 가 본 적이 없습니다. 모두 글도 모르고 돈을 셀 줄도 모릅니다. 여기서는 여자아이를 학교에 보내는 것은 시간 낭비라고들 생각합니다. 하지만 루비나는 똑똑해서 학교에 가고 싶어 했어요. 루비나를 사랑하고 그 아이가 가고 싶다고 하니 어려운 형편이지만 허락했습니다."

사실 루비나가 학교에 간다고 이 집에서 돈을 내거나 하는 일은 없다. 단지 올케언니는 루비나가 학교에 가고 나면 혼자 일해야 해서 불만이 많았다. 하지만 남편 뜻이니 어쩔 수 없이 따르는 듯했다. 올케언니는 인터뷰 내내 자신의 힘든 처지를 하소연했다.

"여자가 학교를 간다는 것이 우리 집 형편에 맞지 않아요. 나는 아이 세 명과 부대끼느라 힘들어 미치겠어요."

루비나는 이렇게 눈칫밥 먹으며 학교에 다니고 집에 와서도 또 눈치 보여 죽어라 일해야 하는 가엾은 아이였다. 루비나를 들어 보니 번쩍 들렸다. 뼈만 남은 다리를 보니 가슴이 아팠다. 당시 여덟 살이던 우리 아들보다 훨씬 작고 가벼웠다.

◇ ◇ ◇

그날 오후 내내 루비나 집에서 취재를 하다 보니 어느새 해가 기울며 저녁이 다가왔다. 루비나와 인터뷰를 하다가 오늘 학교에서 받은 상갑과 저금통에 대해 물었다. 그러자 루비나 엄마가 눈치를 보며 나에게 주의를 준다.

"루비나가 그런 물건을 가지고 있으면 남동생과 조카들이 다 빼앗아 갈 거예요. 그래서 내가 옷장 속에 숨겨 두라고 했어요."

그렇구나. 지금까지 루비나가 가질 수 있는 물건은 없었다. 내가 속으로 '동물의 왕국 일당'이라 불렀던 남동생과 조카들에게 모두 빼앗기고 살았던 것이다. 그래서 루비나는 장갑과 저금통을 옷장 깊이 숨겨 놓고 매일 잠깐씩 보고 만져 보기로 했다고 했다. 루비나와 엄마의 비밀이었다.

그 후에도 나는 루비나 집을 가끔 방문했다. 그때마다 루비나가 옷장 속에서 그 선물을 몰래 꺼내 보고 즐거워하는 모습을 볼 수 있었다. 루비나의 표정은 정말 행복해 보였다. 아무것도 가진 것 없는 난민촌의 가난한 소녀의 얼굴에, 마치 보물을 본 듯 화사한 미소가 퍼졌다.

일본 아이들이 선물한 미소였다.

어느덧 2주가 흘렀다. 나는 루비나에게 작별을 고하러 마지막으로 루비나 집을 방문했다.

"일본으로 돌아가면 나한테 선물해 준 친구에게 이 편지를 전해 줄 수 있나요?"

루비나의 편지에는 이런 내용이 적혀 있었다.

일본 친구들 안녕.
나는 파키스탄 페샤와르의 아프가니스탄 난민촌에 사는
루비나라고 해.
보내 준 장갑과 도널드 덕 저금통 잘 받았어.
무척이나 예뻐서 매일 보며 행복해.
나는 돈이 없어 너희에게 선물을 해 줄 수가 없어.
그래서 이 편지라도 써서 주고 싶었어. 선물 정말 고마워.
알라의 은총이 너희와 함께하길 빌게.
그럼 안녕.

편지와 함께 꽃이 꽂혀 있는 꽃병을 그린 그림도 있었다. 무함마드 교장 선생님도 선물을 받은 아이들이 그린 그림들을 주었다. 나는 편지와 그림들을 소중히 가방 안에 넣으며, 루비나와 무함마드 교장 선생님과 아쉬운 작별을 하고 일본으로 돌아왔다.

◇ ◇ ◇

일본에서 나는 학용품을 선물한 일본 아이들을 만나러 안나가 다니던 가와사키 가미사쿠노베 초등학교를 찾아갔다. 학교 선생님들은 작년 말 학교에서 아프가니스탄 아이들에게 갈 학용품을 모았던 것을 잘 기억하고 있었다. 당시 6학년이던 안나는 이미 중학교로 진학하고 없었다. 나는 파키스탄에서 촬영한 영상을 아이들에게 보여 주었다. 난민촌 아이들이 선물을 받고 좋아 하는 모습을 보리라고는 기대도 안 했던 아이들은 환호했다.

"이? 저 필통은 내가 선물한 건데? 저 애가 내 선물을 가져갔구나. 신난다!"

여기저기서 아이들 특유의 놀라워하는 목소리가 들렸다.

"저건 내가 그린 그림이야!"

"저 크레용은 내 건데!"

아프가니스탄 아이들이 학용품을 들고 좋아하는 모습 그대로 일본 아이들도 자기가 보낸 학용품을 들고 좋아하는 아프가니스탄 아이들을 보고 흥분하며 연신 행복해했다.

"우리가 보낸 학용품에 아프가니스탄 아이들이 저렇게 행복해할 줄은 몰랐어요. 이제는 더 많은 선물을 보내야겠어요."

내가 일본 아이들에게 파키스탄에서 촬영한 영상을 보여 준 이유는 두 가지다. 하나는, 이 일본 아이들에게 자신들이 보낸 조그만 정성이 아프가니스탄 아이들에게 얼마나 큰 행복으로 다가갔는지를 보여 주고 싶었다. 또 하나는, 루비나가 받은 장갑과 저금통의 주인공을 찾고 싶었다. 첫 번째 목적은 어느 정도 달성한 듯 보였다. 하지만 나는 루비나에게 장갑을 선물한 주인공을 찾을 수가 없었다. 그래서 루비나가 장갑과 저금통을 들고 있는 사진으로 「이 선물의 주인공을 찾습니다」라는 포스터를 만들어 교내에 붙였다.

며칠이 지나도 주인공은 나타나지 않았다. 루비나의 편지를 전해줄 아이들이 나타나지 않으니 나는 마음이 초조해졌다. 그리고 일주일 후, 그렇게 고대하던 주인공이 나타났다. 노란 장갑은 시미즈라는 2학년 남자아이가, 도날드 덕 저금통은 미즈노라는 4학년 남자아이가 보낸 것이었다.

노란 장갑을 보낸 시미즈는 이렇게 말했다.

"남쪽 나라는 밤에 춥다고 생각해서 장갑을 보냈어요."

저금통을 보낸 미즈노는 이렇게 말했다.

"귀여운 저금통을 보면 슬프지 않을 것 같아서요."

나는 루비나가 그들의 선물을 받는 장면과 루비나의 집을 보여 주었다. 아이들은 루비나의 모습을 보고 놀라움에 입을 다물지 못했다. 그리고 루비나의 편지도 읽어 주었다. 예상하지 못한 루비나의 선물을 보고 아이들은 무척이나 감격한 모양이었다. 아이들뿐만 아니라 학교 선생님들도 모두 감동받은 모습이었다.

내가 만든 다큐멘터리 〈루비나의 편지〉는 니혼 TV의 저녁 뉴스 프로그램에서 방영되었고, 반응은 폭발적이었다. 그 프로그램에 출연한 나는 그 스튜디오에 아프가니스탄 아이들이 일본 아이들에게 보낸 그림들을 붙여 놓았다. 아프가니스탄 아이들이 그린 그림에는 일본 아이들이 보낸 그림을 따라 그린 그림이 많았다. 뉴스 진행자가 일일이 그림을 보여 주며 설명했다. 나도 이런 이야기를 했다.

"자신이 보낸 선물이 아프가니스탄 아이들에게 얼마나 큰 행복을 수었는지 보여 주고 싶었습니다. 그래서 친구를 생각하는 마음을 어른이 될 때까지 간직할 수 있게 하고 싶었습니다."

아이들의 동심이 두 나라를 연결했다. 이 아이들이 이 마음 그대로 큰다면 미래에 전쟁은 일어나지 않을 것 같았다. 서로 돕고 위로하는 친구로서 세계를 이끈다면 평화로운 세상을 만들 수 있을 것이다. 나는 일본 아이들에게 그것을 보여 주고 싶었다.

간혹 왜 하필 일본 아이들이냐는 질문을 받는데, 사실 나는 상관없었다. 일본이든 한국이든 아프가니스탄이든, 아이들은 다 같은 아이들이다. 아이들만이 나라와 복잡한 국제 관계를 넘어 순수한 마음으로 세상을 바라볼 줄 안다. 전쟁과 죽음으로 얼룩진 세상에서 이 아이들은 내게 한 줄기 희망으로 다가왔고, 나는 그것을 기록하여 기회가 되었을 때 보여 주었을 뿐이다.

방송 후 니혼 TV에 더 많은 학용품이 트럭으로 도착했다. 처음에 겨우 몇십 개의 상자에 불과했던 학용품이 이제는 몇 트럭이 된 것이다. 나는 이 학용품들을 일본 시민 단체에 위탁해 아프가니스탄 난민촌으로 보냈다. 아마도 더 많은 루비나가 학용품을 받고 행복해하며 더 많은 꿈을 꿀 수 있을 것이다.